A TESTEMUNHA

Josh McDowell

Traduzido por Marcelo Siqueira
1ª edição

Rio de Janeiro
2013

Todos os direitos reservados. Copyright © 2012 para a língua portuguesa da Casa Publicadora das Assembleias de Deus. Aprovado pelo Conselho de Doutrina.

Título do original em inglês: *The Witness*
IMprint Edition, Singapura
Primeira edição em inglês: 2008
Tradução: Marcelo Siqueira

Preparação dos originais: Cristiane Alves
Revisão: Verônica Araujo
Capa: Jonas Lemos
Projeto gráfico e editoração: Oséas F. Maciel

CDD: 813 - Ficção
ISBN: 85-263-0390-2

As citações bíblicas foram extraídas da versão Almeida Revista e Corrigida, edição de 1995, da Sociedade Bíblica do Brasil, salvo indicação em contrário.

Para maiores informações sobre livros, revistas, periódicos e os últimos lançamentos da CPAD, visite nosso site: http://www.cpad.com.br

SAC — Serviço de Atendimento ao Cliente: 0800-021-7373

Casa Publicadora das Assembleias de Deus
Av. Brasil, 34.401, Bangu, Rio de Janeiro
CEP 21.852-002

1ª edição: Janeiro/2013 Tiragem:3.000

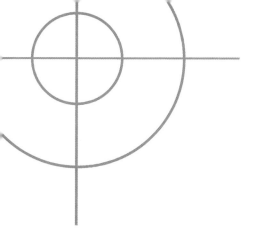

PARTE UM

1

A sua filha estava morta; a sua esposa desaparecida. E, agora, Rafeeq Ramsés temia pela sua própria vida.

— Só temos mais dois dias — disse o senhor idoso que caminhava na luxuosa sala de estar do seu suntuoso apartamento no litoral de Monte Carlo. Ele parecia "devorar" um cigarro após o outro, como se fosse um homem que preferia morrer de câncer de pulmão a ser vítima de um carro-bomba ou de uma bala de um assassino. — Acabo de receber mais um recado, pouco antes de você chegar. Se eu não transferir mais dinheiro até sexta-feira, eles disseram que matarão Claudette e depois virão ao meu encalço. Por isso, por favor, Sr. Acade, lhe suplico... diga-me que tem boas-novas para me contar, porque acho que estou chegando ao meu limite nisso tudo.

— Quanto eles estão pedindo agora?

— Vinte e cinco milhões — disse Ramsés — além dos onze milhões de euros que eu já paguei.

Era uma enorme quantia de dinheiro para um mero mortal, só que o velhinho Ramsés, de 79 anos, não era nenhum mero mortal. Seis meses antes, ele vendeu a sua empresa — a Blue Nile Holdings, fundada em conjunto com o seu falecido irmão nos idos de 1963 — para um conglomerado francês pela incrível soma de 563 milhões de euros. Ele era, agora, um dos homens mais ricos do Egito e uma lenda viva dentre a elite comercial de toda a África Setentrional e do Oriente Médio.

Marwan Acade sentou-se a poucos metros, em um sofá comprido, feito de couro italiano de alta qualidade e entendeu a situação. Por muitos anos, Ramsés fora o cliente perfeito — idoso, rico e aterrorizado. Era para homens como ele que Acade montou a sua empresa de segurança executiva.

Só que este caso havia deixado um gosto muito amargo na boca. A ganância, a corrupção, a chantagem e os assassinatos estavam por toda parte. A cada pedra que ele tombava, voltava a se encontrar com a depravação da alma humana. Ele não tinha mais palavras para consolar aquele pobre homem, agora separado das duas mulheres que ele mais amava no mundo. Então, começou pensar se já não seria hora de abandonar esse ramo de negócios de uma vez por todas.

Acade terminou o seu café expresso e olhou ao longe, sobre as águas cintilantes do Mediterrâneo e para o reflexo do sol poente nas janelas dos outros apartamentos de alto padrão que ficavam ao lado. Ficou imaginando o que os seus pais teriam pensado da vida que ele agora levava — os helicópteros, os jipes de guerra, os ternos Armani e os coletes à prova de balas feitos de *Kevlar*. Quanto mais riscos ele assumia, mais dinheiro ganhava. Será que aquilo não era somente um negócio lucrativo?

Ele sabia o que a sua mãe lhe diria: Ela havia lhe implorado para que saísse de Beirute depois de prestar o serviço militar e se formar em medicina, ou em engenharia e se mudar para Paris, encontrar-se com Rania e ali se estabelecer. Ela queria muito que ele levasse uma vida tranquila e segura, que tivesse filhos e os criasse como homens de bem, amantes da ciência, homens de grandes feitos. Só que, como tolo, ele não lhe deu ouvidos. Será que ela, de algum lugar, o estaria vendo naquele momento? Será que sua mãe sabia quanto tempo ele havia passado ajudando os ricos a resgatar as suas esposas-troféus das mãos de chantagistas e de senhores do tráfico de drogas? Será que ela viu quanto tempo ele passou levando e trazendo os seus clientes de jatinho de Bagdá, de Mosul e de Fallujah? Será que os mortos custam muito a pegar no sono?

— Tenho novidades — disse, finalmente, Marwan Acade — mas receio que não sejam muito boas.

— São sobre Claudette? — perguntou Ramsés, de forma ansiosa. — Aqueles animais fizeram alguma coisa com ela? Eu os mato, juro a você, Sr. Acade. Não descansarei enquanto não caçá-los um a um e fizer com que paguem tudo isso com sofrimento.

Acade balançou a cabeça.

— É sobre Claudette, mas não é o que você está pensando. Por favor, sente-se.

— Diga logo o que você sabe.

— Já vou lhe contar, Sr. Ramsés, mas, por favor, sente-se.

Outrora um homem robusto, a saúde de Ramsés vinha decaindo rapidamente ao longo das últimas duas semanas. Ele desabou em uma grande poltrona estofada e, muito nervoso, acendeu mais um cigarro. Os seus olhos estavam vermelhos e úmidos, contudo cheios de uma ávida expectativa. Ele se reclinou para trás e disse:

— Por favor, Sr. Acade, não brinque com o meu sofrimento, insisto-lhe.

Acade acenou com a cabeça e perguntou:

— Sr. Ramsés, o que "São Paulo" significa para o senhor?

O homem idoso pareceu confuso.

— Você quer dizer, aquela cidade que fica no Brasil?

— Isso mesmo.

Ramsés encolheu os ombros:

— Nada... por quê?

— Nada mesmo? — insistiu Acade.

— Não, por que deveria significar alguma coisa?

— A Blue Nile tinha algum escritório ou fábricas lá?

— Não.

— Alguma pessoa da sua equipe sênior de gerenciamento era de lá?

— Não.

— Algum dos seus empregados era de lá?

— Acho que não.

— O Senhor já foi alguma vez a São Paulo a negócios?

— Não, estou lhe dizendo que não.

— E nunca esteve naquela cidade nem para passar as férias com a sua esposa?

— E quem tem tempo para férias? — Ramsés disse irritado. — Sou um homem ocupado e poderoso.

— E a Sra. Ramsés foi alguma vez a São Paulo sozinha, por qualquer outro motivo?

— Não, obviamente não foi.

— O senhor tem certeza disso?

— Não estou entendendo onde o senhor quer...

— O senhor tem certeza mesmo, Sr. Ramsés? — pressionou Acade. — *Pense.*

Rafeeq Ramsés levantou da sua cadeira e começou novamente a andar pela sala, dando longas tragadas no seu cigarro.

— Bem, ao pensar nisso, talvez ela tenha ido — disse ele depois de alguns momentos.

— Fale mais sobre o assunto.

— Não tenho muito a dizer. A prima de segundo grau de Claudette, certa vez, casou-se com um brasileiro. O relacionamento não durou mais que seis meses, depois disso eles se divorciaram.

— O senhor foi àquele casamento? — perguntou Acade.

— Não, mas Claudette foi... ela odiou a cidade de São Paulo, isto é, muita gente, muito barulho... era uma Nova York, só que sem o charme da cidade americana, segundo ela me contou.

— E, quando foi o casamento?

— Eu não sei, três ou quatro anos atrás — disse Ramsés, que, agora, preparava uma bebida no bar que ficava próximo à janela.

— Por quê? Aonde você quer chegar com tudo isso?

Acade se abaixou, apanhou a sua maleta, puxou um grande envelope pardo e o entregou a Ramsés.

— O que é isso? — perguntou o senhor idoso, ao dar um gole no seu Martini.

— Abra! — disse Acade — e você vai ver.

Ramsés olhou para Acade por alguns instantes, depois largou o copo de Martini, chegou mais perto, apanhou o envelope e o abriu lentamente. Enquanto ele puxava a fotografia de 20x25cm em preto e branco, empalideceu-se, e uma expressão de extrema confusão tomou conta do seu rosto. Ele, agora, tinha em mãos uma fotografia da sua esposa, datada de menos de quarenta e oito horas atrás. Ao contrário das fotos anteriores, que vinham com mensagens pedindo resgate, nesta ela estava sem cordas e sem mordaça na boca. Em vez disso, estava sentada em um escritório, na frente de uma mesa, conversando com algum tipo de atendente ou gerente.

— Não estou... não estou entendendo — Ramsés, finalmente, conseguiu verbalizar a sua confusão mental, apesar da sua voz estar fraca e as suas mãos trêmulas. — O que é isso? Onde esta foto foi retirada?

— Esta imagem foi feita por uma câmera de segurança, no interior de uma agência bancária de São Paulo — explicou Acade. — A sua esposa estava sacando parte do dinheiro que o senhor transferiu para o pagamento do resgate dela.

Ramsés, claramente, não estava conseguindo processar a imagem que tinha em suas mãos.

— O que você está dizendo, Sr. Acade? — disse, enfim, o homem idoso. — Que a minha esposa... o senhor acha que ela planejou tudo isso? O senhor está dizendo que esta é uma prova de que ela me traiu?

Acade não disse nada; ele esperou para que a verdade dolorida fosse, primeiramente, absorvida pelo seu cliente antes de apresentar um plano de ação, mas isso jamais ocorreria. Dois disparos, subitamente, foram ouvidos. O enorme vidro da janela explodiu ao redor deles. O homem idoso foi ao chão; o sangue escorria da sua boca. Rafeeq Ramsés estava morto, e Marwan Acade temia ser o próximo cadáver.

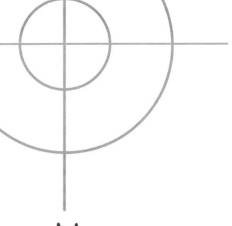

2

Marwan atirou-se embaixo de uma mesa de carvalho maciço ao ver que mais tiros eram disparados contra a suíte, estilhaçando pratos, quadros e lançando cacos de vidro para toda parte.

Dois dos guarda-costas de Ramsés correram para dentro da sala, com as armas prontas, mas foram alvejados por tiros antes mesmo de poderem identificar o atirador, tampouco de revidar ao ataque.

O Sr. Acade apanhou o telefone, mas a linha estava cortada. Ele tentou alcançar a sua arma, contudo, de súbito, lembrou-se que os seguranças da mesa da frente lha haviam tomado. Uma coleção de vasos antigos explodiu sobre a sua cabeça. Vários tiros atingiram a mobília ao seu redor.

Ele não poderia ficar ali. Os atiradores sabiam de sua presença naquela sala, bem como a sua posição no ambiente.

Marwan rolou para a esquerda e esbarrou nos corpos dos dois guarda-costas mortos. Os tiros se intensificaram. Ele conseguiu apanhar as armas que estavam presas aos corpos dos guarda-costas — depois apanhou a foto da esposa do Sr. Ramsés — e se atirou rumo à porta aberta que ficava no corredor principal.

Dois outros guardas estavam saindo do elevador.

— *Abaixem-se! Abaixem-se!* — gritou Marwan, enquanto o corredor era crivado de balas.

O primeiro guarda conseguiu se abaixar instantaneamente. O segundo não teve tanta sorte; ele levou dois tiros nas costas e começou a soltar gritos agudos de dor.

— Rápido, Sr. Acade, desça pela escada — gritou o primeiro guarda, que tentava, desesperadamente, ajudar o seu colega. Ele aceitou o conselho e correu rapidamente escadaria abaixo, com as armas engatilhadas, caso alguém estivesse à sua espreita.

Marwan desceu rapidamente dez lances de escadas, com a mente perturbada.

Pouco tempo depois e ele irrompeu no saguão, querendo saber se ainda havia alguma esperança do motorista continuar ali o esperando. Ele vasculhou a multidão que estava se aglomerando, mas não conseguiu enxergar nenhuma pessoa conhecida. Ele conseguia ouvir sirenes a uma longa distância. Um alarme de incêndio foi disparado; as pessoas gritavam — era um pandemônio. Só que o tiroteio havia cessado, pelo menos por enquanto.

— *M. Acade?* — alguém gritou do meio da multidão.

Guardas da segurança particular e agentes à paisana corriam em todas as direções. Os moradores do prédio entupiam os elevadores, todos com uma expressão de pânico no rosto. Ele não viu ali nenhum conhecido, mas voltou a ouvir aquela voz.

— *M. Acade, estou aqui.*

Ele se virou e voltou a olhar para direção de onde vinha a voz e, desta vez, avistou o motorista, um homem baixo e de fisionomia simpática que corria ao seu encontro.

— M. Acade, por favor — disse o homem, tentando recuperar o seu fôlego — precisamos tirar o senhor daqui. Espere aqui, pois vou trazer o carro até a porta.

— Eu vou com você — disse Marwan.

— Não, não, monsieur — insistiu o motorista. — Voltarei num instante.

Rapidamente, o motorista veio com o carro em direção à porta, tentando desviar o veículo da massa de pessoas que tentava fugir do Edifício Sovereign Place e do edifício Seaside Place, que ficavam ao lado, dois dos complexos de apartamentos mais luxuosos e cobiçados de Mônaco.

Marwan não tinha qualquer interesse em entrar em atrito com aquele homem; havia muito mais coisa com que se preocupar. Será que Claudette Ramsés e os seus comparsas sabiam que Ramsés estava rastreando as suas transferências bancárias? Será que os assassinos sabiam que ele conhecia o seu paradeiro em São Paulo? Seria este o motivo do assassinato de Rafeeq Ramsés, hoje, antes que ele pudesse agir em cima destas novas informações? Como isto seria possível se ele somente havia revelado esta informação ao próprio Ramsés minutos antes da sua morte?

A Acade & Associados trabalhara para Ramsés por dez anos. Ramsés tinha uma empresa de segurança sediada em Paris que trabalhava para ele há muitos anos. A empresa de Acade somente foi contratada depois da morte da filha de Ramsés e do desaparecimento da sua esposa; e mesmo assim, somente para a investigação desses crimes — nada mais. Marwan havia se oferecido para suplementar, ou mesmo substituir os guarda-costas franceses pelos seus próprios homens, mas Ramsés disse não. Ele não queria fazer nenhuma mudança brusca que pudesse incomodar os chantagistas ou levá-los a maltratar a sua esposa, de alguma forma. Só que esse foi um erro fatal.

Marwan assistiu as viaturas policiais e outros veículos do serviço de emergência chegarem ao local vindos de todas as direções e sabia que a imprensa não demoraria muito a chegar também. Essa era a última coisa que ele desejava — ter o seu rosto estampado na capa de todos os jornais da Europa e do Oriente Médio. Esse não era exatamente o tipo de publicidade que o principal executivo de uma agência de segurança em ascensão desejaria ter na imprensa.

Ele verificou o seu relógio e vasculhou com os seus olhos a multidão ali fora, até encontrar o seu motorista atravessando a rua, entrando no Range Rover novo e brilhante e acionando o motor.

Marwan seguiu até a porta frontal. Ele queria sair daquele lugar o mais rápido possível, mas, tão logo deixou o prédio e começou a caminhar através da praça, o utilitário esportivo subitamente voou pelos ares numa monumental explosão que lançou Marwan ao chão. Chamas e fumaça foram lançadas aos ares, estilhaços de vidro e pedaços de metal começaram a chover do alto. Naquele momento pavoroso, Ele percebeu que também estava sendo caçado.

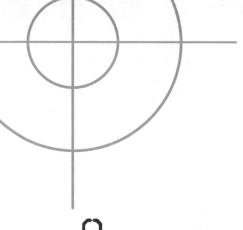

O̲s corpos se amontoavam nas ruas e nas cercanias; os feridos gritavam por socorro. Outros tropeçavam em silêncio e chocados, procurando amigos e entes queridos, ou simplesmente querendo saber o que havia ocorrido e o porquê de tamanha tragédia.

Marwan levantou, sacudiu de si a poeira e limpou o sangue do rosto. Ele removeu o cartucho de munição de uma das pistolas que tirou de um dos guardas, limpou as suas digitais da arma e a atirou em uma lixeira das proximidades. Depois disso, colocou a outra no seu cinto, cobriu-a com a sua jaqueta e começou a correr em direção norte até o distrito onde se encontravam as principais casas comerciais, que ficavam a poucas quadras dali.

Ele precisava retornar ao hotel, apanhar as suas coisas, e fugir da cidade. Ninguém o impediu. Todos pareciam frenéticos e em total estado de choque para se importar com quem era ou com o motivo da sua pressa.

Ele acenou para um táxi que por ali passava.

— Le Meridien — disse Marwan ao motorista, e poucos segundo depois os dois seguiram em alta velocidade.

Lentamente, o sol se punha por trás das montanhas. As luzes da cidade começavam a acender. Os cassinos e os cafés foram se abrindo para mais uma noite. Monte Carlo, o parque de diversões dos ricos e famosos, estava começando a ganhar vida, embora a notícia dos ataques em breve se espalharia.

Marwan observava a imagem dos iates ancorados no porto sumirem na vidraça do carro, enquanto fazia um *check-list* mental. Ele precisava ligar para o seu irmão; precisava de mais dinheiro; precisava de um voo — de reservas, de passagens — mas para onde? Ele deveria seguir para Itália ou para a França?

A fuga o faria parecer culpado, ele sabia disso. Só que em função de tudo o que havia ocorrido, ele não tinha certeza de ter outra opção melhor — ficar ali poderia significar assinar a sua sentença de morte. Obviamente, a polícia, ao final, acabaria lhe interrogando: *Quem o teria, inicialmente, apresentado ao Sr. Rafeeq Ramsés? Por que ele veio a Monte Carlo se sabia muito bem que Ramsés já tinha uma empresa de segurança francesa trabalhando para ele? Como explicaria que o seu primeiro encontro com o Sr. Ramsés terminou com a morte do cliente? Por que ele retirou as armas dos seguranças? Por que não reclamou a sua própria pistola da mesa da frente?* Assim, o interrogatório prosseguiria, e estas seriam somente as perguntas fáceis. O que o preocupava era algo que Ramsés havia dito na primeira vez que eles se encontraram.

O táxi chegou ao hotel. Marwan pagou o motorista e pediu que o esperasse, já que ele não se demoraria. A seguir, correu saguão adentro e tomou o elevador até o quinto andar.

Uma bela jovem, que tinha os seus vinte e tantos anos, subiu junto com ele. A sua aparência lembrava, vagamente, Rania — por causa dos seus cabelos longos e escuros e dos seus olhos castanhos expressivos. Ela vestia uma blusa de seda branca, uma saia preta, meias pretas e um colar de pérolas. As suas unhas eram vermelhas, a mesma cor do seu batom, e a sombra dos seus olhos era levemente exagerada. Ela tinha um sorriso um tanto tímido. Normalmente, Marwan teria correspondido ao seu sorriso, teriam iniciado uma breve conversa, mas não naquela noite.

Os seus olhos estavam voltados para o chão e ele tentava recuperar a sua concentração. Ele precisava relembrar da conversa que teve com Ramsés uma semana e meia antes, quando se falaram ao telefone pela primeira vez. Os pontos principais vinham facilmente à sua memória. Ramsés lhe havia relatado os acontecimentos que culminaram no sequestro simultâneo da sua esposa e da sua filha, uma de um salão de beleza e outra enquanto seguia de casa para a escola — uma foi vítima de chantagem, e outra de assassinato. Só que eram os nomes dos suspeitos que não saíam da cabeça de Marwan. Ramsés havia sugerido nada menos que uma dúzia de ex-empregados e concorrentes comerciais que, segundo ele, poderiam ter motivos, meios e oportunidade de atacar a sua família. Só que um dos cenários o incomodava de modo especial.

O alarme do elevador soou; a porta se abriu no terceiro andar. A mulher perto dele pegou um celular e começou a teclar um número, enquanto saía. Ela caminhava como Rania, com compostura, mas sem qualquer insinuação óbvia de flerte.

As portas voltaram a se fechar.

O pensamento de Marwan voltou à sua conversa com Ramsés. Aquele homem idoso lhe havia dito, vários anos antes, que dois agentes da inteligência francesa tentaram chantageá-lo. Eles alegaram que, se ele não os pagasse duzentos e cinquenta mil euros, eles levariam os seus amigos para a Receita Federal e iniciariam uma investigação contra a empresa Blue Nile Holdings, por evasão fiscal e irregularidades contábeis. Disseram que "vazariam" histórias para os jornais que teriam o objetivo de envergonhar tanto a ele, quanto a empresa.

Naquela época, Ramsés estava tentando vender a sua empresa para uma multinacional com sede em Paris. Ele não desejava fazer aquela negociação pressionada por nenhum tipo de investigação púbica e demorada, mesmo que baseada em acusações falsas. Ele disse a Marwan que pagou os homens, anotando o pagamento como sendo "taxas de consultoria." Só que quando eles começaram a exigir mais — desta vez um milhão de euros — Ramsés, então, entrou em contato com a Interpol, que deu início a uma dura operação. Em pouco tempo os agentes foram pegos e tiveram que passar vinte e cinco anos da sua vida na prisão. Só que quando eles, inesperadamente, interromperam um acordo com os seus promotores e prometeram revelar o nome de vários participantes daquela conspiração, eles foram, subitamente, encontrados mortos nas suas celas. Os assassinos não foram descobertos e o caso caiu no esquecimento.

O governo francês se desculpou oficialmente diante de Ramsés. E, embora ele jamais tenha culpado o governo, eles fizeram questão de vir a público para assegurar a Ramsés e à sua esposa que aqueles agentes eram corruptos. Homens que agiam por iniciativa própria e, de forma alguma, representavam os serviços de inteligência, ou a administração em Paris.

Além disso, Ramsés havia confidenciado a Marwan que ele também acreditava haver, pelo menos, um agente corrupto nas entranhas da inteligência francesa, o qual planejou toda a chantagem desde o princípio. E mais, ele acreditava que esse agente corrupto também assassinou os seus comparsas na prisão a fim de impedir que dessem com a língua nos dentes e que, agora, tentava novamente acabar com a sua vida.

Segundo disse Ramsés, esse era o motivo para a contratação de Marwan — porque ele não sabia mais em quem poderia confiar. Se um agente da alta hierarquia do serviço secreto francês (mesmo agindo por interesses pessoais) estava no seu encalço, como ele poderia confiar que algum agente parisiense de baixo escalão que trabalha na investigação de homicídios pudesse resolver o seu caso e levar a parte culpada, ou partes culpadas, à justiça?

A campainha do elevador voltou a soar.

A porta se abriu no quinto andar, mas Marwan, mergulhado nos seus pensamentos, não saiu. Seria possível que Ramsés estivesse certo? E mais, será que a Sra. Ramsés poderia estar trabalhando em conjunto com o agente francês sem nome e desconhecido desde o começo? Mas, por quê? Qual seria o seu motivo? Pela aparência geral, Rafeeq e Claudette Ramsés parecia um casal feliz — ricos, afetuosos e prestes a desfrutar da sua longa e mais que merecida aposentadoria. O que saiu errado?

A porta do elevador começou a fechar.

Marwan, subitamente, caiu em si. Haveria tempo para descobrir isso tudo mais tarde. Nesse momento, ele precisava apanhar as suas coisas e fugir da cidade. Se a polícia quisesse interrogá-lo, eles sabiam onde encontrá-lo. Todavia, Marwan não ficaria mais esperando que outro franco-atirador o acertasse ou por outro carro-bomba.

Ele levou a mão à maçaneta e abriu a porta. Depois, saindo do quarto, seguiu pelo corredor à direita, que parecia um pouco escuro, como se algumas lâmpadas tivessem queimado, ou alguém as tivesse removido.

Inesperadamente, no fim do corredor um vulto se moveu no meio das sombras. Marwan ouviu o som distinto de uma pistola sendo engatilhada e, instantaneamente, sabia que havia sido encontrado.

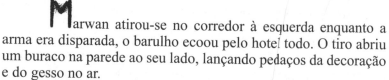

Marwan atirou-se no corredor à esquerda enquanto a arma era disparada, o barulho ecoou pelo hotel todo. O tiro abriu um buraco na parede ao seu lado, lançando pedaços da decoração e do gesso no ar.

Ele, rapidamente, sacou a arma que havia tomado de um dos guardas no apartamento de Ramsés e devolveu os disparos. Ao fazer isso, a porta de saída na outra ponta do corredor se abriu. Marwan virou-se a tempo de ver outro vulto sair das sobras — *era a moça do elevador.*

Marwan lançou-se ao chão enquanto duas outras balas explodiam na parede acima da sua cabeça. Ele agora mirou a cabeça daquela moça. Ele se encolheu de dois tiros, depois deu meia volta e atirou duas vezes no homem que estava à sua frente, na penumbra. Nenhum dos tiros atingiu os alvos desejados, mas eles serviram para lhe dar alguns segundos preciosos.

Vários metros à frente, havia um pequeno corredor lateral à direita — quase um vestíbulo, que levava a uma grande suíte. O local não oferecia muita proteção, mas era tudo o que ele poderia conseguir naquele momento. Ele atirou novamente — duas vezes, nas duas direções — depois correu para o corredor lateral, adentrando-o tão logo o fogo contrário começou. Até o momento nenhum dos atiradores ainda havia lhe acertado, mas isso não duraria muito tempo.

Novamente, o corredor se encheu do som de disparos.

Eles já estavam se aproximando — metro a metro e porta a porta.

Ele só tinha alguns segundos para se mover.

Marwan fez mais dois disparos para a esquerda, e outros dois para a direita, depois rolou no chão e fez mais dois disparos na placa que dizia "Silêncio!" que estava pendurada atrás dele.

Ele arrebentou a porta com os dois pés, quase arrancando as dobradiças, Marwan se jogou para frente, enquanto mais tiros surgiram da sua retaguarda.

Dentro da suíte, um casal recém-casado estava encolhido no canto, atrás das bandejas de comida, tremendo de medo.

— Abaixem-se — gritou Marwan falando num tom não muito mais alto que um suspiro. — Entrem debaixo da cama, depressa!

Ele não tinha tempo para explicar que não era o vilão deste pesadelo. Tudo o que ele queria era mantê-los na maior segurança possível, durante o maior tempo possível. Os dois apaixonados caíram ao chão e rastejaram para baixo de uma cama grande e coberta, olhando de volta para ele enquanto Marwan retirava o pente de balas e recarregava a arma. A seguir, ele seguiu para a porta envidraçada de correr e saiu para a sacada. Foi ali que ouviu uma arma disparar; quando sentiu uma bala atravessar o seu ombro direito.

O impacto o fez rolar no chão; ele bateu na pequena mesa de vidro que ficava na sacada, que caiu para trás do seu corpo. Mesmo assim, teve o impulso mental de rolar, atirando de volta contra o quarto e protegendo o rosto com a outra.

A porta de correr explodiu em milhares de estilhaços de vidro, mas as outras balas acertaram o alvo. A mulher com o colar de pérolas levou dois tiros no peito; ela gritou agonizante e desabou no chão.

Uma já era, faltava só o outro.

Marwan moveu-se com uma velocidade incrível. Apesar da dor que sentia, ele tropeçou nos seus pés, sacudiu de si os vidros e foi mancando até a parte interna da suíte, com a arma ainda apontada para a porta de acesso ao corredor. Ele esperou que o inimigo se mostrasse. À sua direita, a jovem noiva estava com falta de ar enquanto o homem que com ela havia se casado há poucas horas tentava, em vão, consolá-la.

Marwan se arrepiou com uma ira assassina. Ele se abaixou e sentiu o pulso da moça com o colar de pérolas. Ela estava morrendo. A sua pulsação estava fraca. Ele chutou a sua pistola para longe do seu alcance e a virou, notando que a sua blusa estava começando a ficar carmesim.

Ele disparou um tiro através da porta do corredor, ganhando para si mais alguns segundos. Depois, enfiou a sua pistola na garganta da mulher.

— *Quem lhe enviou aqui?* — disse Marwan rangendo os dentes.

A moça, quase inconsciente, deu um sorriso fraco, mas não disse nada.

Marwan repetiu a frase, agora em francês, mas a moça continuou calada.

— *Claudette Ramsés? Ela lhe enviou de São Paulo?* — insistiu ele.

O rosto da moça, subitamente, aparentou sentir um medo real — demonstrando sua surpresa. Estava claro que ela reconheceu aquele nome. Ela conhecia São Paulo. Ele apertou a arma mais fundo na sua garganta, mas ela continuava se recusando a falar e os seus olhos se viraram para trás e ela deu o seu último suspiro.

O coração de Marwan continuava disparado. Uma combinação quase tóxica de adrenalina e vingança corria pelas suas veias. Ele apanhou a pistola daquela moça, verificou o pente de munições, e se jogou para dentro do corredor, atirando com as duas armas. O homem da penumbra não tinha como escapar. Marwan disparou as duas armas sobre o corpo contorcido do homem e, depois, tirou a arma da mão esquerda do atirador e o pente reserva que ele carregava no bolso do paletó.

O homem não tinha qualquer documento de identificação — não tinha carteira, nem passaporte, nada. Marwan retornou à suíte nupcial. A moça do colar de pérolas também não tinha nenhum tipo de documento de identidade. Os dois eram profissionais — agentes treinados para agirem de forma invisível, anônima; treinados para seguir secretamente a sua presa nas sombras e, então, atacar sem serem notados. E se Ramsés estivesse correto? E se eles fizessem mesmo parte da inteligência francesa?

Por ora, uma coisa era certa: eles entraram na briga errada.

Só então, Marwan sentiu uma dor aguda no seu ombro direito e o sangue que descia pelo seu rosto em função dos múltiplos cortes na sua cabeça.

Ele também ouviu o som das sirenes.

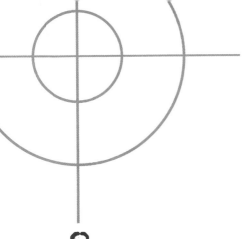

5

Seria melhor ficar ali ou fugir? Ele tinha poucos segundos para decidir; a polícia chegaria a qualquer momento. Esse pensamento deveria tê-lo feito se sentir mais seguro, mas, na verdade, somente aumentou a sua ansiedade.

É verdade que ele tinha uma argumentação perfeita para a sua defesa, mas será que isso faria alguma diferença nessa hora? Ele estava sendo caçado. Independente de quem estivesse ao seu encalço, estas pessoas conheciam todos os seus movimentos. Elas sabiam que ele estava em Mônaco; sabiam que estava no Meridien, mesmo que tivesse se hospedado com um nome falso. Aquelas pessoas sabiam que ele se encontraria com Ramsés. Eles sabiam o horário e o local. Sabiam em que carro entraria, qual elevador tomaria. *Como tudo aquilo seria possível? Como obtiveram todas aquelas informações?*

Era, obviamente, possível que os seus perseguidores não tivessem nenhuma ligação com alguma força policial ou serviço secreto da Europa ou do Oriente Médio, mas a probabilidade desse ser o caso estava diminuindo drasticamente. Quem mais poderia estar o seguindo assim tão de perto? Só um punhado de pessoas teve acesso à sua viagem e aos seus planos há menos de quarenta e oito horas.

Marwan decidiu que tentaria encontrar o taxista que lhe trouxe de volta ao hotel. Será que ele estaria ainda lá na frente? Se o motorista não estivesse ficado assustado pelo tumulto ou tivesse sido forçado a sair daquele local pela polícia — ou ficado cansado de esperar — Marwan consideraria um sinal divino uma nova corrida. Ele seguiria para Milão, depois para Roma e, depois, retornaria à casa do seu irmão em Beirute, assim que fosse possível.

Contudo, se o táxi não estivesse mais lá, se não houvesse jeito de fugir, Marwan aceitaria isto como um sinal de que seria melhor ficar no local. Ele aceitaria que o seu destino estava selado, que deveria se entregar à polícia e verificar quais seriam as suas chances.

Talvez, se houvesse mais tempo, ele teria imaginado um plano mais preciso, mas só lhe restavam alguns segundos agora.

Marwan socou a pistola no bolso da sua jaqueta e correu para o banheiro. Ele jogou água no rosto e nas mãos. Ele lavou todo o sangue que conseguiu do seu cabelo e depois usou um pano para limpar a perfuração profunda que ele tinha no ombro. A sua jaqueta de couro absorveu parte do impacto da bala, mas ele continuava precisando de pontos, e sem cuidados médicos adequados ele corria um sério risco de contrair uma infecção.

Só que ele não poderia fazer nada a respeito disso naquele momento, exceto engolir um punhado de analgésicos, o que fez prontamente, tirando-os de uma embalagem plástica localizada perto da pia. Depois disso, socou um pano seco debaixo da jaqueta, como proteção para o ferimento do ombro e lançou o restante das toalhas ensanguentadas na banheira. Pegou uma das malas de roupa do casal do armário perto do banheiro, e saiu rapidamente pela porta em direção à saída de emergência.

Ele desceu rapidamente a escadaria e espiou pela porta lateral do hotel. O primeiro carro de polícia havia chegado. Observou dois agentes policiais saltarem rapidamente e correrem em direção ao saguão. Também viu o seu táxi que continuava lhe esperando a poucos metros dali. Então, seguiu em disparada e pulou no banco de trás.

— Siga para o aeroporto — disse ele em francês.

Só que o motorista não se mexeu.

Marwan repetiu a instrução em inglês, mas o homem continuou sem reação.

Ele se debruçou para frente para tentar acordar o motorista, e foi aí que viu o sangue. O motorista estava morto — ele levara um tiro na têmpora esquerda.

Marwan correu ao redor e sacou novamente a sua pistola. Ele vasculhou com os seus olhos todo o estacionamento, a rua e a entrada frontal. Ele não viu ninguém, mas ouviu sirenes se aproximando.

— *Que tipo de sinal seria esse?* — pensou. Ele tinha um carro, mas não tinha motorista.

Então, um pensamento terrível lhe sobreveio. As suas impressões digitais estavam agora espalhadas pela porta e pelo interior do táxi. Se ele fugisse naquele momento, seria suspeito do assassinato. Eles expediriam um mandado para a sua prisão. A sua carreira estava acabada, a sua empresa arruinada. Os ricos não contratam para guarda-costas pessoas acusadas de assassinato, não importava a veemência com que eles alegavam a sua inocência.

Só que a fuga lhe ofereceria um benefício que a rendição não oferecia — a chance de viver.

Com tudo o que acabara de acontecer, Marwan estava convencido de que ficar em Monte Carlo significava a sua sentença de morte. As pessoas que o caçavam sabiam muito a seu respeito, e tomaram a iniciativa. A fuga, pelo menos, dava-lhe a esperança de sair de Mônaco, da Europa e descer da "chapa" que esquentava debaixo dos seus pés, até que pudesse descobrir quem — e por que — estava no seu encalço, e planejar os seus próximos passos.

Foi naquela hora que ele decidiu fugir.

Marwan olhou para trás e dos dois lados. Naquele momento, não havia ninguém por perto. Esticou-se por cima do homem morto e descobriu um botão que abaixava totalmente o encosto do motorista. Ele puxou o corpo do homem para o banco de trás. Depois saltou, deu a volta no carro, abriu a porta da frente e abriu o porta-malas.

No porta-malas, encontrou um lençol e alguns mapas. Rapidamente, colocou o lençol sobre o corpo e jogou os mapas no assento do passageiro. A seguir, abriu o porta-luvas. Além do manual do proprietário, do documento do veículo, do cartão de seguro e de vários outros blocos de recibo em branco, havia um pequeno maço de guardanapos e alguns sachês de *ketchup*. Os guardanapos teriam muita utilidade. Marwan voltou a olhar em volta, para, a seguir limpar tudo o que conseguisse no carro, da forma mais rápida que pudesse.

Para a felicidade de Marwan, a janela lateral do motorista estava aberta quando o homem foi alvejado: a janela em si estava intacta. Então, embarcou no carro, subiu a janela, acionou o motor e acertou a posição do espelho retrovisor. O seu ombro estava latejando, só que ele não tinha tempo para pensar nisso agora: as luzes intermitentes da polícia, agora, aproximavam-se depressa.

O gerente do hotel saiu correndo pela porta da frente e sinalizou chamando a polícia para dentro; a seguir ele gritou algo que Marwan não conseguiu entender, mas compreendeu com sendo algo como "vá embora".

Ele obedeceu, saindo cuidadosamente da pista de manobra do hotel e seguindo na direção oeste.

A Itália seria um erro, decidiu ele — a França seria o melhor lugar. Ele tinha certa quantia em dinheiro, roupas e meia dúzia de passaportes falsos guardados em Marselha, como era o seu costume deixar nas principais cidades da Europa e do Oriente Médio — uma precaução necessária no seu ramo de negócio. Dependendo do trânsito, ele poderia chegar à Marselha em cerca de duas horas. Lá poderia abandonar o carro e o corpo e pegar um avião para Casablanca.

Ele, praticamente, não conhecia ninguém em Marrocos. Fazia anos que não ia àquele país. Na verdade, havia prometido a si mesmo nunca mais pisar lá. Só que naquele momento não conseguia pensar em outra coisa, senão em voltar para os braços da mulher que havia partido o seu coração.

O inspetor Jean-Claude Goddard dirigiu cuidadosamente o seu velho Renault de duas portas através de um labirinto de veículos de emergência e de furgões para a transmissão via satélite das emissoras de TV (que já estavam espalhando aquela história para milhões de telespectadores) e achou um local para estacionar na parte externa do edifício de Ramsés. Ele pegou a sua pistola e o seu distintivo do porta-luvas e saiu do carro para sentir o frio de novembro.

Ele atuava como detetive em Mônaco havia quase vinte anos, e era o chefe dos detetives havia cinco. Só que em toda a sua carreira, ele jamais viu um crime desta magnitude.

Com uma população de somente 32.000 pessoas, o principado era o segundo menor território soberano no globo terrestre, maior, apenas, que o Vaticano. Encravado entre a Itália e a França, e espalhado em menos de dois quilômetros quadrados de montanhas escarpadas que se estendem até belas e valiosíssimas propriedades à beira-mar, Monte Carlo, sem dúvida, tinha um histórico de pequenos crimes e arrombamentos, bem como outros problemas afins. Não era para menos, com a maior incidência de milionários por quilômetro quadrado da Europa, era de se esperar que o local fosse um alvo natural para pessoas movidas pela inveja e ganância. Só que carros-bomba e assassinatos, múltiplos homicídios em múltiplas partes, todos no mesmo dia, era um pouco demais! Nunca se ouvira falar nisso.

Ele passou pelos destroços chamuscados da Range Rover que ainda ardiam na rua, e adentrou o saguão do edifício de Ramsés. Depois, tomou o elevador até o local da cena central do crime, porém não encontrou nada mais que cadáveres e balas, desde o momento que entrou pela porta da frente. A sua assistente, uma morena de 28 anos de idade chamada Colette DuVall, encontrou-se com ele na sala de estar, enquanto a sua pequena — porém muito especializada — equipe de investigadores reunia pistas em todas as partes do apartamento.

— Sente-se, chefe — Disse DuVall. — Não tenho boas notícias.

— O que descobrimos até agora? — respondeu Goddard, tentando manter a tranquilidade, enquanto investigava a carnificina em um dos mais belos apartamentos em que ele havia pisado.

— Vocês pegaram o plano geral do chefe, certo? — perguntou DuVall.

— Sim, peguei.

— Então, vamos começar por aqui.

DuVall o levou por sobre as demarcações de giz no centro do ambiente e baixou os olhos em direção ao homem corpulento.

— Aqui está o falecido Rafeeq Ramsés Suleiman.

— O *grande* Rafeeq Ramsés? — perguntou Goddard. — O milionário egípcio?

— Sinto muito — disse DuVall. — Por que, você o conhece?

— Eu o conheci e a esposa no *Grand Prix* alguns anos atrás — relembrou Goddard. — Fizemos uma pequena caminhada... ele era um homem interessante de verdade. Ele e o seu irmão cresceram sem um tostão, acho que em Aswan ou Luxor, ou outro lugar daquela região, e progrediram a ponto de se tornarem mais ricos que os Faraós. Inicialmente, começaram a mexer com mineração, depois entraram no ramo do minério de ferro, do aço, do ouro, dos fosfatos... seguiram por este caminho. Depois da morte do seu irmão, ele entrou no ramo do gás natural, principalmente na região do Delta do Nilo. Ele fez fortuna. Parecia ser um cara legal... simpático, modesto, pé no chão. Já da sua esposa não posso falar o mesmo, ela era uma verdadeira...

Goddard, subitamente, baixou o tom da voz e perguntou:

— Ela está aqui?

DuVall balançou a cabeça.

— Não exatamente.

— O que você quer dizer com "não exatamente"?

— Ela foi sequestrada duas semanas atrás em Paris.

—Oh!— disse Goddard, sentindo uma súbita pontada de culpa.

— Mas a coisa é ainda mais feia — disse DuVall.

— Como assim?

— A filha de Ramsés... a sua filha única do primeiro casamento... foi assassinada no mesmo dia em que a sua madrasta desapareceu.

Goddard se retraiu. *Como isso seria possível? O pai estava morto. A filha estava morta e a esposa sequestrada. Que tipo de maldição havia caído sobre aquela pobre família?*

— Quantos anos ela tinha?
— Quarenta e dois.
— Não, não a esposa — disse Goddard — a filha.
— Ah, desculpe-me — disse DuVall, enquanto verificava as suas anotações.
— Brigitte tinha só doze anos.

Goddard balançou a cabeça. A sua própria filha estava prestes a fazer dez anos.

— Já temos algum suspeito? — perguntou ele, prometendo, no seu coração, descobrir quem seria capaz de cometer aquelas tamanhas atrocidades e levar estas pessoas à justiça.
— Não, ainda não. — disse DuVall.
— Testemunhas?
— Talvez haja uma.
— Quem?
— Um homem chamado Marwan Acade — disse DuVall.
— Encontrem-no — ordenou Goddard. — E tragam-no a mim.

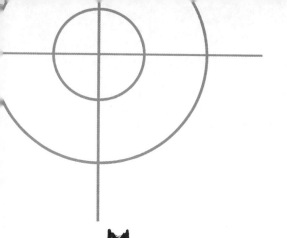

7

Marwan já estava na estrada há quase uma hora. Tudo era muito confuso — um coquetel debilitante de medo, fadiga e dor ardente começou a circular nas suas veias, confundindo os seus pensamentos e enfraquecendo os seus sentidos.

Em cada cabine de pedágio, ele temia receber voz de prisão. Cada vez que avistava um carro de polícia, esperava receber o comando para descer do veículo. Só que até aquele momento, tudo estava calmo — calmo demais.

O relógio pulava. As autoridades de Mônaco *deviam* estar no seu encalço. O que significava que os franceses e os italianos também estavam à sua procura. O que significava que, mesmo que ele desejasse se esconder na Europa, isso não lhe seria possível. Ele *precisaria* fugir para o norte da África, mas não poderia tomar uma balsa. Isso demoraria demais. Ele precisaria ir de avião, mas não poderia viajar usando o seu nome verdadeiro, Marwan precisaria chegar até os passaportes falsos que guardava para uma hora como essas. O que queria dizer que a sua última cartada em busca da liberdade seria pegar o último voo que partisse de Marselha.

Se a sua memória não estivesse falhando, a empresa aérea Royal Air Maroc tinha um voo que partia às 22h, que lhe deixaria em Casablanca por volta da meia-noite. Na verdade, tudo não passava de uma aposta. Marwan sabia que corria o risco de ser preso no aeroporto, mas não tinha alternativa. Ele precisava tentar.

Uma placa da estrada acabava de passar pelo seu olhar, ele ainda tinha mais de cem quilômetros a percorrer. Sua respiração amaldiçoou a distância que faltava, e ele afundou o pé no acelerador.

Enquanto Marwan seguia em alta velocidade na Rodovia A8, sabia muito bem o risco que estava correndo ao se expor em uma rodovia tão importante quanto aquela. Só que não havia tempo para pegar a rodovia litorânea ou vias secundárias e fazer algum tipo de caminho em zigue-zague. Ele estava fazendo o caminho mais curto possível; e mesmo que chegasse ao aeroporto a tempo, o que faria com um carro que continha um cadáver no banco traseiro? E como se supunha que ele embarcaria no voo, já que não tinha nem ao menos reservado uma passagem, quanto mais feito a sua aquisição?

Ele ligou para Beirute. Uma voz familiar atendeu do outro lado.

— Alô?

— Ramy, aqui é o Marwan.

— Ah, meu Deus, meu irmão, é você mesmo? Você está bem? Acabei de ouvir uma notícia no rádio que dizia que algo terrível aconteceu em Monte Carlo — um tiroteio, a explosão de um carro-bomba, mas os repórteres não tinham muitos detalhes.

— Estou bem — disse Marwan — só um pouco abalado.

Na verdade, a dor oriunda do ferimento no seu ombro era quase insuportável, mas não era motivo para deixar o seu único irmão preocupado — de forma alguma ele deveria saber daquilo naquele momento. Havia tantas outras coisas acontecendo.

— Você está sozinho? — perguntou ele.

— É claro — disse Ramy. — Todos os demais já foram para casa.

— Que bom, preciso de uma ajuda sua.

— O que você precisar, Marwan, basta me contar o que aconteceu.

— Já lhe conto — disse Marwan. — Primeiro, preciso que você reserve uma passagem em um voo.

— Para quando?

— Para hoje à noite.

— Para onde?

— De Marselha para Casa.

— Marselha? — perguntou Ramy. — Pensei que você estivesse em...

— Ramy, por favor, depois lhe explico tudo... de Marselha para Casa... quando parte o último voo de hoje à noite?

— Às 20h30, mas eu não...

— Não, não — disse ele —pensei que o último voo partia algo como dez da noite.

Marwan, inesperadamente, avistou o que lhe pareceu ser um carro patrulha se aproximando pela sua esquerda. Ele tirou o pé do acelerador de modo bem suave, enquanto Ramy o corrigia.

— Pode confiar, Marwan. Eu já tomei esse voo uma centena de vezes. O voo 256 da Royal Air Maroc é compartilhado com a Air France. Ele decola às 20h30 e aterriza em Casa às 22 horas.

O carro de patrulha acendeu as suas luzes. Marwan, agora, xingou em voz alta.

— O que está havendo? — perguntou Ramy.

— Nada, não — insistiu Marwan — Tem mais alguma coisa que você precisa me falar?

Será que ele vai me fazer encostar o carro? Pensou Marwan. *E, se for isso, o que faço? Como ele explicaria o corpo no banco de trás?* Marwan conseguia ouvir o seu irmão digitando freneticamente o seu *laptop*. Ele conseguia imaginá-lo verificando todos os *sites* de busca por passagens aéreas.

— Desculpe, Marwan — disse Ramy finalmente. — Se você quiser chegar a Casa esta noite, o voo 256 é a sua única esperança. Você consegue ficar aí esta noite e pegar outro voo amanhã pela manhã?

Marwan estava começado a entrar em pânico. Ele diminuiu a velocidade do carro e ajeitou o ombro.

— Não — ele disse ao seu irmão. — Preciso sair daqui ainda esta noite.

— Então, precisamos fazer com que você embarque no voo das 20h30. Onde você está neste momento?

O carro da polícia estava se aproximando depressa.

— Faça uma reserva — ordenou Marwan.

— Só de ida?

Marwan levou o carro até uma parada e ligou o pisca-alerta.

— Não, ida e volta.

— Para voltar quando?

— Só Deus sabe.

— Tudo bem — disse Ramy. — Darei um jeito. Você ainda tem aquele armário no aeroporto?

Marwan não respondeu porque tinha os olhos fitos no carro de polícia que se aproximava.

— Marwan...? — Ramy voltou a perguntar. — O armário de Marselha... você ainda tem?

— *É claro*, — Marwan voltou rapidamente à conversa. — *Por que outro motivo eu iria até Marselha?*

— Ei, ei, calma, — disse Ramy. — Só estou tentando ajudar.

Marwan olhou para a pistola no assento ao seu lado. O seu irmão deveria estar brincando. Ficar calmo numa hora dessas?

Ramy continuou:

— Só estou dizendo: Quem você quer ser esta noite?

— Transforme-me no Sr. Cardell — disse Marwan.

— Jack Cardell?

— Isto mesmo.

— Muito bem — disse Ramy — Corredor ou janela?

Só que Marwan prendeu o fôlego.

— Marwan... corredor ou janela?

Marwan ficou calado. Lentamente, baixou o fone com a mão direita e começou a pegar a pistola. Ele continuava ouvindo o seu irmão gritando no fone; ele sentiu o gelo do aço e empunhou com firmeza o cabo da arma.

— *Marwan, você está aí?*

As palmas das suas mãos estavam apanhadas de suor; o seu coração estava disparado.

— *Marwan...?* Até que o carro da polícia passou por ele a toda velocidade.

Eles não estavam no seu encalço, mas fizeram com que outro carro encostasse — um Porsche vermelho turbo — meio quilômetro à frente, e um tremor percorreu o corpo inteiro de Marwan. Só que não se tratava de alívio — Era repugnância. Ele não conseguia acreditar no que acabara de fazer, ou quase fazer. Não havia somente *considerado a possibilidade* de matar um policial inocente a sangue frio; ele já estava se preparando para puxar o gatilho. *O que havia de errado? No que ele estava se transformando?*

Numa fração de segundo, foi como se Marwan tivesse olhado para dentro da sua própria alma, e, ao fazer isso, ele a achou mais escura do que a noite na qual dirigia.

— Marwan...? — Ramy voltou a gritar. — Mas que droga está acontecendo?

Ele largou a pistola, secou as mãos na calça do paletó e tentou respirar. Então, voltou a apanhar o fone:

— Sim, Ramy, estou aqui. Desculpe-me.

— O que aconteceu? Você está bem?

— Não! — Marwan disse — Não, não estou.

Ele acelerou e seguiu em alta velocidade rumo a Marselha. Só que, ao fazer isso, o seu coração, subitamente, uma barreira se rompeu dentro do coração de Marwan. Ele começou a contar ao irmão tudo o que havia ocorrido, sobre a sua conversa com Ramsés, sobre o seu assassinato, sobre a explosão do Range Rover e o tiroteio no Le Meridien. Contou-lhe também sobre o taxista, que ainda estava morto ali no banco traseiro, e cujo celular ele agora estava utilizando, a sua decisão de fugir, e de como quase chegou a assassinar um policial inocente.

Era uma confissão carregada de ansiedade e culpa, porém, estas também eram informações que Ramy precisava ter. Afinal, ele era o número dois da Acade & Associados e tudo o que acabara de acontecer em breve afetaria a empresa de forma dramática. Talvez o mais importante para o momento fosse que Marwan precisava de um pouco de clareza e do distanciamento emocional dos acontecimentos da parte do irmão, pois ele mesmo não estava conseguindo compreender o todo.

— Você acha que eu cometi um erro? — perguntou Marwan ao terminar o seu relato.

— O quê? Você quer dizer, sair de Monte Carlo depois de tudo isso? — perguntou Ramy.

— Sim.

— Absolutamente! — insistiu Ramy sem hesitar. — Eu teria feito o mesmo.

— Sério?

— Com certeza, — insistiu Ramy. — Você não tinha escolha.

— E se o carro da polícia tivesse lhe parado? — Marwan pressionou. — O que você teria feito?

— Simplesmente agradeça a Deus que isso não aconteceu — respondeu Ramy.

A verdade era que Marwan não estava em condições de agradecer a Deus. Ele estava com raiva de Deus havia anos. As suas orações pareciam não servir de nada. A cada dia elas, aparentemente, só desapareciam no ar, como se fossem o orvalho da manhã. Ele tinha dúvidas não respondidas, tinha feridas que jamais foram curadas, havia perdido todas as pessoas que amava, exceto Ramy. E agora tudo o que ele havia construído com o seu trabalho estava prestes a desmoronar.

— Isso poderia nos fazer afundar, Ramy — disse Marwan, depois de uma pausa.

— Ou nos matar — observou o seu irmão.

O estômago de Marwan começou a ficar apertado. Ramy estava correto, e Marwan se sentiu terrível ao colocá-lo em tamanhos apuros. Ele sempre foi o protetor de Ramy. Agora, ele havia exposto ambos a um grande perigo.

— Desculpe-me — disse Marwan. — Não tive intenção de provocar nada disso.

Mas Ramy não lhe deu mais ouvidos.

— Ei, não se preocupe comigo — disse ele.

— Mas é claro que eu me preocupo como você — respondeu Marwan.

— De verdade, ficarei bem meu irmão — insistiu Ramy. — E você também vai se safar dessa. A gente já passou por coisa pior, certo?

— Não estou bem certo disso, meu querido irmão — sussurrou Marwan. Não tenho muita certeza.

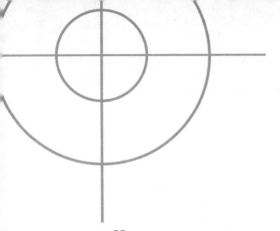

Os helicópteros da polícia estavam zumbindo sobre a cidade. Barreiras foram montadas em todas as entradas e saídas de Monte Carlo. Todos os carros, táxis, ônibus e trens, bem como hospitais e hotéis estavam sendo revistados. O porto e todos os helipontos particulares foram fechados. Os oficiais do aeroporto de Nice, o aeroporto mais próximo de Mônaco, receberam a notícia e estavam de alerta.

Só que até aquele momento ninguém havia visto qualquer sinal de Marwan Acade. Ele era a única testemunha de um crime que abalou aquela minúscula cidade costeira e um indicativo importante de quem quer que fosse a pessoa que puxou o gatilho e matou Rafeeq Ramsés, no primeiro momento. O inspetor Jean-Claude Goddard balançou a cabeça e saiu para a sacada. Ele respirou o ar gelado da noite e observou a arrebentação das ondas contra os píeres de concreto, enquanto esperava que uma úlcera se formasse no seu estômago.

— Aqui está a fotografia que o senhor solicitou — disse Colette DuVall, entregando a Goddard uma fotografia de 21x 28 em tinta fresca, que acabara de sair da impressora.

— Esta é uma imagem das câmeras de segurança? — perguntou Goddard.

— Sim, senhor — disse DuVall. — E estará tudo à disposição, quando o senhor tiver terminado.

— Daqui a pouquinho — disse Goddard.

Por alguns instantes ele olhou para a imagem de Marwan Acade em suas mãos. Ele era um jovem de boa aparência, mas não um homem que chamasse muito a atenção, não serviria para modelo ou astro de cinema. Ele tinha uma pele levemente bronzeada, o cabelo de um preto intenso com um corte bem curto e, pelo menos nessa foto, ele estava sem barba. Sem bigode, sem barba, sem costeletas, e sem qualquer vestígio de pelos no rosto. Ele tinha nariz pequeno e um queixo largo, além de aparentar estar em excelente forma física, mas, até onde Goddard conseguia enxergar, ele não tinha outras características mais específicas — não tinha cicatrizes nem manchas. Nada que pudesse torná-lo reconhecível em uma multidão — ele tinha um disfarce natural perfeito.

Entretanto, os olhos de Marwan chamaram a atenção de Goddard. Eles eram grandes e castanhos e mais penetrantes do que se poderia esperar, comunicando, ao mesmo tempo, a ideia de uma mente aguçada e ambiciosa, mas também um senso de decência, um senso de honra. E nada mais poderia ser encontrado naquela imagem. Goddard não poderia colocar as suas mãos sobre ele naquele momento, mas havia outra coisa naqueles olhos que o intrigavam, que lhe despertavam a curiosidade — um ar de tristeza, talvez?

— Levem isso para todos os nossos homens em campo — ordenou Goddard. — Apresentem também para todos os canais de televisão, e digam que ele é procurado para interrogatório.

— Sim, senhor.

— E ofereçam uma recompensa.

— Quanto? — perguntou DuVall.

— Quanto ainda temos na conta?

— Acho que cem.

— Muito bem, pode usar tudo — disse Goddard. — Vamos dar cem mil euros por qualquer informação que nos leve à prisão e ao julgamento dos responsáveis por este crime hediondo. Certifique-se também de levar todas estas informações à Interpol. Veja o que eles podem lhe mandar a respeito do Sr. Marwan.

— Imediatamente, senhor.

— E amplie a lista de investigação — acrescentou Goddard, com preocupações crescentes.

— Você acha que Marwan já fugiu de Monte Carlo?

— Não sei — admitiu Goddard. — Mas, envie boletins para os aeroportos de Cannes, St. Raphael-Fréjus e Hyères, bem como para Albenga e Gênova na Itália.

— Naquela distância? — perguntou DuVall.

Goddard acenou com a cabeça.

— Não podemos ignorar nenhuma possibilidade, Collette. Não fazemos ideia de quem seja o assassino, ou quem sejam os assassinos. Não sabemos a quem procurar. A única pista real que temos, no momento, é o Marwan. Ele, provavelmente, continua aqui, mas nunca o vimos antes e precisamos admitir a possibilidade de estarmos errados.

— Sim, senhor.

— Contate também as estações de trem e os serviços de balsa nas cidades menores. E passe informações a cada trinta minutos. Quero atualizações constantes.

— Mais uma coisa — perguntou DuVall. — Você já ligou para ele?

Goddard não disse nada, apenas balançou a cabeça.

— Mas, você não teria que ligar? — pressionou DuVall, de forma cautelosa.

Goddard sussurrou:

— Acho que você está correta.

— Você deseja que eu cuide disso para você?

Goddard queria, mas, como chefe dos detetives, era o responsável por esta tarefa — mesmo sendo desagradável —, e ele não poderia mais adiá-la.

— Não — disse ele, finalmente. — Eu faço. Só coloque-o na linha, diga-o que é urgente e me traga o telefone.

— Sim, senhor — disse DuVall. — Imediatamente.

Goddard, agora, retirou-se para um pequeno escritório longe da suíte master, onde outro dos seus detetives lhe apresentou os vídeos gravados pelas câmeras de segurança. Ele ficou espantado com a preocupação vista nos olhos de Ramsés durante a conversa e com a tranquilidade que Marwan aparentava.

— Espere, pare a fita — disse Goddard, de supetão, reclinando para frente na cadeira. — Ali, rode esta parte novamente.

Marwan estava entregando um envelope a Ramsés. A expressão no rosto de Ramsés foi, inicialmente, de choque, e depois — o que ele expressou a seguir? Foi raiva? Indignação?

— O que é isto? Goddard perguntou ao detetive. — O que ele acaba de tirar do envelope?

— Não posso lhe dizer do que se trata — disse o detetive. — O *monsieur* Acade está na frente da câmera.

— Você não tem outro ângulo dessa cena? — perguntou Goddard.

— Sinto muito, senhor, mas isso é tudo o que temos.

— Será que se trata de algum tipo de fotografia?

— Pode ser, senhor.

— Você consegue aproximar a imagem, ou limpá-la um pouco?

— Não aqui, senhor — disse o detetive. — Mas, poderia conseguir fazer isso por vias digitais quando retornarmos ao edifício central.

— Então, faça! — ordenou Goddard — e volte a falar comigo assim que tiver novidades.

9

A verdade nua e crua era que ele não suportava o Marcel Lemieux. Não havia outra forma de dizer isso. A ideia de voltar a falar com ele, ou pior, de ter que voltar a trabalhar com ele, dava náuseas em Goddard. Porém, o que poderia fazer? Lemieux era o chefe da investigação do sequestro de Claudette Ramsés e do assassinato de Brigitte Ramsés. Aquele homem precisava receber as informações. Ele desejaria ver a cena do crime e as fitas de vídeo das câmeras de segurança do apartamento de Ramsés. Ele teria que saber a respeito deste tal de Acade que poderia se tornar na melhor testemunha que eles tinham, se, pelo menos, eles pudessem encontrá-lo.

Além disso, Lemieux era considerado uma lenda viva em todas as forças policiais da Europa. Ele resolveu alguns dos casos mais escabrosos do continente — assassinatos, sequestros e assaltos a bancos; o tipo de casos que envolviam pessoas ricas e famosas e que tinham amigos poderosos em altas posições.

Só que Goddard continuava não lhe suportando. Eles trabalharam juntos em dois casos anteriores, e as duas experiências só haviam deixado amargura na alma de Goddard.

A primeira destas experiências ocorreu na primavera do ano 2000, quando um diplomata francês de férias em Monte Carlo ficou desaparecido por três dias. A esposa recebeu um pedido de resgate, mas foi alertada a não fazer o pagamento. Uma semana depois, Goddard e os seus homens encontraram o corpo do diplomata todo encharcado em uma praia. No mesmo dia, uma garçonete de um dos cassinos foi encontrada morta algumas horas depois, num caso aparente de suicídio. Haveria alguma ligação? Goddard começou a interrogar todos os amigos e parentes da mulher. Num espaço de quarenta e oito horas, ele conseguiu reunir evidências que mostravam a existência de uma ligação entre os dois casos. Ele chegou a montar uma lista persuasiva de três suspeitos, nenhum dos quais tinha álibis convincentes para os dias em questão.

Só que Lemieux lançou-se no caso e, basicamente, retirou-o das suas mãos e não fez isso para adiantar a resolução, segundo Goddard relataria, posteriormente, aos seus colegas. Na verdade, o caso nunca chegou a ser resolvido. Em vez disso, as pistas esfriaram, os suspeitos desapareceram; as principais evidências foram mal conservadas ou desapareceram. E Lemieux não poderia ter agido de forma mais pomposa ou rude durante o andamento completo da "investigação," se é que posso chamar aquilo desse nome. Posteriormente, Lemieux declarou o caso "insolúvel" e retornou a Paris, deixando para trás ressentimento e má vontade.

O segundo encontro de Goddard com Lemieux ocorreu no final do verão de 2003. Um rico magnata francês do ramo da navegação e os seus filhos desapareceram depois de pegar o seu iate cintilante de 25 milhões de dólares e sair do porto de Monte Carlo para um passeio rápido no Mediterrâneo.

Goddard se lembra disso como se tivesse ocorrido ontem — a ligação urgente da Central de Polícia pouco depois das 6 da manhã, a histeria da sua esposa, o frenesi levantado pela imprensa e as manchetes sensacionalistas.

Não era todo dia que um homem assim tão importante, um amigo íntimo do primeiro-ministro francês, desaparecia como se tivesse sido evaporado. Só que nem ele, nem os seus filhos foram encontrados. Não havia sangue, nem pistas de nenhum tipo. Todos, porém, exigiam respostas imediatas.

Durante dias, a imprensa parisiense fustigou as autoridades de Monte Carlo, acusando-as de leniência. Goddard ficou sob uma incrível pressão para produzir resultados — uma impressão digital, uma testemunha, qualquer coisa que representasse algum avanço. Ele não comia; quase não dormia. Arrebentou com a sua equipe e quase foi hospitalizado por exaustão.

Então aconteceu — o avanço pelo qual eles tanto haviam trabalhado e orado: Goddard descobriu que os filhos do magnata da navegação deviam dinheiro para um homem que pensavam ser um banqueiro russo, mas que, na verdade, trabalhava para a máfia russa. Goddard, então, descobriu que o russo era proprietário de um apartamento em Monte Carlo e tinha sido visto na cidade alguns dias antes. E mais, dois dos companheiros do russo foram vistos rondando o porto na manhã do desaparecimento dos homens, perguntando sobre como se fazia para alugar uma lancha veloz.

O clima dos trabalhos começava a melhorar. Goddard, agora, tinha um suspeito e um motivo. Ele pediu permissão aos seus superiores para viajar até Moscou e seguir a trilha das pistas. Só que para a sua surpresa, a permissão não lhe foi concedida.

Quarenta e cinco minutos depois, Lemieux entrou no seu escritório, reivindicou para a si a jurisdição do caso e exigiu cópias dos arquivos do caso. Goddard protestou, mas os seus superiores passaram por cima dele.

No dia seguinte, foi Lemieux e não Goddard quem tomou um avião rumo a Moscou e, mais uma vez, o caso rapidamente foi deixado de lado. Os associados do tal "banqueiro" desapareceram misteriosamente. O próprio "banqueiro" apresentou o mais patético dos álibis, mas Lemieux, na prática, não fez muita pressão sobre ele. Em vez disso, Lemieux logo inocentou todos os russos e voltou a Paris, prometendo deixar o caso em aberto, mas dando poucas esperanças de que ele poderia ser resolvido. E pior, o "banqueiro" russo recebeu desculpas oficiais de vários governos, inclusive da parte do próprio Goddard, que tomou uma suspensão de uma semana — sem remuneração — por "manchar injustamente a reputação de um amigo valioso de Mônaco."

E, agora, ele estava de volta, Marcel Maurice Lemieux, o detetive mais arrogante da Europa.

DuVall veio para perto de Goddard na sacada e lhe passou o fone.

— É ele — sussurrou ela.

Goddard enxugou os olhos e, a seguir, pegou o fone.

— Inspetor Lemieux, que prazer poder falar com o senhor novamente — mentiu ele.

— Você está interrompendo o meu dia de folga — respondeu Lemieux.

— Sinto muito, *monsieur*, mas não pude evitar. Sinto muito, mas tenho notícias muito ruins para lhe passar.

— E eu que pensei que não havia nada pior do que o som da sua voz — chiou Lemieux.

Goddard mordeu a sua língua. O homem era mesmo intragável.

— Lamento em lhe informar que *monsieur* Ramsés acaba de ser assassinado.

Houve silêncio do outro lado da linha.

— Rafeeq Ramsés? — perguntou, finalmente, Lemieux.

— Sinto muito, mas é isso mesmo, senhor — confirmou Goddard e, a seguir, passou a explicar, de forma breve, as circunstâncias da morte, até onde ele as conhecia.

— Algum suspeito? — perguntou Lemieux.

— Ainda não — disse Goddard — mas acabamos de começar a nossa investigação e pensei que o senhor poderia nos ajudar aqui em campo.

— Alguma testemunha? — perguntou Lemieux.

— Ainda estamos vasculhando a área atrás de testemunhas, mas existe um homem, Marwan Acade — disse Goddard. — Ele é o diretor geral de uma empresa de segurança especializada em executivos. Ele estava com Ramsés na hora dos tiros. Ramsés talvez estivesse tentando contratá-lo. A nossa esperança é que Ramsés possa tê-lo dito algo que possa lançar luz a respeito de quem o matou e do motivo do assassinato.

— O que você quer dizer com "a nossa *expectativa*"? Lemieux quis saber. — Você ainda não lhe fez esta pergunta?

— Bem, ainda não. — disse Goddard — não exatamente.

— Ótimo — disse Lemieux num tom de repulsa. — Eu mesmo vou lhe perguntar isso. Estou seguindo agora mesmo para o aeroporto. Desloque alguém para me encontrar no heliponto em vinte minutos.

— Vinte minutos? — perguntou Goddard, pego de surpresa. — O senhor não está em Paris?

— Não, estou em Nice.

Lemieux disse aquilo sugerindo que Goddard deveria estar ciente do seu paradeiro. E ele, provavelmente, deveria sabê-lo mesmo. Por que DuVall não lhe avisou? Ela sabia que Goddard odiava surpresas. Ele ficaria muito irritado — mas agora não havia tempo. Neste momento, Goddard tinha um problema mais urgente.

— Bem, *monsieur* Lemieux — respondeu ele — farei com que um dos meus homens lhe encontre e traga até o apartamento de Ramsés. Porém, receio não conseguir colocá-lo ainda frente a frente com Marwan Acade.

— Por que não? — exigiu Lemieux.

— Marwan parece ter desaparecido.

— Desaparecido?

Goddard respirou profundamente. Era a última coisa que ele queria admitir diante de qualquer pessoa, de modo especial, diante de Lemieux.

— Sim, sinto muito. Ele fugiu em meio ao caos e à comoção generalizada no local. Só que nós já bloqueamos todas as saídas da cidade. Em breve o encontraremos e o traremos para interrogatório. Ele pode ser a melhor testemunha que temos. Na verdade, ele pode ser a nossa única testemunha.

—Não, *monsieur* Goddard — retrucou Lemieux. — Sinto muito, mas é nisso que o senhor está enganado. Marwan Acade não é uma testemunha. Ele acaba de se tornar o meu primeiro suspeito.

— Suspeito? — perguntou Goddard. — Mas ainda não sabemos nada sobre ele... quem é, por que estava lá, nada.

— *Então, descubra!* — insistiu Lemieux. Emita um mandado de prisão para Marwan e alerte as autoridades de Milão e Marselha. Não quero que este cara fuja. Do contrário, prometo-lhe, que cabeças rolarão, a começar pela sua.

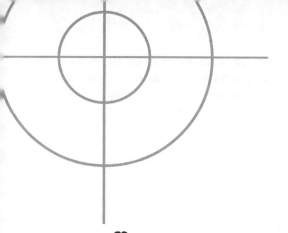

10

Começou a chover. Marwan ligou os limpadores e orou para um Deus no qual ele não acreditava pedindo que não saísse da pista com o carro. Então, o celular, repentinamente, tocou, abalando o silêncio e agitando os seus nervos.

— Alô?

— Marwan, sou eu, Ramy. Você já chegou?

— Não, ainda não.

Marwan conferiu o seu relógio e o seu mapa, e o aperto no seu estômago aumentou. Era quase sete e meia da noite e só agora ele estava chegando ao subúrbio de Marselha.

— Ramy — disse ele — acho que não vou conseguir.

— Marwan, você precisa chegar lá — insistiu o seu irmão. — Você não tem escolha. Consigo tirar você do norte da África, mas não conseguirei lhe tirar de uma prisão francesa. Quanto falta para chegar?

— São, pelo menos, cinco quilômetros, talvez dez, mas veja o horário?

— Eu sei, eu sei — disse Ramy. — Contudo, temos que ver ainda algumas coisas antes de você chegar ao aeroporto.

— Como assim?

— Este telefone, para início de conversa. Você me disse que ele pertence ao motorista do táxi.

— Sim, é verdade.

— Só que você me ligou através do nosso sistema que mistura as frequências de Praga, certo?

— É isso aí.

— Então, os policiais não conseguirão rastrear a ligação até mim — disse Ramy. — Só que eles tentarão, por isso você não pode ficar com esse telefone, não poderá voltar a usá-lo. Assim que encerrarmos esta ligação, você precisará descartá-lo imediatamente. Entendido?

— Sim.

— Quando você chegar à cidade de Casa compre um telefone via satélite — prosseguiu Ramy. — Use dinheiro e não economize. Pegue um bom telefone; um aparelho que ninguém seja capaz de rastrear ou grampear.

— Certo.

— Mas use-o somente para me ligar, não ligue para mais ninguém.

— Certo, não ligarei...

— Marwan, não estou de brincadeira — insistiu Ramy. — Você está cansado, está lidando com uma situação de choque e está alterado esta noite. Você precisa ser duplamente cuidadoso; você não poderá cometer nenhum erro. E, até que resolvamos tudo, você precisa se ocultar, e permanecer escondido. Sem amigos, sem velhas companhias... nada que seja familiar.

— Isto não vai ser difícil — mentiu Acade. — Não conheço ninguém mesmo em Marrocos.

— Muito bom — disse Ramy — siga estas instruções.

Ramy não tinha ideia de que Rania havia saído de Paris e se mudado para Casablanca, mas Marwan não estava em condições de lhe contar aquilo naquele momento.

— Agora, veja — continuou o irmão — uma coisa parece certa. Os seus instintos acerca de Claudette Ramsés estavam certos a respeito do dinheiro. Ela está viva, em São Paulo, fazendo transferências bancárias, o que significa que, provavelmente, está por trás do sequestro e dos assassinatos. Estas são as boas notícias; já sabemos de tudo.

— E quais são as más notícias? — perguntou Marwan, enquanto a chuva começava a engrossar sobre Marselha e o seu ombro começava a latejar com mais intensidade a cada minuto.

— Ela, e seja quem for que esteja trabalhando para ela, sabe que você está atrás deles.

— Só que isso ainda não faz sentido — disse Marwan. Sou a única pessoa que têm essa informação, além das minhas fontes em Zurique e em São Paulo.

— Será que alguém poderia ter o apunhalado pelas costas?

— Não vejo como — disse Marwan. — Já conheço esses caras há, pelo menos, quinze anos.

— E se o telefone do apartamento do Ramsés estivesse grampeado? — perguntou Ramy.

— Você quer dizer, o fone de Monte Carlo?

— Não, o de Paris — disse Ramy.

— É possível, — disse Marwan — mas quem faria isso... a companhia de seguros?

— Ou, a polícia — disse Ramy. — Você não disse que ele suspeitava que alguém da inteligência francesa estivesse no seu encalço?

— Sim.

— Bem?

Marwan considerou esta possibilidade por alguns instantes. Talvez Ramy estivesse correto.

— O que você disse quando ligou para Ramsés outro dia? — perguntou o seu irmão. — Você lhe contou sobre a foto? Você mencionou São Paulo?

— Não, não, é claro que não — insistiu Marwan. — Só disse que tinha uma notícia urgente, que não poderia ser adiada. Falei que precisava encontrá-lo pessoalmente, mas não em Paris.

— Você sugeriu Monte Carlo?

— Não, a sugestão veio dele.

— E ele passou os detalhes de onde e quando vocês se encontrariam naquela ligação telefônica?

— Sim, foi ele.

— Então, é isso, percebe? — disse Ramy. — Aquele telefone estava grampeado.

— A pessoa que estava ouvindo talvez não soubesse o que eu tinha — Marwan expressou a sua compreensão em voz alta. — Ela só sabia que eu tinha algo importante e, independentemente do que fosse, a informação poderia não ser boa para eles. Claudette e a sua quadrilha devem ter ficado em pânico. Eles devem ter decidido cancelar toda a operação.

— Exatamente — disse Ramy — o que significava não somente eliminar Ramsés, mas também você!

— Então, eles precisam saber que eu continuo vivo — disse Marwan — e que todos os seus ataques em Monte Carlo falharam.

— O que significa que eles estão com medo — acrescentou Ramy. — Eles não desistirão enquanto não o encontrarem e derem um fim em você.

— Então, nesse caso, é melhor que nós os encontremos antes.

— Como? — perguntou Ramy.

— Em primeiro lugar, coloque uma equipe no próximo avião para São Paulo; — disse Marwan — precisamos encontrar

Claudette antes que fuja. Se a encontrarmos, ela nos levará aos outros.

— Certo — disse Ramy. Estou dentro.

— Em segundo lugar, descubra quem está fazendo a investigação em Monte Carlo. Marwan ainda acrescentou:

— Descubra se ele está envolvido nisso, ou se é uma pessoa em quem possamos confiar.

— Entendido — disse Ramy. — O que mais?

— Quem você conhece em Paris?

— Tenho um grande amigo na inteligência francesa — disse Ramy. — Eu o conheci quando você me enviou para abrir o escritório de Paris, antes de você se mudar para lá. Ele tem um alto cargo, conhece todos e está me devendo um favor.

— Muito bom, veja, então, se ele já ouviu falar disso — ordenou Marwan, — mas seja cauteloso, Ramy; ainda não sabemos contra o que estamos lutando.

— Não se preocupe. O meu amigo será discreto.

— É melhor que seja mesmo — disse Marwan.

A chuva começava a ficar ainda mais intensa, e a temperatura caía rapidamente, mas Marwan avistou uma placa sinalizando a direção do aeroporto; ele ficava logo ali à frente.

— Preciso desligar, — disse ele — já estou quase chegando.

— Que bom — disse Ramy. — Fique em segurança e me ligue em três dias.

— Certo, três dias — confirmou Marwan — depois disse:

— Ramy?

— Sim, Marwan?

— Obrigado.

— Afinal, para que servem os irmãos mais novos?

11

Marwan chegou ao estacionamento do aeroporto exatamente às oito horas. Ele encontrou uma parte vazia mais ao fundo e desligou o motor. Retirou do táxi todas as impressões digitais, pegou a mala de roupas do banco traseiro e descartou as chaves, a pistola e o celular em várias latas de lixo enquanto corria para apanhar o voo.

Por volta das 20h12 ele já estava no interior do terminal principal. Caminhando o mais depressa que podia, e sem chamar a atenção, ele encontrou o seu guarda-volumes alugado. Ao abri-lo, apanhou um pequeno maço de passaportes falsos, uma dúzia de cartões de crédito (dois para cada nome falso), e vários maços de euros em pequenas quantidades. Ele também apanhou uma muda de roupas, um par de lentes de contato que deixavam os seus olhos verdes e não castanhos e uma pequena mochila. Fechou a porta com força, jogou a foto de Claudette Ramsés em uma lata de lixo e se refugiou em um toalete masculino próximo.

Às 20h21, saiu dali em direção ao balcão da companhia aérea Royal Air Maroc, pagou pela sua passagem e recebeu o seu cartão de embarque.

— É melhor se apressar, *monsieur* Cardell — disse a loira de trás do balcão. — O embarque do seu voo já está aberto.

Marwan disparou rumo à área de segurança e controle de passaportes. Ainda havia alguns passageiros à sua frente. Policiais e agentes à paisana estavam por toda parte; parecia que o lugar estava mais lento por causa deles. Marwan entrou na fila e tentou parecer descontraído, mas o seu coração estava disparado. Ele precisava tirar da sua mente a perspectiva de uma prisão e de um interrogatório iminentes. Ele precisava encontrar uma maneira de se acalmar e se transformar na personagem que ele acabava de assumir.

Tentou, desesperadamente, concentrar-se em Rania. Tentou se lembrar do toque da sua mão no seu rosto, do calor da sua respiração no seu pescoço, do doce aroma do seu perfume. O que ela diria quando abrisse a porta? E ele o que diria a ela? Será que o deixaria entrar? Será que ela estaria se encontrando com outra pessoa?

Rania era tudo em que ele desejava pensar naquela hora, mas, à medida que a fila avançava, centímetro a centímetro, perguntas mais urgentes iam atormentando a sua mente. Como será que o mandado de prisão expedido com urgência para toda a região o teria descrito — seria ele considerado somente uma testemunha, ou um homem procurado por duplo, ou triplo homicídio? Haveria um alerta em todos os aeroportos, portos marítimos, estações de trem e nos hotéis da França e da Itália, ou somente nos locais que ficavam num raio de, aproximadamente, cem quilômetros de Monte Carlo? E, indo mais a fundo, será que ele teria escapado da forca, ou será que ela estaria sufocando o seu pescoço naquele exato momento?

Ele pode olhar a si mesmo ao passar por uma janela de vidro. As botas de couro de cobra aumentavam em bons cinco centímetros a sua altura. Então, obviamente, ele viu a calça jeans rasgada, a camiseta preta, e a jaqueta de jeans desbotada com as palavras "Grateful Dead" bordadas nas costas. Isto tudo, mais os óculos escuros, a mochila e o *iPad* tocando os maiores sucessos da banda *Dead* faziam com que ele se parecesse mais com um estudante secundarista norte-americano que rodava a Europa pegando caronas do que com um guarda-costas de ex-presidentes e primeiros-ministros. Ele mal se reconheceu e este, obviamente, era mesmo o seu objetivo.

Nada menos que oito policiais franceses estavam verificando os passaportes, os rostos e a bagagem, além de operar os detectores de metal. Parecia que todos os olhos estavam sobre ele. Já fazia muito tempo que havia despistado todo o esquema de segurança da Europa — será que ainda saberia como fazer isto?

Chegava, finalmente, a sua vez. Ele lançou a sua mochila e a mala de roupas — a mesma que havia roubado do casal em lua de mel em Monte Carlo — na esteira de raios X. Ele entregou o seu falso passaporte americano, a sua passagem e o seu cartão de embarque.

O oficial de polícia era baixo, um homem turrão, com os cabelos bem aparados, um policial federal com uniforme impecável e com cara de poucos amigos. Ele examinou os documentos em detalhes — de forma demasiadamente detalhada.

A pulsação de Marwan acelerou.

O homem perguntou algo em francês.

— Hã? — perguntou Marwan, retirando o fone de ouvido do seu *iPod* e com cara de quem parecia completamente confuso.

O homem passou, então, a falar em inglês.

— Senhor Cardell, para onde o senhor está indo hoje à noite?

— Casablanca, cara! — disse Marwan, num sotaque do sul da Califórnia quase perfeito. — Na verdade, Rabbat, se conseguir achar quem me dê carona.

Ele ficou feliz de não ter sido levado a um detector de mentiras.

— Sozinho? — perguntou o policial.

— Infelizmente.

— A negócios ou a prazer?

— Puro prazer, cara... pelo menos, é o que espero — riu Marwan, na esperança de quebrar um pouco o gelo, ele faria qualquer coisa que pudesse para arrancar um pouco de boa vontade daquele homem para que lhe desse a permissão de prosseguir.

Só que aquilo, de nada serviu. Pelo contrário, o homem olhou mais fixamente para ele.

— Você está carregando alguma arma?

— Não! — disse ele, embora quase desejasse estar.

— Alguma droga?

Esta foi fácil. Ele nunca usou drogas na vida, mas precisava continuar agindo como um ator.

— Hoje não — ele gracejou.

O oficial não parecia contente com a resposta.

— Você está viajando com mais de dez mil euros?

Marwan fez um cálculo rápido. Até onde conseguia lembrar, ele tinha menos de dois mil euros. Ele voltou a sorrir.

— Cara, você está tirando onda comigo, não está?

Ele percebeu como as sobrancelhas do policial se ergueram.

— Tive que vender a minha *Harley* para chegar aqui — Marwan prosseguiu. — Já torrei a maior parte da grana! Como eu poderia imaginar que a França seria um lugar assim tão caro?

— Onde você vai ficar em Rabat?

Marwan fez uma pausa de instantes. Ele não se lembrava de ter ouvido esta pergunta *ao sair* da França. Será que eles estariam atrás dele? Por que, simplesmente, não o prendiam? A sua boca secou.

— Com a minha namorada? — disse ele, finalmente.

Era mais uma mentira, porque ele não via Rania, pelo menos, há seis meses. Ele não fazia ideia nem se ela o deixaria entrar pela porta da frente. Ele sequer tinha certeza de que a encontraria na porta da frente, mas estava se sentindo exausto. O corte no seu ombro estava começando a infeccionar. Ele não tinha nenhuma reserva em hotel, nem amigos em Marrocos, nenhuma outra razão legítima para ir para lá e, naquele momento não conseguia pensar em nada melhor para dizer.

— Então, você não tem drogas? — perguntou, mais uma vez, o policial.

— Ei, cara, posso parecer meio tolo, mas não sou estúpido.

— Posso verificar a sua mala? — perguntou o homem, obviamente por não estar, ainda, convencido.

Marwan concordou, mas assim que esta palavra saiu da sua boca, ele se lembrou de que, na pressa, não havia olhado tudo o que estava dentro da mala com roupas que pegou da suíte nupcial em Monte Carlo. Ele não fazia a mínima ideia de que era o proprietário da mala: seria ela do noivo ou da noiva? Só agora ele descobriria, e na presença de oito homens bem armados.

O policial começou pela mochila.

Mais roupas em jeans azul, um par de velhas camisetas pretas que precisavam desesperadamente ser lavadas, alguns pares de roupas íntimas sujas, bem como alguns pares limpos. Havia baterias para o *iPad*, um romance de John Grisham intitulado *A Firma*, cheio de orelhas de burro com encadernação barata. Havia também uma embalagem de chocolate pela metade, um pequeno estojo de barbear, uma escova de dente velha, um tubo de creme dental pela metade, e um frasco com um pouco de desodorante e — por fim — uma pequena caixa de veludo, com uma pequena aliança de ouro.

Marwan mal olhou para ela e as memórias que ela evocava imediatamente começaram a assombrá-lo. Ele havia esquecido que a aliança estava ali. Ele não pensava naquilo havia meses. Aquele era o anel que havia dado a Rania, e que ela lhe devolveu. Mil e uma emoções ameaçaram explodir e, então — de modo inesperado — Marwan pensou ter detectado um vislumbre de emoção nos olhos daquele homem.

— Você vai noivar? — perguntou ele.

— Se ela aceitar o meu pedido, eu vou, cara. — disse Marwan, tentando se recuperar rapidamente. — Por qual outro motivo eu venderia a minha *Harley*?

O policial soltou um sorriso amarelo e balançou a cabeça. Depois, recolocou as coisas na mochila e passou a revistar a mala com roupas. Foi, então, que o coração de Marwan quase parou.

Para seu horror, a mala estava cheia de roupas femininas e cosméticos — vestidos, tops, jeans apertados, sapatos de salto alto e sem salto, e lingeries que deixavam pouco espaço para a imaginação. Todos eram artigos novos (alguns, inclusive, ainda estavam com a etiqueta de preço). Eram todas coisas caras, e exigiam uma explicação que Marwan Acade — ou melhor, "Jack Cardell" — não tinha.

O próprio Marwan desejava não aparentar ter ficado tão surpreso quanto, de fato, ficou.

— Talvez eu deva lhe chamar de *Jacqueline* Cardell em vez de Jacques, *non?* — perguntou o policial.

O homem começou a rir, assim como os seus colegas que, na sua maioria, ficaram intrigados com este tal "Deadhead" de Denver.

— Desculpe — disse, finalmente, o policial. — Imagino que tudo isso aqui seja para a sua lua de mel.

E deu uma piscada inesperada para Marwan.

Marwan, na tentativa de dissipar o choque inicial, piscou de volta para o guarda.

— Ei, você é mais esperto do que parece, amigão!

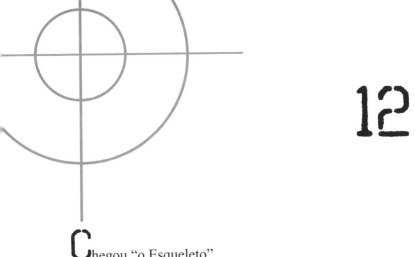

Chegou "o Esqueleto".

É assim que Goddard e DuVall chamavam Lemieux. Ele era um homem feito "só de ossos, mas sem coração" — diziam os dois — e estaria ali daqui a alguns minutos.

Goddard assistia da sacada do apartamento de Ramsés a chegada do helicóptero a jato de Lemieux no heliporto. Um sujeito alto e magricela saiu da aeronave, entrou no sedã sem identificação enviado por Goddard até o local, e fez o curto percurso até a porta da frente. O heliporto ficava a menos de cem metros do Sovereign Place, o luxuoso complexo de apartamentos que a família Ramsés (assim como uma das princesas de Mônaco) ocasionalmente chamava de lar.

Além dessa, a família Ramsés tinha quatro outras casas, segundo Goddard havia descoberto desde a sua chegada. Uma das casas ficava em Alexandria, no litoral sul do Mediterrâneo, onde Rafeeq foi criado. Outra era uma residência urbana de alto padrão em Maadi, em uma região exclusiva no subúrbio do Cairo, não muito distante do escritório central da Blue Nile Holdings. Outra das casas era um caro chalé de esqui em Davos, na Suíça, que Rafeeq, normalmente, locava para clientes, já que ele tinha passado, havia muito tempo, da idade de esquiar com segurança. E a sua rica propriedade de 160.000 m², logo na saída de Paris — a cidade natal de Claudette — onde eles passavam a maior parte do tempo.

A aquisição do apartamento em Monte Carlo foi ideia de sua esposa, segundo as informações passadas a Goddard pelo cozinheiro particular da família, que estava no seu quarto privado quando o tiroteio começou. Claudette era uma típica *socialite*, disse ele, e desejava desesperadamente um local para tomar vinho e oferecer jantares para as suas amigas ricas, um local onde ela pudesse ver e ser vista pelas celebridades que ali chegavam a cada verão para se divertir.

O telefone tocou; Goddard atendeu-o imediatamente, depois desligou e anunciou:

— Ele está chegando, saiam todos daqui.

A equipe de Goddard não precisava receber duas vezes a mesma ordem. Ninguém queria ficar ali por perto quando o Esqueleto chegasse. Todos tinham trabalhado com ele anteriormente. Portanto, os fotógrafos e detetives da cena do crime removiam a poeira em busca de impressões digitais, os oficiais tiravam medidas e as pessoas que procuravam marcavam a localização das cápsulas das balas, todas concluíram o seu trabalho. Todos guardaram os seus equipamentos e saíram do apartamento da forma mais rápida e tranquila possível. Essencialmente, o serviço estava todo concluído — os corpos foram removidos. Eles estavam somente empacotando algumas peças soltas. Obviamente, se preciso fosse, eles retornariam. Por ora, estavam mais do que contentes em sair dali, inclusive Colette DuVall.

Alguns minutos depois, todos haviam saído, a porta do elevador se abriu e Lemieux chegou.

— Bem-vindo, inspetor — disse Goddard.

Lemieux permaneceu imóvel; não falou, não sorriu. Ele nem mesmo apertou a mão estendida de Goddard. Em vez disso, imediatamente, começou a andar pela sala de estar — de modo lento e metódico — parando, ocasionalmente, para se agachar e examinar certas marcações de giz e manchas de sangue. Parecia interessado em estudar os ângulos pelos quais os tiros foram disparados.

— Quando você estiver pronto, posso lhe mostrar o apartamento do outro lado da rua, o que foi utilizado pelo assassino, ou assassinos — ofereceu-se Goddard.

— A minha equipe conseguiu recuperar o rifle e uma lente de aproximação.

Só que Lemieux permaneceu calado. Ele estava contando cápsulas de balas. E se movimentava de uma para outra — dentre as que estavam espalhadas pelo chão, as que ficaram alojadas nas paredes e nas prateleiras, as que perfuraram mesas, cadeiras e sofás — olhando continuamente para o prédio do qual elas foram disparadas.

— Não há impressões digitais nas cápsulas, sinto muito — prosseguiu Goddard.

Só que Lemieux, novamente, não disse nada. O seu silêncio era ensurdecedor.

Goddard estudou o homem, enquanto eles trabalhavam na sala de estar. Ele tinha quase 1,96 m de altura e era assustadoramente magro, e vestia uma capa de chuva comprida e negra, utilizada na neblina de Londres, sobre os seus ombros, como se fosse uma mortalha funeral. A sua expressão facial era tensa e abatida, e com 62 anos de idade, ele era quase tão idoso quanto o pai de Goddard. Ele tinha dois pequenos tufos de cabelos brancos que ficavam acima das orelhas e um pequeno bigode que já estava ficando branco, debaixo de um nariz orgulhoso e pontudo.

Só que eram os olhos de Lemieux que mais preocupavam Goddard. Eles eram pequenos e castanho-escuros. Eles comunicavam, de modo efetivo, o intelecto poderoso daquele homem e a sua memória fotográfica lendária, mas não projetavam nenhuma ponta de compaixão ou afetividade. Nenhuma piedade para com as vítimas assassinadas, nem com as suas famílias, quem dera para com a equipe que estava tentando fazer o melhor possível para encontrar o assassino — ou assassinos — e levá-los a julgamento.

Como um homem como esse poderia ter uma reputação tão ilibada ao longo de toda a Europa? — Goddard ficava a se perguntar. Sim, criminologistas do mundo todo estudavam os casos que ele resolvia. Entretanto, o que dizer dos outros casos que ficavam sob a sua jurisdição, das pessoas que tiveram mortes lentas e dolorosas por morte ou negligência? Será que ninguém levava isso em consideração quando o grande Marcel Lemieux vinha à mente?

— É impossível descrever como gosto da imagem, da sensação e do cheiro da cena de um crime recente — disse Lemieux, depois de muito tempo — enquanto abria caminho pelo local.

— É como um belo quadro, um quadro pintado por um mestre como Monet ou Manet. É uma obra de Pontilhismo, *monsieur* Goddard. Bem de perto, nenhuma indicação... nem um ponto ou mancha de cor... parece fazer sentido por si só. Mas, quando você dá um passo atrás, quando fecha os olhos e internaliza todo o quadro, quando para ver o todo, as pistas começam a lhe contar a história, uma história vívida, violenta e cativante. É isso que todos os maiores detetives fazem. Eles fecham os olhos, sossegam a alma e deixam a narrativa lhes guiar.

Goddard não disse nada. Tudo o que dizia respeito àquele homem lhe dava repulsa. Agora, ele poderia acrescentar ilusões de grandeza e uma tendência à pontificação a esta lista.

O Esqueleto, agora, estava examinando uma das câmeras de vigilância da empresa de segurança contratada por Rafeeq Ramsés em Paris. Havia pequenas câmeras que foram instaladas, seis meses antes, em todo o apartamento e nos corredores externos.

— Nós temos todas as gravações de vigilância preparadas e prontas para rodar — disse Goddard, antes de ser perguntado. — Todas as imagens são digitais e registram o horário e capturam tudo. Lá estavam Ramsés e Marwan conversando durante certo tempo, Ramsés sendo atingido, a morte dos guarda-costas, Marwan pegando as suas armas. Está tudo ali. Na verdade, acabei de receber de volta o relatório balístico. Pelo menos dois dos corpos que encontramos no Meridien foram mortos com uma destas armas, sem dúvida nenhuma, por Marwan.

— Lemieux parou o que estava fazendo e olhou para o alto.

Surpreso com o seu interesse, Goddard acrescentou:

— O único problema é que apesar das fitas de segurança nos mostrarem *o que* aconteceu, elas não nos dizem o *porquê*. Não temos o áudio. Ninguém além de Marwan Acade sabe o que *monsieur* Ramsés disse nos últimos minutos de vida. Mas, como eu disse ao telefone: espero, assim como vocês, tenho certeza de que ele poderá lançar mais luz sobre este crime horrível.

— Então, o senhor já o encontrou, *monsieur* Goddard? Lemieux perguntou, porém completamente ciente da resposta que receberia.

— Não, ainda não — admitiu o inspetor — mas temos uma nova pista.

— O que?

— Uma empresa de táxi acaba de informar que um dos seus veículos está desaparecido — disse Goddard. — A última informação do motorista era de que estava na parte externa do Meridien. Agora, ninguém está conseguindo encontrá-lo e ele também não está respondendo ao rádio. O gerente do Meridien alega que o viu saindo do local, seguindo na direção oeste da cidade.

— Em direção à França? — perguntou Lemieux.

— Aparentemente, sim — disse Goddard. — Farei com que a minha equipe verifique as câmeras de trânsito agora mesmo para identificarmos o carro e ver para onde ele seguiu.

Esta é uma das vantagens de viver em uma era de alta tecnologia, percebeu Goddard, e em uma cidade-estado rica o suficiente para bancar uma tecnologia de ponta que ajude no cumprimento à lei. As câmeras de vigilância estão espalhadas por todos os lugares de Monte Carlo. Dificilmente uma pessoa poderia fazer qualquer movimento sem estar sendo registrada. Nem sempre é possível se impedir um crime, mas geralmente é possível fazer-se a sua reconstituição e rastrear os responsáveis.

— Há quanto tempo o gerente do Meridien viu o motorista de táxi saindo? — perguntou Lemieux.
— Há quase duas horas — disse Goddard.
— E não houve nenhum registro de imagem do Marwan na cidade?
— Não.
— E, ninguém o avistou no aeroporto de Nice?
— Não.
— Nem em Cannes?
— Não.
— Nem em Hyères?
— Também não.

Lemieux andou ao redor do quarto e esbravejou:
— Ele só pode estar a caminho de Marselha. Liguem imediatamente para o chefe da segurança do aeroporto... *vamos logo, vamos logo!*

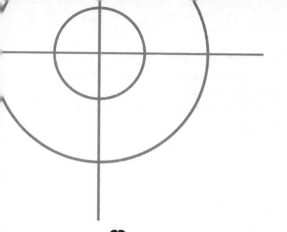

13

O voo 256 da Royal Air Maroc seguiu rapidamente pela pista em meio à escuridão úmida, tendo a bordo quarenta passageiros sonolentos e Marwan Acade, ou melhor, "Jack Cardell" era um deles.

Enquanto o jato seguia rumo ao sul e começava a voar através do Mediterrâneo a 7.500 metros e beirando os 800 km/h, as aeromoças começaram a servir os refrigerantes. O piloto desligou as luzes internas e a maior parte dos passageiros começou a ficar sonolenta, mas Marwan não conseguiu. A dor no seu ombro era quase insuportável. Ele suava e se sentia febril e com náuseas. Apanhou alguns analgésicos que havia pegado do hotel e engoliu-os com um gole de refrigerante, depois, foi até o toalete para lavar as mãos e o rosto.

Tão logo entrou no lavabo do avião, trancou a porta e olhou para o espelho. Sua aparência estava terrível, tal qual ele imaginara. Seu rosto estava pálido; seus olhos estavam vermelhos e úmidos. Quando tirou a jaqueta jeans, descobriu que a sua camiseta estava ensopada. O sangue vazou pelas toalhas de papel que ele havia colocado sobre as costas machucadas no banheiro do aeroporto de Marselha, quando trocou de roupa.

Marwan pendurou a sua jaqueta no gancho da porta, lavou as mãos com sabonete e água morna, e, então, cuidadosamente, salpicou água nas toalhas de papel sobre o seu ombro, até que conseguiu soltá-las do corpo. Era um processo doloroso, que demorou mais que o esperado, e a aeromoça começou a bater na porta.

— Senhor? — disse ela — está tudo bem aí dentro?
— Sim, obrigado — respondeu Marwan.
— Tem certeza, Senhor? — pressionou a moça.
— Sim, estou bem. Já estou saindo.

— Por favor, senhor, vamos aterrissar logo. Precisamos que retorne para o seu assento.

— Sim, sim — disse ele — Já estou saindo.

A última coisa que Marwan desejava era fazer cena ou chamar a atenção. Por mais horrível que se sentisse, correu para lavar o ferimento — retorcendo-se todo — e revesti-lo com papel-toalha úmido. A seguir, ele jogou um pouco de água sobre o rosto, secou-se, secou a pia e o pequeno balcão, e lançou todo o papel-toalha utilizado no lixo. Colocou de novo a jaqueta, verificou novamente a sua aparência para ter certeza de que não havia sinais de sangue, e saiu do lavatório.

— O senhor tem certeza de que está bem? — perguntou a aeromoça a Marwan.

— Um caso leve de enjoo, sinto muito — disse ele, na esperança de parecer normal o suficiente para que ela lhe deixasse em paz.

— O senhor não parece estar muito bem — insistiu a moça. — Gostaria que eu pedisse a algum médico que o examinasse em solo assim que o avião pousar?

— Isto não será necessário — disse ele, enquanto começava a suar novamente. — A minha namorada vai cuidar de mim quando eu chegar lá. Mas é muita gentileza da sua parte... obrigado.

Naquela hora, então, ela deixou que ele seguisse. Só que enquanto Marwan retornava para o seu assento e ali fechava os olhos na aproximação da aeronave ao aeroporto de Casablanca, os seus medos começaram a se intensificar. Sim, ele estava fora de Marselha, fora da Europa, mas estava chamando muita atenção das pessoas. Esta mulher se recordaria do seu rosto, dos seus olhos e do seu comportamento. Quanto tempo levaria até que ela fosse interrogada?

Agora, ele tinha os aparatos policiais de, pelo menos, três países no seu encalço, isso sem mencionar Claudette Ramsés e os seus comparsas. Demoraria muito para que eles o apanhassem? Ele deixou muitas pistas no aeroporto. Se as descobrissem, saberiam que seguiu para Marrocos. Ele seria um homem de sorte se conseguisse viver mais dois dias.

O avião finalmente pousou em Marrocos. Marwan passou pela área de controle de passaportes sem maiores contratempos, a seguir, alugou um carro e tomou a estrada rumo a Casablanca. Uma chuva fria, típica de novembro, começava a cair forte. Ele não conseguiu fazer com que o sistema de aquecimento, nem com que os limpadores de para-brisa funcionassem direito, tornando difícil a leitura das placas de sinalização em uma cidade onde esteve somente um punhado de vezes e sempre em comboios oficiais.

Além disso, a sua febre estava aumentando. Ele se sentia fraco e desorientado. Em dois momentos sentiu que estava prestes a cair no sono no volante e precisou dar uma guinada forte no carro para não bater. Marwan sabia o que estava acontecendo, e não havia nada a fazer, senão apressar-se em chegar. Ele perdeu sangue demais; os seus ferimentos estavam ficando infeccionados; não havia dormido, nem comido. O seu corpo corria o risco de entrar em estado de choque.

Já era quase meia-noite quando, finalmente, alcançou o endereço que tinha anotado em um pequeno pedaço de papel que guardava na carteira. O prédio alto e cinza, construído em alvenaria, não muito longe da Grande Mesquita não era diferente de milhares de outros apartamentos em Marrocos. Só que tinha uma diferença importante. No sétimo andar desse edifício, morava a mulher que ele amava desde a faculdade.

As pessoas do prédio estavam adormecidas, assim como o porteiro. Marwan passou por ele na ponta dos pés e subiu pelas escadas, para que o barulho das campainhas e da porta do elevador não acordasse aquele homem de fisionomia gentil do seu cochilo.

Quando chegou ao sétimo andar, Marwan estava sem fôlego e sentindo uma dor insuportável. Ele limpou o suor da sua testa e puxou, novamente, o papel com o endereço. O corredor tinha uma iluminação muito fraca e a sua vista foi ficando embaçada. A sua boca ficou seca. Tentou confirmar novamente o número — 701, era isto mesmo? Ele estava defronte à porta certa.

O coração de Marwan começou a bater mais rápido com um misto de temor e expectativa. Ele não fazia ideia do que lhe esperaria e sabia da aparência horrível com que ele havia ali chegado naquela hora. Entretanto, para onde mais poderia fugir? Ele olhou por todo o corredor mal iluminado — não havia ninguém por perto. Tudo estava calmo, salvo o som abafado de um aparelho de televisão ligado em algum dos apartamentos no fim do corredor. E, assim, ele bateu à porta — ninguém respondeu — bateu de novo — nada novamente.

Ele sentiu que o pânico começava a tomar conta de si. Ela não estava em casa — onde poderia estar àquela hora? Seria este mesmo o seu endereço correto? A sua cabeça estava latejando. Subitamente, sentiu um suor frio. Seria melhor ir procurar um hotel e voltar na manhã seguinte? Que hotel? Ele não fez nenhuma reserva. Nem mesmo sabia onde achar um hotel àquela hora. Ele não podia nem mesmo fazer uma ligação, pois não tinha mais telefone. Os seus olhos começaram a ficar novamente turvos. O corredor começou a girar; os seus joelhos começavam a vacilar.

Então ele ouviu um barulho de correntes e da fechadura se abrir. A porta à sua frente abriu-se em uma fresta. Um fino feixe de luz amarela atingiu o seu rosto, fazendo com que ele se retraísse e se virasse. Então, uma voz angelical sussurrou:

— Marwan, é você?

Inesperadamente, tudo ficou escuro e Marwan desabou no chão.

PARTE DOIS

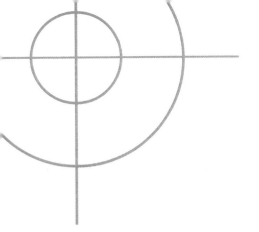

14

Claudette Ramsés estava à toa, próxima à piscina em um grande casarão nas montanhas, vestindo o seu biquíni, bebericando coquetel e suando muito debaixo do sol escaldante de São Paulo.

Mas mesmo quando ela atuava no papel de mulher que gozava da sua recém-adquirida liberdade, com um ajudante que passava óleo de coco nas suas costas e nos seus ombros, o seu estômago continuava agitado enquanto esperava informações da última operação. Ela não precisaria mais viver com aquele tirano insuportável, o "Faraó," como gostava de chamar o marido pelas costas. Só que agora ele estava morto. Mas, o que teria ocorrido com o seu investigador particular? Estaria também morto? E mesmo que ele estivesse, será que alguém mais sabia dos seus planos? Para quem mais ele teria contado?

O seu telefone via satélite tocou. Ela sentou-se e enxotou o ajudante dali. Então, quando teve certeza de que estava sozinha, perguntou:

— Você está utilizando uma linha segura?

— É claro — disse a voz. Você sabe quanto está em jogo.

— Você não é a única pessoa que está assumindo riscos.

— E, então, está tudo terminado?

— Não exatamente.

— O que você quer dizer com isto? — exigiu ela.

— Eles mataram o seu marido. Mas Marwan Acade conseguiu escapar.

— Como isso aconteceu? Eu paguei três equipes.

— Ele é muito bom.

— Eu pensei que vocês fossem melhores.

— Nós vamos encontrá-lo — assegurou a voz — e o mataremos. Só que isso nos custará mais tempo e dinheiro.

— É claro que não — ela rosnou com os maxilares enrijecidos.

— Não vou pagar nem um centavo a mais. Você disse que daria um jeito nos dois. Foi por isso que eu o paguei. O resto é problema seu.

— A senhora está se esquecendo de uma coisa, Sra. Ramsés.

— Não me chame assim — insistiu ela. — Você sabe que odeio este nome.

— Ocorre — disse a voz — que sei onde você está, o que você fez, e tenho todas as evidências de que preciso para colocá-la atrás das grades pelo resto da sua vida.

— Qualquer evidência que me diga respeito, também diz respeito a você — devolveu ela.

— Bem, isso é o que veremos, não é verdade?

Claudette estava, neste momento, andando de um lado para o outro na beira da piscina, o seu rosto estava rubro de raiva.

— Como você ousa me ameaçar? Sou a pessoa que...

Só que a voz do outro lado da linha a interrompeu, dizendo:

— Fique quieta! Não pense que você é a primeira "cliente" que tenta fugir das suas obrigações no meio de uma operação. Temos modos de lidar com este tipo de pessoa; modos que, sugiro eu, você se arrependeria até o último fio de cabelo caso quisesse conhecê-los.

— Não estou tentando fugir das minhas obrigações — disse ela. — Só não quero pagar mais do que o combinado.

— Você pagará o preço que custar, ou acabará pagando com a sua vida... fui claro?

Claudette gelou naquela hora. Ela sabia que ele estava falando sério e sabia do que aquele homem era capaz. Ela não queria morrer, mas, simplesmente, ser livre e rica, como sempre mereceu. A morte de Brigitte foi terrível, mas não chegou a ser do jeito que ela esperava ou do jeito que havia pago para ser. Ela agora, subitamente, temia a possibilidade de experimentar o mesmo destino.

— Muito bem — ela suspirou. — De quanto mais você precisa para terminar com o serviço?

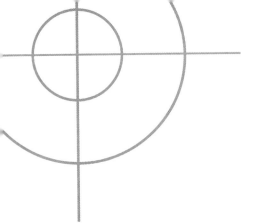

15

Rania Fawaz cobriu rapidamente a boca para não dar um grito. Um tremor provocado pelo pavor foi subindo pelo seu corpo. Ela não conseguia acreditar no que estava vendo. Eles não se encontravam a pelo menos seis meses. Ela saiu de Paris e conseguiu um emprego em Casablanca, para virar a página, começar uma vida nova, longe dele. Como Marwan a encontrou? Por que estava ali? E, o que havia de errado com ele?

Com uma mão Rania apertou o seu roube cor-de-rosa em volta do pescoço, e com a outra ela tocou-lhe para verificar o pulso de Marwan e sentir a sua testa. Ele estava inconsciente, mas continuava vivo, e estava ardendo em febre. Quando ela percebeu respingos de sangue na sua camisa, abriu a sua jaqueta de forma lenta e cuidadosa e descobriu o ferimento.

— Leila — ela sussurrou o mais alto que pôde, sem acordar os vizinhos.

— Leila, venha aqui depressa!

A sua companheira de quarto, chateada por ter sido acordada num horário tão avançado da madrugada, saiu da cama relutantemente e veio tropeçando pela sala de estar. Depois, ela viu aquele homem todo amontoado na parte externa da porta.

— Quem é este cara? — perguntou Leila.

— Marwan Acade — respondeu Rania, colocando-o, cuidadosamente, de cabeça para cima.

Leila suspirou.

— Este é o Marwan? Mas, o que será que ele está fazendo aqui?

— Só Deus sabe — disse Rania. — Porém, veja, ele foi atingido por um tiro.

— Um tiro?

A aparência do rosto de Leila foi de horror e medo.

— Ajude-me a colocá-lo para dentro — disse Rania.

— Você está louca? — perguntou Leila. — Devemos chamar a polícia.

— Não — Rania disse, subitamente, de forma um tanto enérgica.

— Por que não? — perguntou Leila.

— Explico depois.

— Não, diga-me agora — exigiu Leila.

— Fale baixo — sussurrou Rania.

— Fale agora — voltou a exigir Leila.

— Não posso — disse Rania — não aqui... não no corredor.

— Bem, não tem jeito de eu ajudá-lo a trazer esse cara para dentro do meu apartamento.

— Nosso apartamento — corrigiu Rania. — Pago a metade do aluguel, você se esqueceu?

— Só que é o meu nome que está registrado no contrato — disparou novamente Leila — e não vou ser despejada — muito menos presa... só por ajudar um sujeito qualquer que fugiu da França.

Rania levantou-se e olhou a sua colega de quarto nos olhos. As duas eram enfermeiras. Ambas trabalhavam no mesmo hospital e na mesma unidade. Rania não se sentia convencida de que qualquer uma das duas estava apta a dar a Marwan o cuidado de que ele tanto necessitava, mas elas precisavam tentar.

— Ele está morrendo, Leila. Não podemos simplesmente deixá-lo deitado aqui.

— Você está certa — disse Leila em tom desafiador. — Nós podemos chamar a polícia e deixar com que eles cuidem do assunto.

Ela voltou para dentro do apartamento para apanhar o telefone, mas Rania a segurou pelo braço.

— Estou lhe pedindo como amiga — disse ela já com os dentes rangendo.

— Tire a sua mão de mim.

— Você não vai ajudar? — perguntou Rania, puxando Leila para perto do seu rosto.

— Eu disse para tirar a sua mão de mim — exigiu Leila.

— Tudo bem, me viro sozinha — disse Rania — mas pela manhã irei direto ao Dr. Hamid e contarei que você não estava doente na semana passada.

Os olhos de Leila quase se fecharam.

— Você não seria capaz.

— Por que não? — perguntou Rania. — eu a substituí — disse ao doutor que você estava em casa, gripada, porque pensei que fôssemos amigas. O que acha que ele fará quando lhe disser que você estava em Tenerife surfando ao lado do seu namorado espanhol?

— Ele também vai lhe demitir por ter mentido — disse Leila.

— Pode ser — disse Rania — torcendo o braço da amiga — mas o que o seu pai fará quando lhe contar sobre Raul? Será que ele sabe que vocês estão namorando às escondidas, mesmo depois dele tê-la proibido? Será que o seu pai sabe que vocês dormiram juntos em um quarto de hotel?

Leila soltou o seu braço com um puxão e se afastou de Rania.

— Tudo bem, eu ajudo — disse ela. — Só fique de bico fechado sobre o Raul. Se o meu pai descobrir...

Subitamente, uma lâmpada se acendeu no apartamento do outro lado do corredor e a luz começou a se espalhar a partir da pequena abertura da porta. Elas conseguiram ouvir a Sra. Badawi começando a se aproximar. Ela era a mais barulhenta de todos os vizinhos daquele andar e a maior fofoqueira. Se ela visse, mesmo que só de relance, o corpo de Marwan, sem sombra de dúvida, chamaria a polícia, e, em pouco tempo, o prédio todo saberia o que estava acontecendo.

— Rápido — sussurrou Rania.

Ela e Leila — ambas esbeltas e de pequeno porte e com menos de 1,70m — pegaram Marwan pelos braços e pernas e se esforçaram para colocá-lo para dentro. Assim que entraram, trancaram a porta. Quando ambas recuperaram o fôlego, o colocaram sobre o sofá da sala e o cobriram com lençóis.

Rania, então, correu para pegar a bolsa de remédio, enquanto Leila correu para pegar algumas toalhas limpas. Depois, as duas mulheres voltaram para o lado de Marwan, onde Rania retirou os lençóis, removeu a sua jaqueta jeans e cortou a sua camiseta. As duas ficaram chocadas com o que viram.

— Já está ficando infeccionado — disse Leila.

Rania concordou com a cabeça, enquanto tirava a temperatura. Ele está com febre de 40 graus.

Lutando com o misto de emoções dentro do seu coração, Rania tentou se concentrar na tarefa à sua frente. Ela pegou um pequeno escalpelo esterilizado, junto com alguns pedaços gazes e começou a limpar o ferimento. Depois, ela salpicou um pouco de antisséptico sobre o local. Aquilo deveria doer muito, mas Marwan nem se mexeu, não demonstrou nenhum tipo de reação.

— Rania, precisamos levá-lo ao médico — disse Leila, enquanto assistia a amiga trabalhar com afinco para salvar um homem que ela afirmara não amar mais.

— Se a gente não conseguir, ele vai morrer, e nós seremos responsabilizadas.

— Nós não podemos ser responsabilizadas — disse Rania.

— Por que não? — devolveu Leila.

— Você não acha que ele teria ido a um hospital ou a uma delegacia de polícia, caso conseguisse? — perguntou Rania, enxugando as suas próprias lágrimas. — Ele deve estar em apuros. Por que outra razão teria escolhido vir até aqui, para falar comigo? Não há outra razão.

— Você acha que alguém pode estar querendo apanhá-lo?

— Não sei.

— Mas como foi que ele conseguiu encontrá-la? — perguntou Leila. — Eu pensei que...

— Eu não sei — disse Rania, tentando analisar as opções:

— Ele sempre foi uma pessoa talentosa.

— Mas, e se as pessoas que fizeram isso a ele forem igualmente "talentosas"? — perguntou Leila. — E se eles vierem aqui para matá-lo? Eles nos matarão junto.

Rania estava à beira das lágrimas. Leila estava certa. Marwan estava morrendo e a ajuda a ele poderia lhes custar a vida. Só que ela não poderia agir como se não se importasse, independente do que tivesse causado a separação dos dois.

Ela correu para o quarto.

— Para onde você está indo? — pergunto Leila.

Rania tirou a saída de banho e a camisola e vestiu o uniforme de enfermeira. Depois disso, pegou o crachá do hospital e a sua carteira e seguiu até a porta de saída.

— Onde você pensa que vai? — pergunto Leila, de forma exaltada.

— Ao hospital — disse Rania.

— Preciso de suprimentos.

— Do que você está falando, que tipo de suprimentos?

— Antibióticos, plasma e analgésicos... entendeu?

— Mas, já passa da meia-noite.

— Eu sei — disse Rania. — Volto em vinte minutos.

— Ele talvez não aguente vinte minutos.
— Então, é melhor eu correr.
— Mas você não tem autorização para retirar esse tipo de coisa do hospital — disse Leila.
Rania apanhou a sua capa do armário frontal e a colocou sobre o corpo.
— Não tenho escolha.
— E se lhe apanharem?
— Tomarei cuidado.
— Não, isso é muito perigoso.
— Então, qual a sua sugestão? — pergunto Rania.
— Deixe-me ligar para o Raul — disse Leila. — Ele já está lá.
— O quê?
— Ele está fazendo o turno da noite nesta semana.
— Não — disse Rania. — Ninguém além de nós pode saber sobre o Marwan.
— Ele não vai contar para ninguém.
— Obrigado, Leila, gosto muito da sua preocupação. Mas preciso fazer isso sozinha.
— Por quê? — pergunto Leila. — Você vai arriscar o seu emprego, a sua vida... tudo o que tem... em troca de quê? Por Marwan Acade? Por um homem com que você decidiu não se casar? Isto é uma loucura! Você recusou o pedido dele, devolveu a aliança, disse que nunca mais queria vê-lo. Você mesma me disse.
— Sei o que fiz — disse Rania, enquanto procurava as chaves no meio da bolsa. Depois disso, ela se virou para Leila e lhe deu um rápido beijo no rosto. — Só que nunca lhe disse o motivo. Se você soubesse o porquê, me entenderia melhor. Só prometa que vai fazer uma oração para que eu não seja apanhada.
— Prometo que farei isto — disse Leila, carinhosamente.
E, rapidamente, Rania saiu.

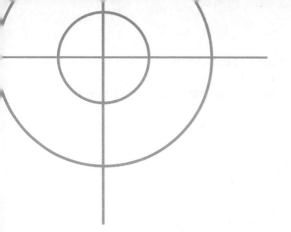

16

Rania encontrou uma vaga de estacionamento próxima à entrada dos fundos do hospital e tentou entrar por diversas portas. Todas estavam trancadas. Ela tentou entrar pelas portas dos dois lados do prédio, mas também estavam trancadas àquela hora da noite. A única forma de entrar era pela sala de emergência, percebeu ela, e isto significava que teria que passar pelo meio dos seguranças. Isto também significava que seria vista, talvez até ser interpelada. Haveria um registro da sua entrada, apesar do fato dela não ter nenhum bom motivo para estar lá. Ela olhou para o seu relógio, mas, não tinha escolha.

— Puxa, não estou acostumado a vê-la por aqui tão tarde da noite, senhorita Fawaz — disse o guarda, enquanto verificava o seu crachá.

— O Dr. Ramiz ligou-me pediu que lhe trouxesse algumas coisas — mentiu ela.

— Está tudo bem? — perguntou ele.

— Tenho certeza que sim — disse ela, com o coração disparado. — Ele tem alguns pacientes que precisam ser visitados amanhã e se lembrou que não tinha todos os medicamentos necessários. Já volto.

— Você precisa de alguma ajuda?

— Não, não, dou um jeito sozinha — disse Rania, desconfortável por ter enganado um colega de trabalho e por ter posto em risco o seu emprego.

— Tranquilo — disse o guarda. — Só assine aqui.

Ele levou até ela o livro de registro de visitantes e lhe mostrou onde deveria assinar. Rania olhou para a caneta e para a folha de registro por alguns instantes, temendo as consequências da sua atitude.

— Algum problema, Srta. Fawaz — perguntou o guarda, percebendo a sua hesitação

Ela deu uma piscada e disfarçou um bocejo.

— Não, não, só estou um pouco mais cansada do que imaginava — disse.

Ela pegou a caneta e tentou assinar o seu nome, mas a caneta estava sem tinta.

— Não está funcionando — disse ela.

— Tem certeza? — disse o guarda. — Sacuda um pouco a caneta, por favor.

Ela sacudiu e tentou de novo — nada.

— Bem, como foi? — disse ele. — Ah, pegue a minha.

O guarda tateou em busca da caneta que, normalmente, fica presa no bolso da sua camisa, mas não a encontrou.

— Que estranho — disse — procurando em toda a escrivaninha e, agora, também embaixo dela. — Eu estava com a caneta há poucos momentos.

Rania olhou novamente para o seu relógio.

— Realmente tenho pressa — disse ela. — Será que posso subir rápido pelas escadas e pegar os suprimentos dos quais o Dr. Ramiz precisa?

O guarda, agora, estava curvado procurando a caneta no chão.

— Não estou entendendo..., resmungou, distraído e um tanto irritado. — Aquela também era a minha caneta favorita.

Rania percebeu que não receberia uma resposta rápida, e precisava voltar antes que Leila mudasse de ideia e denunciasse tudo às autoridades. Ela olhou para o elevador, mas achou melhor não usá-lo. Demoraria muito. Ela correu para a escadaria e subiu rapidamente até o posto das enfermeiras, onde trabalhava, no terceiro andar, enquanto o guarda continuava tateando atrás da sua caneta.

Ela espiou pela janela da escadaria. O lugar estava tranquilo. Conseguiu enxergar uma enfermeira na mesa e outra fazendo a ronda. Ela precisava ser rápida; verificou as chaves para encontrar a chave certa. Abriu a porta e correu para o armário de suprimentos, destravou a porta e acessou os itens. Rania encontrou o que precisava, colocou as coisas na bolsa, e, a seguir, ouviu passos em sua direção. Ela apagou as luzes rapidamente e se agachou atrás de uma das prateleiras.

A porta se abriu. A luz voltou a se acender e alguém entrou, assoviando. O coração de Rania quase parou. Era Raul, o namorado de Leila. O que será que ele fazia ali? Será que Leila tinha lhe avisado? Será que ela lhe confidenciou alguma coisa? A tensão chegou a um nível quase insuportável. Ela não tinha uma explicação convincente para ter entrado naquele local tão tarde da noite, escondendo-se no estoque de suprimentos, caso ele a denunciasse.

Aquele era um pensamento demasiadamente horrível. Rania tentou com todas as forças tirar isso da cabeça. Enquanto segurava a respiração, conseguiu enxergá-lo repondo os produtos, enquanto assoviava. Parecia que ele não notou a sua presença. Raul não parecia estar à sua procura. E, então ele apagou as luzes e saiu.

Rania pôde soltar a respiração. Ela aguardou mais alguns minutos, esforçando-se para ouvir algum barulho de pessoas caminhando. Só que tudo estava calmo. De forma lenta e cautelosa, levantou-se novamente na escuridão e foi a passos lentos até o interruptor de luz, desesperada para não derrubar nada. Ela já tinha em mãos o que precisava. Agora, era hora de sair dali antes que mais alguma coisa desse errado. Ela deu mais uma espiadela pela porta. Tudo estava tranquilo. Agarrando a sua bolsa junto ao peito, apressou-se rumo à escadaria e desceu com pressa os três lances de escada. Quando chegou ao andar térreo, ela diminuiu o ritmo, tentou normalizar a respiração e, então, caminhou de forma rápida e objetiva em direção à saída, cuidando para não olhar diretamente nos olhos do guarda que estava assistindo algo em um pequeno aparelho de televisão portátil.

Ela estava quase na porta da frente quando, de repente, ouviu:

— Srta. Fawaz, pare!

Rania congelou.

Era o guarda. Ele havia descoberto tudo. Mas, como isso teria sido possível?

Apavorada, começou a respirar rapidamente e a se sentir zonza. Sabia que corria perigo de ter falta de ar, porém o que mais ela poderia fazer? Não poderia correr, pois seria pega. Se estivesse com sorte seria, simplesmente, deportada, mas e se... não, nem conseguia pensar neste possibilidade.

Ela virou-se devagar, tentando aparentar calma, mas já tinha perdido todas as esperanças. Sentia-se desanimada e com medo. Agora, ela precisava se resignar e aceitar o seu destino, o de Marwan e o de Leila. Todos transgrediram a lei, e, deveriam arcar com as consequências. Como as coisas haviam chegado a este ponto?

O guarda estava de pé, olhando para ela, só que não estava bravo. Ele sorria.

— Srta. Fawaz, veja só, encontrei a minha caneta! — disse ele em tom de surpresa.
— Venha assinar a sua entrada e a sua saída também.
Enquanto ele ria, Rania se esforçava para conter as lágrimas. Dez minutos depois ela já estava de volta ao seu apartamento.
— Por que você demorou tanto? — perguntou Leila.
— Não havia como ser mais rápido — disse Rania. — Houve complicações.
— Que complicações?
— Nada que eu não pudesse contornar. Mas, já está tudo bem.
— Não, Rania, não está — disse Leila.
— O que você quer dizer com isso?
— A febre de Marwan já passou dos 40 graus.

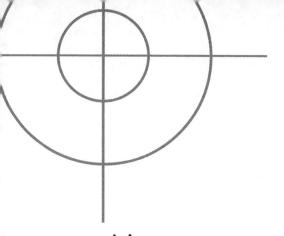

17

Um funcionário do serviço de manutenção do aeroporto descobriu o corpo do motorista de táxi assassinado, assim que o sol nasceu em Marselha. Quinze minutos depois, a polícia cercou o local e por volta das 7h30, o celular do inspetor Jean-Claude Goddard estava tocando em Monte Carlo.

— Sim, sim, o que foi? — perguntou ele, depois de acordar assustado de uma soneca no seu escritório, onde passou a noite toda. — Você está brincando... onde... vocês já cercaram a área? Não, não, vamos pegar um helicóptero... apronte todas as suas coisas para quando chegarmos... bom trabalho.

Ele pediu à Colette DuVall para preparar tudo, depois chamou Lemieux para lhe repassar as novidades. Eles, agora, tinham uma pista.

Goddard lavou o rosto com água quente, escovou os dentes, penteou o cabelo e pegou uma camisa clara de uma das gavetas da sua escrivaninha. Depois, pegou o seu distintivo, a sua arma pessoal, a carteira, as chaves e seguiu para se encontrar com DuVall na parte externa do edifício. Ela o levou para o heliporto, para se encontrar com Lemieux.

— A sua aparência está terrível — disse DuVall, enquanto acelerava o carro através de ruas quase desertas.

— Sinto-me ainda pior — disse Goddard.

— O senhor não foi para casa à noite passada?

— Como poderia? — disse ele, enquanto remexia as suas anotações. — Você descobriu mais alguma coisa sobre Marwan?

— O e-mail que enviei ao senhor às quatro é tudo o que tenho até o momento — disse DuVall — mas tenho uma chamada de teleconferência com Beirute e Paris às 10 horas. Farei contato com o senhor assim que tiver mais informações.

DuVall entrou com o carro no estacionamento. O helicóptero já estava pronto para decolar. Goddard saiu e apanhou a sua valise.

— Tem certeza de que não quer ir no meu lugar? — gritou ele, por causa do barulho das hélices do helicóptero.

— Um dia inteiro com o Esqueleto? — gritou ela, de volta. — É bastante tentador, mas vou deixar para você mesmo.

— Engraçadinha, você, hein? — gritou Goddard. — Descubra mais coisas sobre Marwan, depressa, está bem?

— Deixe comigo.

Alguns minutos depois, o Inspetor Lemieux chegou e o helicóptero decolou.

— Certo, monsieur Goddard — disse Lemieux — O que o senhor conseguiu descobrir a respeito deste cara chamado Marwan?

Era a hora de mostrar tudo.

— O seu nome completo é Marwan Adeeb Musa Acade — iniciou Goddard enquanto eles sobrevoavam o interior da França — Ele nasceu em Sidom, no Líbano, no dia 14 de fevereiro de 1978. O seu pai, o Sr. Adib, era um banqueiro; a sua mãe, Sara, era professora. A sua família se mudou para Beirute em 1973. As demais informações são um tanto incompletas. Sabemos que ele tem um irmão mais novo chamado Ramy que nasceu em 1982. Marwan entrou para o serviço militar no ano de 1996 — destacou-se, foi promovido e serviu em várias unidades de elite. Depois disso, foi enviado para os serviços secretos, servindo como guarda-costas do Ministro da Defesa em 1998 e como parte do pelotão pessoal de proteção do Primeiro-ministro de 1999 a 2001.

Goddard passou os olhos sobre o e-mail impresso por DuVall.

— Desde lá — prosseguiu ele — Marwan deixou o governo no ano de 2003. Constituiu uma empresa chamada Acade & Associados, que trabalha no ramo de segurança de executivos. Isso ocorreu exatamente na época em que Ramy saiu do exército. Até onde sabemos, a maior parte dos seus trabalhos diz respeito à segurança de executivos do petróleo do mundo ocidental, e de suas equipes, que, agora, trabalham no Iraque e no auxílio ao rastreamento de vítimas de sequestros. Mais recentemente, a empresa começou proteger executivos de empresas petrolíferas que trabalhavam na Líbia. E parece que eles estão crescendo rapidamente ao trabalharem com outros 500 clientes riquíssimos no Golfo e ao redor dele. Não existe um canal de acesso no website da sua empresa, somente uma lista de clientes e informações de contato do escritório central em Beirute. A minha colega, Colette DuVall, tentou ligar para o escritório na noite passada, mas estava fechado. Ela tentará novamente daqui a uma hora.

— É só isso? — perguntou Lemieux.

— Até o momento, sim — disse Goddard, um tanto abalado pela intensidade das palavras de Lemieux.

— E você acha que eu já não sabia de tudo isso? Perguntou o Esqueleto, com uma voz encharcada de desgosto. — Consegui tudo isso com uma única ligação de cinco minutos. A minha secretária sabe mais acerca de Marwan Acade do que você, monsieur Goddard. Será que isso é o melhor que Mônaco tem a oferecer? Santo Deus!

Goddard sentiu-se determinado a não perder a sua compostura. Em certas horas ele tinha uma enorme vontade de acertar um murro bem no nariz daquele sujeito, mas não poderia permitir-se extravasar os seus sentimentos desta forma. Tampouco ele desejava dar a Lemieux o gosto de saber que ele o tirava do sério.

— O senhor pediu-me para reunir tudo o que pudesse — respondeu Goddard. — Nós deveremos ter mais informações daqui a poucas horas.

— Em algumas horas, Marwan pode estar chegando ao Japão ou ao Alasca — disse Lemieux. — Não podemos nos dar ao luxo de perder este tempo, monsieur Goddard. Temos um assassino à solta, a esta altura, ele tem uma vantagem de nove horas sobre nós.

Goddard podia sentir o seu pescoço e o seu rosto enrubescendo. As suas orelhas também ficaram quentes. Todos no helicóptero ouviram a forma como fora insultado e ele desejava dar o troco, só que aquele não era o local nem a hora apropriada.

— Estou curioso, monsieur Goddard — continuou Lemieux, enquanto prosseguiam a rumo a Marselha — Por que o senhor não mencionou nada a respeito de como Marwan e o seu irmão sobreviveram à invasão do Líbano em 1982? Como eles se esconderam nos corredores e na banheira do seu apartamento, envolvidos nos braços da mãe, que tentava evitar que eles fossem atingidos por fragmentos de vidro ou detritos?

— Sinto muito, mas não mencionei isso mesmo...

— Por que o senhor não disse nada sobre o dia em que Marwan viu os seus dois tios e duas tias, junto com os seus respectivos filhos, serem mortos por um morteiro durante a festa do primeiro aniversário de Ramy? Lemieux continuou:

— O senhor sabia que Marwan e o seu irmão assistiram a morte dos seus pais em um atentado a bomba em um carro nas ruas de Beirute, alguns anos depois?

Goddard olhou para fora da janela, em direção às árvores secas e às fazendas alagadas depois de uma noite de chuvas torrenciais.

— O senhor sabia? — insistiu Lemieux. — O dia 3 de janeiro de 1993... faz soar algum alarme no senhor?

— Não — disse Goddard.

Ele se sentiu humilhado. E o que lhe fazia se sentir pior era que Lemieux estava certo. Ele deveria ter conseguido mais informações, ter descoberto mais coisas. Jamais deveria ter trazido a Lemieux migalhas de pão, em vez de uma refeição completa. Goddard sabia como aquele cidadão trabalhava, e só podia culpar-se a si mesmo pelas falhas.

Infelizmente, Lemieux ainda não havia terminado.

— Marwan se mostrou muito tímido no seu aniversário de quinze anos — disse o Esqueleto, sem demonstrar qualquer ponta de emoção. — Ramy ainda não tinha onze. Foi um dia que os assombraria pelo resto das suas vidas, um dia sobre o qual eles nunca falam. Nem mesmo entre si. E nem para si mesmos. O senhor quer resolver este caso, monsieur Goddard? Então seria melhor tentar compreender quem é realmente Marwan Acade. O senhor deseja saber como um homem pode ser levado a praticar chantagens, assassinatos e aterrorizar uma comunidade inteira de inocentes? Então, é melhor o senhor começar a compreender os acontecimentos que marcaram a vida daquele homem, e os demônios que o possuem.

— A história começa com o dia do assassinato dos pais de Marwan. Tudo mudou naquele dia, não é mesmo? De uma hora para outra, Marwan deixou de ser irmão, para assumir o papel de pai. Não havia ninguém mais para criar Ramy. Os seus tios haviam morrido; as suas tias também. O restante dos seus familiares fugiu do Líbano em direção à Europa e aos Estados Unidos. Subitamente, Marwan teve que assumir por completo a criação do seu pequeno irmão... alimentação, vestuário e proteção. Até quando esteve no Exército, Marwan precisou abrir as portas para Ramy. Ele fez com que o irmão fosse aceito na unidade de elite. Ele conseguiu para Ramy atribuições escolhidas, até mesmo um lugar cobiçado no pelotão de proteção do Primeiro-Ministro, que ficava só a um passo do círculo mais íntimo do poder.

— Mas por quê... atrás do que eles estariam? Será que o objetivo real deles era tão nobre: proteger os líderes do seu país do perigo, e os filhos dos líderes de um sofrimento semelhante ao que eles mesmos haviam passado? Convenhamos, agora, monsieur Goddard, diga-me que o senhor não é assim tão ingênuo.

Goddard permaneceu calado. Ele já estava cheio daquilo tudo.

— Não é o amor pelo país que impulsiona o Sr. Marwan Acade, monsieur Goddard — disse Lemieux. — A sua força motriz é a pura ganância. Acredite em mim, a minha vida toda ando a caça de homens desse tipo. Conheço-os só de olhar. Marwan quer aquilo que acredita ser seu por direito... o que foi arrancado das suas mãos... as riquezas e um senso indescritível de invencibilidade que acompanha as pessoas que são muito, tremendamente ricas. E, para satisfazer a sua fome quase insaciável, ele investe sobre os ricos e poderosos, levando-os a ter uma falsa sensação de segurança, antes de lhes sugar todo o sangue. Escreva as minhas palavras, monsieur: Marwan Acade é um filho do Diabo. Ele só vem para roubar, matar e destruir. É por isso que precisamos encontrá-lo antes dele atacar novamente.

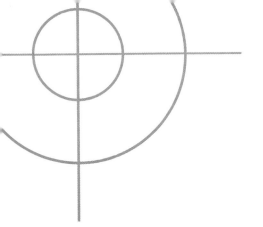

18

Aproximadamente na mesma hora em que Goddard e Lemieux pousavam em Marselha, as autoridades locais já tinham reunido novas e significativas evidências. Eles seguiram para o escritório do diretor de segurança do aeroporto e começaram a rever as fitas das câmeras.

A primeira delas mostrava o táxi de Marwan entrando no aeroporto. Outra mostrava o próprio Marwan entrando no aeroporto alguns minutos depois. Outros ângulos da câmera mostravam-no abrindo o seu guarda-volumes, entrando no banheiro masculino, apanhando a sua jaqueta, o cartão de embarque e seguindo através dos policiais como "Jack Cardell".

— O que ele acabou de jogar na lixeira? — perguntou Goddard.

— Quem vai saber? — disse Lemieux. — Poderia ser qualquer coisa.

Goddard virou-se para o diretor e perguntou:

— Alguém precisa vasculhar todo o lixo coletado naquela noite e descobrir o que era?

— Mas, monsieur, o Inspetor está correto — disse o diretor. — Poderia ser qualquer coisa.

— Ou poderia ser algo importante — insistiu Goddard.

— Descubra o que era.

Em seguida, Lemieux convocou o oficial de segurança que liberou Marwan para seguir viagem. Ele o interrogou de forma tão veemente que Goddard pensou que o homem fosse ter um colapso nervoso. Eles suspenderam imediatamente o oficial, sem direito a remuneração.

Enquanto isso, uma revisão dos acessos de computadores mostrou que alguém usava um provedor de Internet libanês havia comprado uma passagem da Royal Air Maroc online para Marwan.

— Deve ser o irmão de Marwan — disse Lemieux.

— Não temos certeza disso — alertou Goddard.

— Quem mais poderia ser? — perguntou Lemieux.

— Só estou dizendo que estamos tentando montar o caso — disse Goddard — não a partir de conjecturas, mas com fatos concretos que sejam comprováveis diante de um tribunal. Se Marwan for, de fato, culpado... e esta é uma possibilidade real... precisamos de muito mais evidências do que as que dispomos. Até o momento, tudo o que temos é circunstancial.

— Já esclareci muitos casos com menos — gabou-se Lemieux.

E quantos você deixou de esclarecer com mais evidências? — pensou Goddard, mas não disse nada.

— Enquadre-se — disse Lemieux — mas estou embarcando no próximo voo rumo a Casablanca para encontrar o nosso assassino. Quero que você siga para Beirute e descubra quem comprou aquela passagem. Só cuide da sua retaguarda, monsieur Goddard. Marwan e Ramy Acade são homens perigosos. Quanto mais próximos eles estão, mais perigosos se tornam.

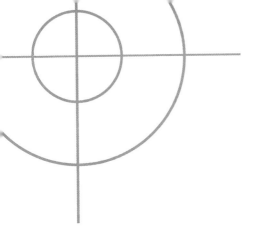

19

— Marwan! Marwan, você está me ouvindo?

Marwan tentava acordar, mas os seus olhos pesavam como chumbo. O seu corpo estava todo dolorido e apesar da sua cabeça e do seu rosto estarem completamente molhados de suor, ele tremia de frio. Ele puxou os lençóis para mais perto do peito e se encolheu em posição fetal.

— Marwan, sou eu... Rania... você está me ouvindo?

Sim, ele conseguia. Ele amava a sua voz e sentia muita saudade de ouvi-la novamente.

Ele e Rania eram amigos desde uma idade muito tenra. Brincavam juntos, riam juntos e sobreviveram juntos à guerra civil do Líbano. Sempre iam à festa de aniversário um do outro. Eles se sentavam próximos na escola. Certa vez, ambos construíram um forte no sótão e ali guardaram livros de comédia e refrigerantes — de uva, que eram os favoritos dela e laranja, os prediletos dele.

O primeiro beijo de Marwan foi em Rania. A primeira garota com quem ele saiu para assistir um filme americano foi Rania. Ele não seria capaz de se lembrar do que se passou no filme, mas, com certeza, lembrava-se dos dois se moverem sorrateiramente até a sala de cinema e de se esconderem no fundo, já que os pais de nenhum dos dois permitia que ambos namorassem. E, ele conseguia se lembrar de ter segurado na mão dela.

Ele tinha certeza de que Rania seria a sua esposa. E, então, num certo dia, quando ela tinha quatorze anos, quando as aulas já tinham terminado e as férias de verão estavam prestes a começar, ela veio e bateu à sua porta e lhe contou a novidade. O pai da menina havia conseguido um novo emprego. Ele trabalharia na França, mais precisamente em Paris — eles estavam partindo naquela mesma noite, e não voltariam mais. Marwan ainda conseguia lembrar como se sentiu ao beijá-la no rosto, com os olhos úmidos, enquanto ela dava o seu adeus, depois se virou e saiu correndo. Ele ainda conseguia sentir o nó na garganta e a dor no coração. Ele ainda se lembra de que, na época, ficou pensando o que havia feito de tão errado para que Deus o castigasse daquela forma.

— Marwan — sussurrou ela novamente — Você consegue abrir os olhos? Você precisa acordar.

E ali estavam novamente: o calor da sua respiração, o cheiro do seu perfume no ar. Os seus olhos vermelhos começaram a se abrir e, subitamente, ele conseguiu enxergá-la de novo, e um sorriso exausto começou a se formar nos cantos da sua boca.

Ela não estava mais vestida com a camisola cor-de-rosa. Agora, ela estava usando um uniforme branco de enfermeira. Os seus cabelos, outrora longos e negros, haviam sido cortados e chegavam, no máximo, até os ombros. Ela não tinha nenhum tipo de maquiagem no rosto, mas a sua aparência atual era muito melhor — mais pura, mais doce. E os seus olhos, aqueles belos olhos castanhos estavam mais hipnotizantes do que ele jamais os havia visto. O simples olhar nos seus olhos já era o suficiente para pagar todo o sofrimento que ele havia passado. Naquele momento, era como se a dor e o aperto no coração dos últimos seis meses, subitamente, tivessem sido completamente apagados. Estar na sua casa, no seu sofá, sob os seus cuidados, a centímetros do seu coração era mais do que revigorante, mais terapêutico do que qualquer elixir prescrito por médico.

— Marwan, você está me ouvindo? — suspirou ela, novamente, de modo carinhoso.

— Que horas são? — perguntou Marwan, com uma voz rouca e fraca.

A sua dor de cabeça latejante começava a passar. Ele se sentia seguro e em paz, mais calmo e tranquilo do que vinha se sentindo havia meses.

Rania olhou para o seu relógio.

— São quase oito horas.

— Oito da manhã? — pergunto ele, olhando para as cortinas entreabertas no outro lado do quarto. — Por que ainda está escuro lá fora?

— Já é de noite, Marwan — explicou ela — já são quase oito da noite. Você está dormindo direto desde que desabou no corredor do meu apartamento.

— Desculpe-me — sussurrou ele.

Ela balançou a cabeça e pôs a mão na sua testa para sentir a sua temperatura. — Está tudo bem — disse ela.

— Não, sinto muito por tudo — sussurrou ele em resposta. — Sei que você não quer...

— Psiu — disse ela, colocando carinhosamente o seu dedo indicador sobre os seus lábios. — Tem uma coisa que preciso lhe dizer.

Qualquer coisa, pensou Marwan. Ela poderia até ler obituários ou o verso das embalagens de cereais, pois tudo o que vinha dela lhe chamava a atenção. Ele simplesmente estava feliz por estar de volta na vida dela.

Ela fez uma pequena pausa, depois olhou nos olhos de Marwan, o que fez com que ele voltasse a se sentir novamente melhor. Ela, então, respirou fundo e disse:

— Você não pode ficar aqui.

O coração de Marwan perdeu o compasso.

O que era aquilo? — perguntou ele a si mesmo. O que ela acabara de dizer? As mãos dele ficaram geladas. Ele tentou falar, mas a sua boca estava seca e nenhuma palavra se formava.

— Não diga nada — sussurrou ela — só ouça agora.

Mas ele não conseguiu. Independentemente do que ela dissesse em seguida, ele não queria mais ouvir.

— Eu te amo, Marwan — começou a dizer Rania. — Acho que sempre o amei, desde o dia em que você me deu o seu primeiro beijo e, provavelmente, já lhe amava muito antes disso. Quando viajei com os meus pais para Paris, foi o dia em que mais chorei na minha vida porque pensei que a gente jamais voltaria a se encontrar. E continuei chorando por semanas. Disse aos meus pais que os odiava por me tirar dali e que iria fugir para ficar com você.

— Mas eu não passava de uma menina, Marwan. Nada mais que uma menininha. Mas cresci e você também. Nós mudamos e seguimos por caminhos diferentes, até nos tornar pessoas bem diferentes. E, quando você apareceu na minha porta no ano passado, trazendo flores, presentes e uma proposta de casamento, você me assustou. Porque eu já tinha uma nova vida, muito diferente e gostava das escolhas que fiz. Eu tinha amigos que se importavam comigo e um rapaz que estava interessado em mim.

— Só que você continuou me enviando todas aquelas cartas e anotações maravilhosas e me enviando presentes, flores e fui ficando confusa. Por quase dez anos fiz tudo o que pude para esquecê-lo... bem, não foi bem assim, não quero dizer esquecer, mas fiz de tudo para superar este sentimento, para deixar você para trás e começar a construir uma vida que me fosse adequada. Sei que você só estava tentando me dizer o quanto me amava com ternura. Só que lia as suas cartas, Marwan. Você provavelmente pensa que eu não, mas eu as lia! Você me contava sobre o tipo de vida que levava, e eu pensava que seria arrebatada por todas as "coisas" que você tinha e pelos seus "amigos em altas posições," mas não foi assim. Eu mal conseguia reconhecer aquele meu melhor amigo naquelas cartas.

— Não quero me casar com um homem que nunca está em casa, que vive constantemente correndo perigo, que ganha mais dinheiro cada vez que arrisca mais a sua vida. Não quero me casar com um homem que adora o dinheiro, o poder e o prestígio em vez de adorar a Deus. Quero uma pessoa que me ame, Marwan, alguém que queira passar tempo comigo, que deseje constituir uma família e seja sério a respeito das coisas mais importantes da vida. E esta pessoa não é você, Marwan. Talvez você tenha sido esta pessoa um dia, mas não creio que você seja assim atualmente.

— Eu posso mudar — disse Marwan, agora, esforçando-se para falar.

Rania acariciou o seu rosto quente com as suas mãos frias e sorriu.

— Quem sabe você possa mudar — disse ela, sem uma ponta sequer de julgamento nos seus olhos — mas você acabou de desabar diante da porta do meu apartamento com um ferimento à bala. Acabo de arriscar o meu emprego para salvá-lo. Este não é o tipo de vida que quero para mim.

— É por isso que você fugiu? — perguntou Marwan.

— Eu não fugi — respondeu Rania com calma. — Recebi uma proposta de emprego aqui e a aceitei.

— Nós planejamos um jantar em Paris — disse ele, ainda com voz arranhada e forçada. — Fiquei sentado lá por uma hora, até que o seu irmão, finalmente, apareceu para dizer que você não estava mais na cidade.

— Talvez o meu irmão não tenha tratado a situação da forma como deveria.

— Nenhum bilhete, nenhum adeus — disse Marwan. — Você, simplesmente, desapareceu.

— Pensei que isso fosse o melhor a fazer — disse Rania. — Parecia que você não entenderia o recado de nenhuma outra forma.

— Acredito que você não tenha tratado a situação da forma como deveria — sugeriu Marwan.

— Talvez não — admitiu ela — mas não tive intenção de machucar você.

— Só que foi isso o que você fez.

— Desculpe-me Marwan, peço desculpas de verdade. Só que a sua vinda para cá foi um erro.

— Eu não tinha mais ninguém.

— Qual o tamanho da enrascada em que você se meteu?

— Você viu o ferimento.

— Quem fez isto em você?

— Eu não sei. Mas preciso de um lugar para ficar até que possa me recuperar e entender as coisas.

— Só que não pode ser aqui — disse Rania.

— Por que não? — perguntou Marwan. — Eu não vou ficar no seu caminho. Só preciso de um tempo.

— Isto não está certo — disse Rania, sacudindo a cabeça. — Não é seguro, e ...

— E o quê? Marwan insistiu, mesmo sabendo o que ela diria.

— Não me obrigue a dizer, Marwan.

— Quero ouvir você.

— Marwan, por favor.

Contudo, Marwan, insistiu; enquanto as lágrimas começavam a se formar nos olhos de Rania.

— Eu o amo, Marwan — disse ela — mas não do jeito que você deseja. Desculpe-me. Por favor, vamos deixar as coisas assim.

Marwan sacudiu a cabeça e, subitamente, percebeu que Leila estava sentada no canto, com os olhos também rasos d'água. Então, reunindo todas as forças que lhe restavam, se levantou, pegou as suas coisas, e se dirigiu até a porta, e olhou de volta para o seu primeiro amor.

— Espero que você encontre o homem que procura, Rania — disse ele com ternura. — Você merece ser feliz. Prometo não incomodá-la nunca mais.

Os olhos de Rania ficaram vermelhos. O seu lábio inferior começou a tremer. Ele não queria tornar as coisas mais difíceis do que já estavam para ela.

— Obrigado pelos curativos — disse ele, finalmente, com voz engasgada.

Houve um silêncio breve e embaraçoso e, então, ele abriu a porta e começou a sair.

— Para onde você vai, Marwan? — perguntou ela.

— Que diferença isso faz para você?

— Faz muita diferença para mim — respondeu ela.

— Na verdade, não sei, para o Egito, para o Golfo, para algum lugar bem longe daqui. E, então, ele caminhou porta a fora, fechou-a calmamente e se foi.

20

Já eram quase 21 horas quando Marwan Acade saiu mancando do apartamento de Rania e começou a caminhar sem direção pela noite. Para onde iria? Não conhecia ninguém mais naquele país. Ele não ousava ficar em um hotel. Ele precisava considerar que as pessoas que estavam no seu encalço o procurariam em Marrocos, se é que já não estavam ali.

Ele continuava lutando com uma febre (embora, já tivesse abaixo de 38°C). Todas as juntas do seu corpo doíam e, agora, o seu coração também estava despedaçado. A ida à casa de Rania tinha sido um erro estúpido. Como pôde ter sido tão idiota? Agora ele tinha certeza do que temeu ao longo de seis meses — a vida que escolheu para si lhe custou a mulher que amava. O que mais importava para ele?

A esperança foi perdida e com ela a sua vontade de fugir dos seus perseguidores. As trevas começaram a tomar conta da sua mente: pensamentos suicidas, pensamentos de por um fim a toda aquela dor e escapar para o abismo. Só que, então, vinham também à sua mente pensamentos acerca do seu irmão que estava trabalhando com tanto afinco para ajudá-lo a escapar daquilo tudo com segurança e que, agora, era o seu único amigo neste mundo. Ele jamais poderia abandonar Ramy. O espírito dos seus pais jamais o perdoariam caso fizesse isso, e independente do que acontecesse, ele não poderia desonrar a memória deles.

Mas, o que exatamente Marwan deveria fazer? Ele não tinha onde ficar, ninguém para onde correr e o relógio lhe pressionava. Alguém vinha ao seu encalço e um movimento errado poderia ser fatal.

Subitamente, lembrou-se do carro alugado e que poderia encontrá-lo, ele se afastou da área onde ficava o apartamento de Rania e abandonou o carro em uma rua deserta, deixando as chaves no porta-malas. Ele, então, acenou para um táxi e foi até o Aeroporto Internacional Rafeeq V, onde ligou para o seu irmão de um telefone, utilizando um cartão de crédito em nome de uma das suas identidades falsas.

— Ramy, sou eu, Marwan. Desculpa, ligar para casa.

— O que você está fazendo? — perguntou Ramy. — Eu lhe disse para me ligar de um telefone por satélite.

— Eu sei, mas não tive tempo.

— E você deveria ter esperado três dias. Mal se passou um dia.

— Preciso ir para casa.

— Por quê? O que deu errado?

— É uma longa história — disse Marwan.

— Quanto tempo leva para me contar? — perguntou Ramy. — Você nem chegou a ficar doze horas no local.

— Olha só, não posso falar nisso agora — insistiu Marwan. — Preciso que você reserve uma passagem.

— Não, Beirute não é uma boa ideia; pelo menos por enquanto.

— Por quê?

— Lá não é seguro, não neste momento.

— Bem, não posso ficar mais aqui, nem posso voltar para a Europa; o que você me diz de São Paulo?

— Você é bem engraçadinho, hein? — disse Ramy, já com voz exausta.

— Por que não? — perguntou Marwan. — Posso ajudar na busca por Claudette.

— Já tenho pessoas nesta missão, mas não quero você nisso.

— E o que você acha de ir para os Estados Unidos?

— Você jamais conseguiria obter o visto de entrada.

— E o que você acha do Cairo?

— Por que o Cairo?

— Por que não? — disse Marwan, avistando vários agentes policiais de Marrocos se reunindo em uma das saídas. — Há quatorze milhões de pessoas lá. Posso desaparecer.

— Ainda não estou entendendo — disse Ramy. — Por que você não fica simplesmente na cidade de Casa?

— Isto não é possível — disse Marwan. — Eu lhe conto mais tarde.

— Tudo bem, vou fazer uma reserva para o Cairo, então. Quando você quer partir?

— Agora.

— O que você quer dizer com "agora"? Onde você está?

— Estou no aeroporto.

— Mas, já? Espere, dê-me só alguns momentos.

— Qual foi o problema?

— Tem uma chamada de notícia de última hora na televisão francesa.

— O quê?

— Eles acabaram de encontrar o corpo do motorista de táxi em Marselha — disse Ramy.

— O que eles estão dizendo? — perguntou Marwan. — Eles falaram alguma coisa sobre mim ou sobre o Marrocos?

— Não, ainda não — disse Ramy. — Eles alegam que a polícia ainda está juntando informações, mas ainda não têm pistas.

— Eles estão mentindo — disse Marwan. — Eles estão em cima de mim, e, preciso sair daqui agora mesmo.

— Você está certo. Que nome devo usar para a sua partida?

— Faça a reserva sob o nome de Tariq Jameel.

— Certo — disse Ramy, que já tinha acessado com o seu computador a página de reservas. — O que mais?

— Precisarei de um lugar para ficar.

— O que você acha de um hotel?

— Não, seria muito arriscado, eu seria facilmente rastreado em um hotel.

— E, como faremos? — perguntou Ramy.

— Consiga-me um apartamento.

— Um apartamento... quanto tempo você está planejando ficar por lá?

— Não faço ideia, mas posso demorar.

— Você não está falando sério — disse Ramy, em tom de gozação.

— Por que não? — disse Marwan. — Você mesmo disse, Ramy. Não posso ir para casa; não posso ir atrás da Claudette. Para onde mais poderia ir?

Ramy ficou calado.

— Preciso que você me arrume um lugar bem rápido, não importa o preço — disse Marwan. — Depois envie pelo serviço de encomenda expressa um telefone via satélite, um pouco de dinheiro e alguns cartões de apresentação.

— Cartões de apresentação... para que isso?

— Algo que possa me dar um pouco de legitimidade.

— Que tipo de profissão? — perguntou Ramy.

— Não sei — disse Marwan. — Mas, faça de mim um

vendedor de computadores... não, melhor, um consultor. Invente aí um nome de empresa e uma logomarca; e coloque no ar, imediatamente, um site falso para esta empresa.

— Você está brincando comigo, não está?

— Ei — disse Marwan — para que servem mesmo os irmãos menores?

****

Por volta das 11h30, Marwan estava embarcando no voo de número 848 da Egypt Air, que saía à meia-noite e cinco. Às 7h05 da manhã ele já tinha aterrissado no Cairo, mesmo não sabendo como havia conseguido tamanho feito.

Ninguém o abordou; nenhuma pergunta. Parecia que ninguém estava lhe seguindo. Por quê? Seria só mais uma armadilha, ou algum fruto da providência divina? Não parecia uma armadilha. Só que, por que Deus seria misericordioso com ele a esta altura, depois já ter tirado tantas coisas da sua vida? — a sua carreira, a mulher que amava e quase ter tirado a sua vida em tantas ocasiões nas últimas vinte e quatro horas? Não fazia sentido, mas ele se valeria de qualquer golpe de sorte que lhe aparecesse.

A pergunta mais importante não era como ele havia chegado ali, mas o que faria depois? Para começar, ele precisava se lembrar que, agora, era "Tariq Jameel." Era isso o que dizia o seu passaporte; era isso que também estava escrito nas suas passagens. Este era o nome que constaria do contrato de aluguel do apartamento. Ele precisaria se acostumar com a nova identidade; precisaria pensar em si mesmo como sendo Tariq Jameel. E precisaria de uma história convincente para acobertar tudo e seguir adiante.

Ele abriu caminho por entre a multidão no aeroporto, pagou pelo seu visto, e pegou um táxi com destino ao Sheraton, na Rua Oruba em Heliópolis, a poucos quilômetros do aeroporto. Ele não faria o check-in, só precisava de "acampamento de base" para passar algumas horas, do qual ele poderia fazer o check-in através do seu irmão, comer alguma coisa, e planejar os seus próximos passos.

Ele foi à seção comercial do hotel, onde abordou um atendente.

— Boa noite — disse o atendente ao lhe avistar. — Posso ajudar o senhor?

— Eu gostaria de alugar um computador.

— É claro; o senhor é hóspede aqui do hotel?

— Não, vim encontrar um colega, mas esqueci o meu laptop e preciso verificar os meus e-mails.

— Sem problema, senhor — disse o atendente. — Por quanto tempo o senhor vai precisar dele?

— Mais ou menos uma hora.

— Será um prazer; só preciso que o senhor preencha este formulário. Posso saber o seu nome?

— Tariq Jameel — respondeu ele, sem hesitar.

— Muito bem, o senhor também vai precisar adquirir um cartão de acesso sem fio.

— Quanto custa?

— Uma hora sai por quarenta e cinco libras, senhor.

— Muito bem, você aceita Cartão de Crédito?

— Alguns minutos depois, Tariq estava sentado em um canto escuro do saguão, bebericando um suco de laranja. Ele acessou a Internet e abriu um programa de mensagens instantâneas.

— Ramy, você está por aí? Sou eu, Tariq... consegui chegar.

Ele aguardou alguns momentos, até que a resposta aparecesse na sua tela.

— Graças a Deus... você está bem?

— Bem... o mar estava calmo... já teve a sorte de me arrumar algum apartamento?

— Mais ou menos.

— Isto quer dizer que?

— Encontrei um lugar, mas é um lugar desabitado há um bom tempo... o proprietário disse que é preciso dar uma arrumada, mas também me disse que você poderia entrar lá hoje mesmo, se não se importar.

— Tem muita coisa para ser arrumada?

— Quem saberá? Talvez um pouco de limpeza, pintura, alguns reparos? Obviamente, eu não vi o local.

— Onde fica?

— Fica em Heliópolis... próximo ao aeroporto.

— O lugar é perfeito... estou no Sheraton, neste momento.

— O proprietário pode lhe encontrar no local quando você quiser... acho que ficaria feliz só por se livrar do imóvel.

— Será que ele me alugaria por um mês?

— Não — escreveu Ramy. — Ele quer uma garantia mínima de seis meses.

— Sem chance... diga a ele que pagaremos o primeiro mês em dinheiro vivo, mas não vamos assinar nada sem que ele faça todas as reformas... depois vamos pensar em assinar pelos seis meses.

— Farei isso.

— Bom; e o que mais?

— Descobri quem está trabalhando no seu caso lá em Monte Carlo.

— Quem é?

— São duas pessoas, na verdade. O nome de um dos caras é Jean-Claude Goddard... nascido em Nice, criado em Mônaco. Ele tem 36 anos... é o chefe dos detetives... um cara perspicaz, de boa reputação, altamente respeitado, casado e pai de uma menina. O outro é Marcel Lemieux... este tem 62 anos... nasceu em Grenoble, cresceu na Normandia. Ele é o chefe dos detetives de homicídio de Paris... largamente considerado como o melhor policial do país... poucos discordariam que ele é um dos melhores inspetores de toda a Europa... e que desvendou alguns dos casos mais cabeludos da União Europeia. Ele já se divorciou duas vezes e não tem filhos.

— Qual deles seguiu para o Marrocos?

— Como você sabia disso?

— Instinto.

— Lemieux... ele deve estar chegando no Marrocos em alguns minutos.

— E o Goddard?

— Ele está vindo aqui, Marwan, para me interrogar.

— Você está de brincadeira?

— Queria estar.

— Saia do país agora mesmo! Você não pode deixar com que lhe encontrem... pelo menos, não ainda.

— Não posso fugir, Marwan, tenho a empresa para tocar.

— Toque-a de fora! Você já fez isso antes.

— E para onde você acha que eu deveria fugir?

— Nós não temos uma equipe em Bagdá neste exato momento com aqueles executivos da Exxon-Mobil?

— Você está ficando louco? — escreveu Ramy. — Você espera que eu vá de avião até o Iraque para deixar de falar com um policial de Monte Carlo?

— Sim! — escreveu "Tariq." — Você não pode ficar aí! Se Goddard o encontrar e você não lhe entregar o que ele quer, você será preso e extraditado a pretexto de obstrução da justiça e de dificultar a minha localização! Só Deus sabe o que poderia lhe acontecer; não permita isso!

— E se Goddard me seguir até Bagdá?

— Ele não vai — escreveu Tariq. — Ele prefere ficar vivo.

21

Durante dois dias "Tariq Jameel" não saiu do apartamento. Ele continuava com febre, mas não tinha um termômetro para verificar a gravidade da sua situação. Não tinha forças para sair e procurar um médico, muito menos para ir a um supermercado. Estava sem apetite a única coisa que fazia era bebericar refrigerante e água mineral que trouxera do Sheraton, numa tentativa desesperada de reidratar o seu corpo. Ele pegou os antibióticos e outros medicamentos selecionados que Rania havia trazido do hospital e os colocou na sua mochila.

Ramy não estava brincando quando falou do apartamento. Ele era grande — bem maior do que ele precisava — com três quartos, três banheiros e uma sala de estar enorme. Só que dizer que precisava de um pouco de arrumação era uma forma um tanto tímida de descrever a situação. O apartamento, sem dúvida, deveria ter sido um lugar magnífico nos idos dos anos 50 e 60, mas Tariq estava na dúvida se ele realmente teria sido limpado alguma vez desde aquela época.

A poeira cobria tudo desde o chão até o teto, e uma camada de gordura cobria a mesa da cozinha e os balcões. Dois dos três chuveiros não funcionavam. Dois dos três toaletes tinham vazamento. A pia da cozinha estava entupida. O forno não funcionava. Só uma das bocas do fogão funcionava. E, à noite, quando ficava bastante frio, Tariq não conseguia ligar nenhum dos seus aquecedores. As obras de arte também deixavam muito a desejar. Havia uma coleção de quadros nas paredes, inclusive uma miniatura da Monalisa e um retrato em tamanho real que Tariq chamou de "A Espanhola com Atitude." Na sala de jantar existiam dois quadros idênticos de um jovem fumando. Em um dos corredores havia um quadro tridimensional de quatro gatinhos, um dos quais tinha o focinho machucado. A sala de estar tinha três grandes estátuas de bronze de um tipo de homem-dragão asiático e uma pintura enorme de animais de um zoológico que estavam fazendo uma visita a um bar. E tudo isto estava coberto com poeira.

Não que isso fizesse muita diferença. A maior parte das lâmpadas incandescentes do lugar estava queimada, de forma que mesmo com a luz do dia ele não era capaz de enxergar muito bem os quadros.

O proprietário prometeu limpar e consertar tudo imediatamente, mas Tariq precisava de alguns dias para descansar, sem a presença de empregados esfregando, batendo coisas e fazendo todo tipo de algazarra. Ele pediu àquele senhor para não enviar a equipe de limpeza até a segunda-feira. Até lá, tudo o que ele queria era um lençol espesso, um travesseiro limpo e um sofá para reclinar a sua cabeça. Como não conseguiu encontrar os dois primeiros, ele se deitou no sofá localizado na sala de estar, onde desabou e dormiu por quase doze horas.

No terceiro dia, entretanto, batidos inesperados na porta lhe acordaram.

Instintivamente, Tariq levou a mão para apanhar a sua arma, mas, a seguir, lembrou-se que não mais a possuía. Ele verificou as horas no seu relógio de pulso; era quase meio-dia, apesar das cortinas fechadas e das luzes inoperantes tornarem o apartamento quase totalmente escuro.

Os batidos voltaram a ocorrer, só que desta vez mais forte. A pulsação de Tariq começou a aumentar. Ninguém sabia que ele estava no Cairo, muito menos em Heliópolis, era somente quinta-feira e nenhum funcionário da limpeza deveria estar lhe incomodando. Só que os batidos continuaram.

Tariq levantou-se, apanhou pequeno abajur e foi, silenciosamente, até a porta. Teria ele sido encontrado? Caso tivesse, por que eles estariam batendo? A sua mão estava segurando, de forma nervosa, a parte central do abajur. Ele lhe ofereceria pouca proteção caso alguém quisesse lhe prender à força. Só que Tariq se recusava a se entregar sem luta. Chegou até a porta, observou a movimentação através do olho mágico e voltou a respirar. Era o carteiro com a encomenda expressa, que tinha em mãos uma pilha de caixas. Ele abriu a porta e viu a expressão estarrecida daquele homem.

— O senhor é Tariq Jameel? — perguntou o homem.

— Sim, sou eu — disse ele, percebendo, só agora, como deveria estar a sua aparência — barba por fazer, banho por tomar e ainda vestindo as mesmas roupas que usava desde o momento em que levou o tiro.

— Assine aqui, por favor.

Tariq assinou, depois deu uma gorjeta para o carteiro e pegou as caixas. Elas, seguramente, vinham de Beirute, rasgando, ele abriu a primeira delas, tal como criança que abre o seu presente de aniversário.

Dentro estava um telefone via satélite novinho, com as baterias, um carregador um manual. Além disso, um envelope contendo dez mil libras egípcias, mais do que suficientes para lhe dar um empurrão inicial, além de um maço de cartões comerciais que diziam: "Tariq Jameel, Diretor Executivo, ICT Consultoria, Bruxelas, Bélgica," já contendo um endereço de website, um endereço de e-mail, um número de caixa postal e um número telefônico da região de Bruxelas.

Tariq carregou as baterias do telefone via satélite e ligou para o número.

— Obrigado por ligar para a ICT Consultoria — dizia uma voz de mulher em língua francesa, na secretária eletrônica. — "Ninguém pode atendê-lo neste momento, mas, queira, por gentileza, deixar o seu nome, telefone e um breve recado, um dos nossos consultores lhe retornará tão logo possível." A mensagem era repetida em inglês e alemão. Ramy havia pensado em tudo.

Tariq abriu também a outra caixa e encontrou nela uma pequena valise. Ele a abriu e viu-se olhando para um notebook novinho já contendo os softwares e acessórios de última geração. Mexendo mais no fundo, encontrou vários pares de calças jeans azuis, calças cáqui, várias camisetas novas, meias, roupas de baixo, duas jaquetas, um estojo de barbear e artigos de toalete — escova e pasta de dente, enxaguante bucal, sabonete, cortador de unhas e coisas do gênero.

Só que foi a terceira caixa que mais surpreendeu Tariq. Na sua camada superior havia um receptor de TV digital e um receptor de rádio portátil novíssimo. Ele imaginou que aquela era a forma que Ramy havia encontrado de ajudá-lo a se manter atualizado com as notícias, mais especificamente a respeito da intensificação da caçada por ele. Atrás estavam mapas da cidade, uma lista de empresas de consultoria de computação com sede no Cairo, e um maço de matérias de jornais retiradas da Internet a respeito da situação da indústria da computação no Egito. Tudo fora planejado para lhe ajudar a apresentar e a manter o novo disfarce.

Finalmente, por baixo de tudo isso, havia uma caixa-forte com uma chave presa com uma fita na sua parte superior. Ele inseriu a chave, girou-a e abriu a tampa — ali estava uma pistola calibre 45 e munição.

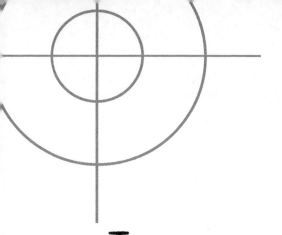

"Tariq Jameel," subitamente, sentiu-se culpado por enviar o seu irmão mais novo para Bagdá. Ramy, obviamente, sabia o que estava fazendo. Ele jamais se entregaria a Jean-Claude Goddard, nem a qualquer outra pessoa. Ele sentiu uma dor no seu estômago. Se Ramy morresse no Iraque, jamais se perdoaria. Ele precisava encontrar uma forma de sair deste pesadelo, e isto não poderia demorar.

Ele ligou o seu computador, conectou-o na tomada do telefone na sala de estar e acessou a Internet. A seguir procedeu a uma busca rápida sobre a família de Ramsés. Como esperava, a imprensa europeia e a egípcia estavam repletas de histórias acerca da morte de Rafeeq e de Brigitte, bem como do sequestro de Claudette. E fotos de "Marwan Acade," agora procurado como um assassino, estavam por toda parte. Talvez a vinda ao Cairo tivesse sido um erro, mas ele continuava acreditando que não tinha outra escolha.

As últimas notícias vinham da primeira página do Le Monde. O jornal alardeava o que seriam detalhes exclusivos dos acontecimentos que culminaram no assassinato em Monte Carlo. Dentre elas estavam o fato de um bilhete de resgate ter chegado à propriedade de Ramsés em Paris por intermédio de um pacote enviado pela DHL de Berlim no dia seguinte ao desaparecimento de Claudette. O bilhete informava o número de uma conta em um banco suíço e exigia o depósito de um milhão de euros no prazo de vinte e quatro horas "caso o Sr. Ramsés desejasse voltar a ver a sua esposa ainda viva." Ramsés, segundo informava a matéria, teria pagado o resgate de forma imediata.

"Vários dias depois" — prosseguiu o Le Monde — um pacote da DHL postado em Bruxelas chegou à casa de Ramsés. Esse outro pacote continha uma fita de vídeo que mostrava a Sra. Ramsés amarrada e amordaçada, mas ainda viva, e um bilhete exigindo dez milhões de euros, do contrário ela seria executada, com transmissão ao vivo pela Internet. "No pacote estava a exigência de que o Sr. Ramsés fizesse a transferência do dinheiro dentro de setenta e duas horas e, depois, viesse até Bruxelas para aguardar novas instruções."

A matéria também falava de "um pacote anônimo" deixado na mesa da recepção do hotel do Sr. Ramsés. Ele continha "uma foto em baixa resolução da sua esposa," um bilhete exigindo vinte e cinco milhões de euros, e detalhes sobre onde ele poderia encontrar a Sra. Ramsés em Madrid "em exatamente uma semana, desde que o montante seja integralmente depositado."

Tudo era verdade. Num primeiro momento, este era o motivo de Rafeeq tê-lo chamado para assumir o caso. Porém, a sua maior preocupação era o próximo parágrafo da matéria: "A Polícia agora acredita que Marwan Acade, o Diretor Executivo de uma empresa de segurança sediada no Líbano, pode ser o mentor intelectual por trás deste crime chocante. Fontes próximas à investigação afirmam ter evidências da participação do Sr. Acade e informam que ele fugiu da cena do crime e está desaparecido desde então. Várias chamadas telefônicas feitas pelo Le Monde à empresa Acade & Associados em Beirute não obtiveram retorno e uma caçada intensiva ao Sr. Acade está em andamento."

Subitamente, ouviu-se mais batidas na porta — primeiro, uma batida leve, depois, uma pancada forte.

Tariq congelou. Não poderia ser novamente o homem do serviço de encomenda expressa. Mas, quem seria?

Rapidamente, carregou a sua pistola 45 e seguiu cuidadosamente até a porta. Só que quando ele olhou pelo olho mágico, ficou perplexo. Do lado de fora estavam três belas jovens, todas tinham por volta dos 20 anos. A moça do meio estava segurando uma cesta de frutas e doces.

Aturdido, ele colocou a arma no bolso traseiro e a cobriu com a sua camiseta. Então, abriu uma fresta da porta e disse:

— Bom dia!

A moça da direita sorriu. A da esquerda deu uma risadinha tímida. A moça do meio começou uma conversa.

— Bom dia, o meu nome é Dália... Dália Nour. Estas são minhas amigas, Dina e Mervat. Nós moramos bem em cima de você, e ouvimos falar do novo morador.

Tariq não tinha bem certeza de como deveria responder à moça.

— Bem, é um prazer conhecê-la Dália. Senhoras, no que posso ajudá-las?

— Nós só queríamos lhe dar as boas-vindas ao prédio — disse Dália — e lhe oferecer este pequeno presente do comitê social.

Tariq aceitou graciosamente a cesta de frutas e, ao fazer isso, acabou sentindo-se cativado por Dália. Ela tinha o rosto mais doce e lindos olhos castanhos que cintilavam enquanto sorria. Ela se vestia como uma moça da Europa e não como uma cidadã egípcia, obviamente, tinha dinheiro para se vestir daquela forma. A sua jaqueta era de caxemira suave cor-de-rosa. A sua calça jeans preta e os sapatos da moda eram, provavelmente, comprados em Londres ou Paris e não no Cairo ou em Alexandria. Enquanto as outras usavam todo tipo de anéis, braceletes e colares, a única joia que Dália usava era um pequeno par de brincos de diamante em um engaste de ouro e um relógio de ouro no pulso que tinha a aparência de ser um Cartier.

— Puxa, é muita gentileza da parte de vocês — disse Tariq, com o olhar fixo nos olhos de Dália. — Obrigado.

— O prazer é nosso — disse Dália, mudando ligeiramente de expressão.

Teria ela também ficado atraída por ele? Ou será que a febre estaria lhe pregando uma peça? Ele percebeu que elas estavam prestes a se despedir e, subitamente, lembrou-se da sua aparência horrível.

— Gostaria de convidá-las para tomarem uma xícara de chá e compartilharem comigo destes presentes — disse ele. Tariq tentou imaginar uma forma de dar continuidade à conversa por mais alguns minutos. — Mas, receio que o meu apartamento esteja com uma aparência pior do que a minha neste momento.

Isso provocou uma risada em Dália e Mervat em e mais uma risadinha sorrateira da parte de Dina.

— Não tem problema — disse Dália — sinto muito, mas não poderemos ficar, mas gostaríamos de aproveitar para convidá-lo para uma pequena festa que faremos no terraço esta noite. Começa às nove, e você não precisa trazer nada, a não ser você mesmo... humm, e talvez uma camisa limpa.

Ele queria aceitar o convite. Havia algo naquela moça que lhe deixou fascinado. Mas precisava se manter em discrição e não fazer festinhas com meninas do prédio. Por outro lado, como ele poderia desapontá-las? Caso se recusasse a ir somente faria com que o prédio inteiro começasse a falar do novo estranho mal-educado que veio morar ali, e a última coisa que ele desejava era fofocas ao seu respeito.

— Adoraria — disse ele, finalmente. — E por você, eu até arriscaria usar uma camisa limpa.

23

Oinspetor Goddard não estava chegando a lugar nenhum. Ele desembarcou em Beirute na noite anterior, mas encontrou a empresa Acade & Associados deserta. Uma recepcionista solitária o informou que Marwan não havia comparecido à empresa e que ela também não sabia do seu paradeiro, além disso, ela lhe pediu desculpas, informando que Ramy estaria em Bagdá, até que recebesse novas informações. Todos os outros funcionários da empresa estavam espalhados pelo Oriente Médio a trabalho. Goddard deixou um número para contato e retornou ao hotel para fazer contato com o Esqueleto.

Ele ligou para Lemieux no hotel Hilton em Rabat, Marrocos, e descobriu — para o seu alívio — que Lemieux estava se saindo um pouco melhor. Os vídeos das câmeras de segurança do aeroporto mostravam um homem chamado "Jack Cardell" chegando em um voo da Royal Air Maroc e alugando um carro imediatamente. A polícia de Casablanca emitiu um alerta geral para a procura daquele carro, mas, até o momento, ninguém havia informado nada.

O serviço de inteligência de Marrocos, enquanto isso, disse que Marwan Acade somente havia estado ali duas vezes antes, sempre acompanhando o Primeiro-Ministro do Líbano, e que eles não tinham nenhum contato seu conhecido no país. Eles não tinham nada arquivado sob o nome de "Jack Cardell," nem qualquer registro da passagem desta pessoa — seja como identidade falsa, ou qualquer outro registro — no país. De momento, Lemieux estava em um beco sem saída.

— Marwan precisou seguir para Marrocos por alguma razão — disse Lemieux, num pensamento em voz alta. — Ele sabia que seguiríamos os seus passos. Ele sabia que não poderia usar a identidade falsa de "Cardell" por muito tempo. Nós sabemos que ele não estava portando muito dinheiro, e precisava se encontrar com alguém.

— Ele não disse ao policial de Marselha que iria se encontrar com a sua namorada? — perguntou Goddard, depois de ponderar um pouco sobre o impasse a que eles haviam chegado.

— Isto era só parte do seu disfarce — disse Lemieux.

— Pode ser — disse Goddard. — Mas, e se ele estivesse falando a verdade?

— Eu já lhe disse — respondeu Lemieux — não temos qualquer evidência de que Marwan tenha estado aqui há anos, muito menos para que tenha vindo aqui se encontrar com uma namorada.

— E se ele se encontrasse com ela em algum outro lugar? — insistiu Goddard — e ela só recentemente tivesse se mudado para Marrocos?

Houve um silêncio.

— Prossiga — disse Lemieux, agora curioso.

— Ele levava uma aliança de noivado, não é mesmo? — perguntou Goddard.

— Sim.

— Isto não parece demasiadamente elaborado para uma história fictícia?

Lemieux não estava disposto a fazer nenhum tipo de concessão a Goddard.

— Onde ele a teria encontrado? — perguntou o francês? — Em Beirute?

— Talvez — disse Goddard — mas tudo o que sei é que Marwan passou a maior parte dos últimos seis meses trabalhando fora do pequeno escritório da empresa em Paris, com clientes em toda a União Europeia.

— Você acha que ele se encontrou com ela lá?

— É possível.

— Pergunte ao seu irmão — ordenou Lemieux.

Goddard explicou porque não seria possível falar com ele.

— Você está me dizendo que Ramy Acade fugiu para Bagdá no mesmo dia em que você chegou? — perguntou Lemieux.

— Isso parece estranho — disse Goddard — mas a recepcionista disse que, de cada quatro semanas, ele permanece viajando três.

— Há quanto tempo àquela viagem estava planejada — perguntou Lemieux.

— Ela disse que foi de repente.

— Aposto que não é isso — disse Lemieux. — Volte a falar com a secretária, e descubra o que ela sabe sobre a vida amorosa de Marwan Acade. Depois, retorne! Precisamos de respostas.

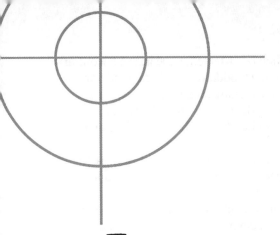

24

Tariq não conseguia se lembrar da última vez em que havia ido a uma festa. A sua vida nos últimos anos foi tão consumida com o trabalho — que ele nem chegava a tirar férias, quem dera ir a festas em meio a pessoas desconhecidas. Ele, porém, estava ansioso com a aproximação daquela noite.

Um banho não seria uma tarefa simples; o ferimento no ombro ainda era recente, mas os antibióticos estavam fazendo efeito. Ele estava se sentindo um pouco melhor. Seu apetite começava a retornar e ele já havia terminado com as laranjas grandes e suculentas que recebeu na cesta de frutas que lhe fora presenteada por Dália.

Dália Nour.

O seu rosto vinha à sua mente à medida que ele olhava para o espelho e se barbeava. Quem seria ela? Qual seria a sua história? Ele não viu nenhuma aliança nos seus dedos. Seria possível que uma moça assim tão bonita estivesse sozinha?

Grato pela encomenda enviada por Ramy — que demonstrava o seu cuidado por ele — Tariq terminou de se vestir e pegou o elevador até o terraço, onde encontrou cerca de doze pessoas, todas com menos de trinta anos, sorrindo, dançando e jogando conversa fora. O último álbum de Amro Diyab estava tocando em volume alto em um potente equipamento de som. Petiscos, salgadinhos e vários tipos de massas estavam sobre as mesas e havia um bar no canto do terraço, onde se podia comprar licores de todo tipo.

A aparência e o aroma do licor essencialmente deixava claro que aquela turma não era composta por pessoas religiosas e isso era uma boa notícia. Depois do que havia acontecido com Rania e de tudo o que ele passou na semana anterior, ele não tinha nenhum motivo especial para pensar em Deus, para ler sobre

Deus, para conversar sobre Deus, nem para passar o seu tempo com pessoas que gostavam dessas coisas.

Ele foi até lá e comprou uma bebida. Ele tentou dormir para esquecer os sofrimentos que havia passado nos últimos dias. Talvez tivesse chegado a hora de beber para esquecê-los e esperar pelos próximos.

Do nada Tariq sentiu um tapinha no ombro.

— Bela camisa — disse uma voz suave por trás dele.

Ele se virou e viu Dália sorrindo.

— Até que você se lavou bem — disse ela, num flerte óbvio, tão evidente quanto o fato de ela estar sob o efeito de um cigarro de maconha. Ela deu mais uma tragada no seu cigarro e lhe ofereceu um. Por um momento ele ficou curioso em saber o que a sua mãe diria numa hora daquelas, mas, rapidamente, tirou aquele pensamento da sua cabeça. Aquela não era uma noite de tristeza ou de culpa, decidiu. Ele iria esquecer o passado e começar tudo de novo.

— Obrigado — disse ele, pegando o cigarro de maconha das suas mãos pequenas e delicadas e acendendo.

— Qual o motivo da festa?

— É que hoje é quinta-feira.

— E?

— E é hora de relaxar e curtir um dia de folga.

— Vocês fazem isso toda quinta à noite?

— Algumas pessoas sim.

— Este é o seu caso?

— Às vezes prefiro ir a danceterias ou ao cinema.

— E hoje à noite?

— Fiquei curiosa para ver se você vinha mesmo.

— Você achou que eu deixaria de vir? — perguntou Tariq.

— Honestamente? Sim, achei que não viria.

— Por que não?

— Não sei — disse Dália. — Como estou sozinha, você me chamou a atenção.

Tariq pegou na mão dela, com um sorriso mais tranquilo.

— Sou mesmo culpado, bem de acordo com a acusação.

— Mesmo? — Ela riu, enquanto encostava a mão no seu peito por brincadeira e achegava-se a ele. — E do que mais você é culpado?

Sem ela ter tido a intenção, nem ter percebido, esta pergunta caiu muito forte no seu coração.

— De quase tudo — Tariq disse para si mesmo.

— Venha cá — disse ela — quero lhe mostrar uma coisa.

Ela o levou pela mão pelo meio da multidão e os dois seguiram por um dos cantos do local, até um jardim quieto e privado, onde ambos puderam olhar por sobre as luzes cintilantes de Heliópolis e avistar os aviões que decolavam e aterrissavam ao longe.

— Puxa, que bonito — disse ele.

— Não é bonito? — respondeu ela, e os dois ficaram ali por alguns minutos, apreciando aquela bela vista.

— Então, qual é o seu nome, menino travesso? — disse Dália, finalmente.

— Tariq.

— Tariq do quê?

— Tariq Jameel.

— E qual é a sua história, Tariq Jameel? — perguntou Dália. — Quem é você, e o que veio fazer aqui?

Ele começou a imaginar como aquele belo olhar reagiria, se ele lhe contasse a verdade.

— Sou consultor — disse ele, enquanto dava um gole na sua cerveja.

— Que tipo de consultor? — ela quis saber.

— Trabalho com computadores.

— Isso parece chato.

— E é chato!

— E de onde você é?

— De todos os lugares — disse ele. Eu moro na Europa há quase cinco anos.

— Mora, onde? — disse ela, com os olhos brilhantes pela expectativa.

— Madri, Paris, Berlim, é só dizer. Só que a sede da minha empresa fica em Bruxelas.

— Humm, eu amo Paris, especialmente na primavera — disse ela, desprezando completamente a menção feita a sua empresa, diante do que ele ficou feliz. — O ar de lá é tão fresco e doce, as flores estão se abrindo e os namorados enchem as ruas.

— Você foi criada lá? — perguntou Tariq, enquanto bebia a sua cerveja.

— Não, fui criada na Jordânia — disse ela. — Mas sou uma aeromoça da British Airways e, às vezes, sou escalada em voos para Paris.

— Parece um emprego interessante.

— Pode ser ... — disse ela, com ares de nostalgia.

— Mas...?

— É difícil levar a vida do jeito que você quer.

— Como assim?

— Bem, quando nos contratam, fazem um mundo de promessas deslumbrantes... não só os britânicos, mas todas as companhias aéreas... viagens grátis, visitas pelo mundo a fora, quando você quiser, sabe como são as coisas. Mas a verdade é que a gente trabalha o tempo todo, em jornadas malucas. Você sempre vive carregando a sua bagagem. Quase nem sabe direito onde está quando acorda. Não tem certeza de como fazer para ligar para casa, dificilmente faz amigos, salvo com companheiros de trabalho. E, se não se apaixonar por um piloto, só que eles são todos casados, ou por um comissário de bordo, mas todos sãos gays, bem... enfim, pelo menos a gente consegue pagar as contas no fim do mês.

Ela deu mais uma "puxada" no seu cigarro.

— E as suas amigas Dina e a Mervat? — perguntou Tariq. — Elas são suas amigas, não são?

— Não exatamente — disse ela.

— Como assim, Dália?

— Não, não, desculpe-me, não me entenda mal — disse Dália. — Elas são meninas simpáticas. Faria qualquer coisa por elas e tenho a certeza que retribuíram da mesma maneira. Mas a gente não se conhece há muito tempo. Só estamos dividindo um apartamento porque nenhuma de nós consegue pagar o aluguel sozinha. E, além disso, as duas também trabalham para a Air France, por isso eu quase nunca as encontro. E, ainda tem mais, as duas acabaram de ser transferidas para Nova York. Agora, a gente nem vai se ver mais.

— Puxa, isso é muito ruim.

— Mas é a vida — suspirou Dália — não há descanso para os ímpios.

— Por que você não muda de profissão? — perguntou Tariq.

— Dê-me um exemplo — disse ela. — Vendedora de computadores?

— Dá para pagar as contas.

— Você gosta disso? — perguntou Dália.

— É legal — disse ele — mas, como você disse, sou solteiro. Não é tão ruim para mim, mas uma pessoa como você, bem, não sei... você precisa de algo melhor.

— O que você quer dizer?

— Quero dizer que você é tão simpática, tão bonita, tão extrovertida e alegre... você precisa de algo melhor.

Ela deixou de olhar para a cidade e se virou, olhando diretamente nos olhos dele, inclinando a cabeça para o lado.

— Você me acha bonita?

— Por que outra razão eu teria vindo a esta festa?

Tariq se abaixou e a beijou carinhosamente. Ela respondeu instantaneamente, e com uma intensidade não esperada por ele. Os dois saíram dali no mesmo momento em que um 747 rugia as turbinas no seu voo de aproximação da pista do Aeroporto Internacional do Cairo. E, não muito tempo depois, Dália lhe fez uma proposta irrecusável.

— Dina e Mervat estão saindo direto da festa para o aeroporto — disse ela, carinhosamente, enquanto o beijava. — O apartamento ficará só para mim esta noite.

Tariq sentiu que a sua temperatura voltou a subir naquela hora. Aquilo não poderia ser verdade.

— Você se importaria em ficar comigo? — sussurrou ela, com voz sedutora, que ele já conhecia.

Isso era tudo o que ele queria, mas duas dúvidas lhe surgiram naquela hora: Rania e o ferimento infeccionado no seu ombro. Ele lançou fora estes dois pensamentos. Rania já era um caso encerrado, e ela não poderia ter sido mais clara. Era hora de seguir em frente e divertir-se um pouco. O segundo pensamento era mais complicado. Ele precisaria inventar uma desculpa, algum tipo de acidente. Mas por que deixar que aquilo lhe impedisse de passar uma noite com aquela garota linda e desejável?

— Amaria ficar com você — sussurrou ele, de volta e ela colocou uma chave reserva na sua mão.

— Muito bom — disse ela. — É o apartamento 901. Misture-se um pouco com o pessoal, depois a gente se encontra lá em dez minutos. O meu quarto fica nos fundos, o terceiro à esquerda.

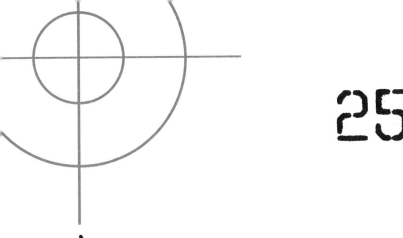

25

A Acade & Associados fica localizada em um pequeno prédio comercial, próximo à Universidade Americana de Beirute, e, de muitas formas, a empresa lembrava o seu fundador, pensou Goddard, retornando para a sua segunda visita. Discreta, despretensiosa e um tanto misteriosa, tal como Marwan Acade.

Na placa colocada na porta poder-se-ia ler o nome da empresa, mas não se via nela uma logomarca, não havia um endereço de website, e nenhuma indicação do que faziam os seus empregados. A mobília da sala de espera era de bom gosto, mesmo no que diz respeito ao custo. Mas não se via ali nenhum tipo de livro, nem quadros nas paredes, nada que sugerisse os milhões de dólares que eram depositados nos seus cofres todo mês por clientes que valiam bilhões. Somente as espessas vidraças à prova de bala que davam visão para a rua e as câmeras de vigilância colocadas na entrada principal, nos corredores e no saguão da empresa forneciam alguma pista acerca da preocupação por segurança que dominava a mente dos seus proprietários.

Só que, apesar de todas as precauções de Marwan e Ramy Acade, havia um elo frágil naquilo tudo: e este elo se chamava Jasmine Zeitoun.

— Bom dia, senhorita Jasmine — sorriu Goddard enquanto caminhava de lado em direção à mesa de recepção. — Que bom poder encontrá-la novamente.

Jasmine, uma jovem atraente, retribuiu o sorriso e voltou os seus olhos para Goddard, como se ele fora o primeiro homem de boa aparência que atravessava aquelas portas há meses, talvez anos.

— Bem-vindo de volta, Inspetor Goddard — disse ela. — No que posso ajudá-lo hoje?

— Estou voltando para casa, mas só queria verificar novamente se monsieur Acade ou algum dos seus associados veio trabalhar hoje.

— Não, sinto muito — Ela parecia genuinamente decepcionada por não poder ajudá-lo. — Tudo está muito quieto.

— Muito bem — disse ele — tentar de novo não custa nada, não é mesmo?

— É claro que não — disse ela — Foi um prazer.

— Mas você continua com o meu telefone, não é mesmo?

— Sim — disse ela, enquanto pegava o seu cartão na sua escrivaninha e o mostrava para ele. — Pedirei a um dos irmãos Acade que ligue para o senhor assim que tiver contato com um deles.

— Você é muito gentil — respondeu ele, enquanto se preparava para sair. — Ah, sim, só mais uma coisa.

— Pois não? — perguntou ela.

— A namorada do Marwan em Paris — disse ele — preciso falar com ela, como parte da rotina de investigação, você sabe. Você tem um telefone pelo qual eu possa contatá-la?

— Você deve estar falando da Rania — disse ela, inocentemente. — Não creio que a senhorita Fawaz tenha chegado a ser "tecnicamente" sua namorada, mas ele era carinhoso com ela, com certeza.

— Era? — perguntou Goddard, numa tentativa de extrair da Srta. Jasmine o máximo de informações que pudesse.

— Ah, sim, monsieur — confirmou ela em um sussurro, mesmo não havendo mais ninguém ali no escritório além dos dois. — O boato que corre aqui é que ele a pediu em casamento no verão passado e foi rejeitado, de forma bastante fria, depois ela teria voltado a procurá-lo, mas acabou desaparecendo.

— Desaparecendo? — insistiu Goddard.

— Foi isso o que eu ouvi — disse ela, entristecendo-se subitamente. — Deve ter sido devastador; e agora tudo isso. Sinto-me triste pelo monsieur Acade... ele é uma pessoa muito legal.

Dez minutos depois, Goddard estava de volta ao seu automóvel, acelerando em direção ao aeroporto e discando, apressadamente, para o Esqueleto.

— O nome dela é Rania Fawaz — disse Goddard, quase sem fôlego, assim que conseguiu completar a ligação com Lemieux. — Ela tem vinte e quatro anos, é enfermeira. Ela cresceu aqui, mas se mudou para Paris há dez anos. Mas se mudou em maio — para Marrocos.

— Você está de brincadeira — disse Lemieux.
— Não! — disse Goddard.
— Ela está em Rabat? — perguntou Lemieux.
— DuVall está investigando isso neste exato momento — disse Goddard. — Saberei em breve.
— Bom trabalho, Goddard — disse Lemieux, mostrando-se genuinamente feliz pela primeira vez em dias. — Você vai acabar se saindo um bom detetive, apesar de tudo.

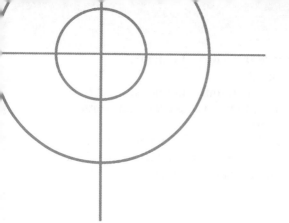

26

— Tariq, o outro motorista se machucou muito, também?

Ele ouviu a pergunta, mas não teve interesse em respondê-la, fingiu que estava dormindo, mas Dália voltou a interrogá-lo.

Depois de alguns momentos, ele rolou o corpo e, lentamente, abriu os olhos diante dos raios dourados do amanhecer que atravessavam as cortinas. Dália aconchegou o seu corpo quente perto do dele, esperando uma resposta. Ele estava acostumado a mentir e, normalmente, isso não o incomodava. Contudo, por alguma razão, mentir para aquela moça, naquele dia, fez com que ele se sentisse envergonhado, embora não conseguisse imaginar porque, nem como conseguiria mais sair daquele imbróglio.

— Receio que sim — disse ele, finalmente. — A polícia falou que ele andava bebendo muito. E tinha acabado de voltar de uma festa, não estava muito atento na direção e, de repente... bam... nem cheguei a vê-lo.

Dália se encolheu.

— Você poderia ter morrido.

Tariq hesitou, novamente e, depois, disse:

— Não gosto de pensar nisso — enquanto apanhava a sua camiseta do chão e a vestia.

— Sobre a morte ou sobre o acidente? — perguntou ela.

— As duas coisas — disse ele, depois escorregou para fora da cama e colocou a sua calça jeans.

— Será que era por isso que você teve um pesadelo na noite passada?

— Pesadelo? — perguntou ele.

Ela concordou com um movimento da cabeça.

— Você não se lembra?

— Não, não me lembro — ele mentiu novamente.

O que teria dito? Quanto ela sabia a respeito dele?

— Era por volta das três horas — relembrou ela. — Você estava rangendo os dentes, pulando e se virando na cama, depois você começou a resmungar alguma coisa.

— Como assim?

Dália puxou um lençol para se cobrir.

— Era algo como: "Não, pare, não foi culpa minha!" Mas eu não consegui entender tudo. Também estava meio dormindo.

Graças a Deus, pensou ele. Mas as suas palavras foram:

— E o que mais?

— E depois você parou. Você se virou e voltou a dormir. Você não se lembra de nada disso?

A verdade era que ele se lembrava, só que de forma alguma poderia contá-la sobre a sua vida. A sua única chance de sobrevivência, àquela altura, era levar uma vida dupla. Ele não poderia se dar ao luxo de cometer mais erros.

— Desculpe, mas não me lembro. — disse ele, e, a seguir, abaixou-se e a beijou, dizendo:

— Agora tenho uma pergunta para você?

— Sim.

— Quando será o seu próximo voo?

— Não será antes da segunda à noite — disse ela. — Por quê?

— Então, você tem o fim de semana todo livre?

— Pensei em ir até Alexandria visitar um amigo.

— Um cara?

— Não, uma namorada — sorriu ela.

— Cancele — disse Tariq.

— Por quê?

— Vamos fazer algo juntos neste fim de semana.

— O que, por exemplo?

— Não faço ideia — disse ele — mas deixe-me levá-la para tomar um café e vamos decidir algo, qualquer coisa que você deseje fazer.

— Qualquer coisa? — perguntou ela, um tanto desconfiada.

— Qualquer coisa — disse ele, desesperado para que ela lhe desse um "sim." Ele conhecia os riscos de começar um relacionamento justamente naquele momento da sua vida, mas tinha certeza de que poderia administrar a situação, além do mais, ele não suportava a ideia de voltar para o seu apartamento escuro, imundo e ali ficar sozinho. Dália era bela, alegre e cheia de vida, e da forma como ele imaginava as coisas, cada minuto que passava ao seu lado, era um tempo em que não pensava em Rania, isto sem falar em Goddard e Lemieux.

— Tem razão, Tariq Jameel — disse Dália, ao final. — Vamos brincar de turistas, então.

Apesar de ter morado na região do Cairo há quase um ano, Dália jamais havia tirado tempo para conhecer o local. Tariq era novo na cidade (ele havia vindo àquela cidade várias vezes com o Primeiro-Ministro do Líbano, mas nunca teve tempo para conhecê-la). Portanto, depois de tomarem uma ducha rápida e de um buffet no café da manhã no Sheraton, os dois pegaram um táxi até o mercado Khan Al-Khalili, onde eles passaram a manhã como um casal em lua de mel. Eles caminharam sentindo o aroma dos becos, olharam as lojas cheias de joias, antiguidades e várias curiosidades orientais, e bebericaram um café turco no Café Naguib Mahfouz.

— Você já leu algum dos romances de Naguib Mahfouz? — perguntou Dália, enquanto eles se abraçavam em um pequeno cômodo cujas paredes estavam cobertas de tecidos vermelhos brilhantes, dando a impressão que eles estavam escondidos em uma tenda.

— Só um deles — disse ele, enquanto mastigava um pastel. — O Dia da Morte do Líder.

— Este é triste — disse Dália.

— Mas não são todos tristes? — perguntou ele.

— Nem todos — disse ela — mas, mesmo assim, eu os leio por causa das histórias de amor. "A minha amada puxa da água o anzol; ele está vazio, mas prende o meu polegar, o que deixa uma marca indelével, uma marca que tenho até o dia de hoje. Às margens do Nilo, na frente da nossa casa, eu lhe disse que, apesar de ela não ser uma boa pescadora, conseguiu me fisgar, e eu sangro por isso."

— Puxa, estou impressionado — disse Tariq.

— O meu pai me "fisgou" para o Mahfouz, sem brincadeira — disse ela. — Quando eu era menininha, ele costumava ler os seus romances para mim toda noite, antes de me colocar para dormir, pelo menos um capítulo, e, às vezes, mais, se eu implorasse de forma convincente. E, depois que fiquei mais velha, comecei a ler por conta própria.

— Você já leu tudo o que ele escreveu?

— Não todas as suas peças, mas todos os seus romances e a maior parte das suas histórias curtas. Os seus textos são mágicos, é como se eu escapasse da minha vida e entrasse em outro mundo. Por muito tempo, pensei em ser escritora quando crescesse, até o dia em que aquele maníaco atacou o Mahfouz com uma faca. Lembro-me exatamente onde estava quando ouvi a notícia.

— Mesmo? — perguntou Tariq. — Já faz muito tempo, foi em 96 ou 97, não foi isso?

— Foi no dia 14 de outubro de 1994 — disse Dália.

— Puxa, você se lembra mesmo?

Dália olhou para a xícara de café.

— Era o meu aniversário de treze anos. Eu tinha acabado de chegar da escola, foi quando a minha mãe me deu a notícia. Na hora, não acreditei, por isso liguei para o meu pai e ele confirmou a história, era mesmo verdade. Então, corri para o meu quarto, tranquei a porta e comecei a chorar. Não saí dali até a manhã seguinte. Eu nunca havia passado por uma experiência de perda de uma pessoa que gostasse. Era como a morte do meu próprio avô, ou até mesmo do meu próprio pai. Nem consigo explicar muito bem o sentimento. Só que depois, ouvi que ele sobreviveria, e isso me alegrou muito, um peso enorme foi tirado das minhas costas, e comecei a chorar de novo. Meus amigos pensaram que eu estava enlouquecendo, mas não me importava com eles. Eu simplesmente estava feliz que o Sr. Mahfouz continuava vivo e orei para que ele, um dia, pudesse voltar a escrever, e isto aconteceu. Você já se sentiu assim, Tariq? Você já perdeu alguém próximo a você, ou chegou a pensar que esta pessoa morreria?

Os instintos de Tariq lhe diziam para que mentisse novamente, para manter uma distância segura, para que não entregasse a ela nada que a tornasse muito íntima dele, a fim de que Dália não viesse a decepcioná-lo, como fizera Rania, sem contar com o risco de estar abrindo informações sobre a sua identidade real. Só que o seu coração dizia, justamente o oposto. Eles quase nem se conheciam, era verdade. Haviam se encontrado há menos de vinte e quatro horas. Mas, subitamente, ele pegou-se dizendo:

— Os meus pais morreram quando eu tinha quatorze anos. Foi um carro-bomba. Eu e o meu irmão vimos tudo acontecer. Por poucos segundo, por poucos metros, e também teríamos morrido.

— Ó céus! — disse Dália, quase perdendo o fôlego. — Eu não queria... eu não sabia...

— Está tudo bem — disse ele, de modo sereno. — Isso já faz muito tempo.

— Sinto muito.

Houve um silêncio incômodo entre os dois.

Então, Dália acrescentou:

— Você já viu muitas mortes, não é mesmo, Tariq?

Ele ficou imóvel; não disse uma palavra. Ele queria falar, mas naquela hora não podia.

Dália estendeu a sua mão e pegou na dele. Ele se sentiu mal e se afastou. Tariq não queria que sentissem pena dele; ele jamais quis isso. Só que também não queria ofendê-la. Além disso, a pele dela era quente, macia e tranquilizante, e ele não conseguia se lembrar da última vez em que uma pessoa tivesse realmente se importado com os seus pensamentos ou sentimentos, muito menos perguntado por essas coisas.

— Talvez possamos sair e fazer algo diferente — disse ele, depois de um tempo.

— Certo — disse Dália — gosto dessa ideia.

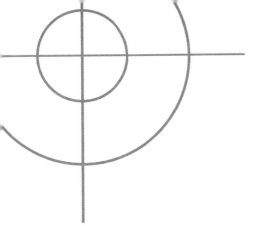

27

Uma hora depois, eles estavam passeando de mãos dadas por dentro do sombrio Museu Egípcio, tentando absorver quatro mil anos de história em cerca de quatro horas, enquanto Dália lia passagens de um guia para visitantes que comprara na loja de lembranças.

— Sabem a quantidade de objetos que está guardada aqui? — disse ela, enquanto eles admiravam as estátuas de pedra calcária do Príncipe Raotepe e Nofrete e seguiam em direção aos tesouros de Amenotepe II e da Rainha Tiro.

— Não faço ideia — respondeu Tariq, que nunca foi um grande fã de museus, mas estava se esforçando para apreciar o passeio, já que Dália, obviamente, estava.

— Ah, vamos lá, dê um chute!
— Está bem... um milhão?
— Fale sério, quantos?
— Tudo bem, meio milhão, então.
— Você é um engraçadinho. São 120.000 peças a mostra, e segundo informam, existe mais 150.000 no porão.
— Só isso? Tariq brincou. — E chamam isto de um museu? Que farsa!

— Você é hilário — disse ela, cutucando-lhe as costelas com o cotovelo, em sinal de brincadeira. — Você deveria ter entrado para a profissão de comediante.

— Está certo, o melhor consultor de informática do mundo trabalhando como comediante — disse ele. — Por que eu não pensei nisso antes?

— Ah, pare com isso — disse ela, ignorando o seu sarcasmo — vamos ver os tesouros do faraó Tutancâmon

Eles subiram a escada até o segundo andar e entraram nas galerias de Tutancâmon. Eles começaram a estudar as duas estátuas em tamanho natural, uma negra a outra dourada, que, outro-ra, guardavam a entrada da sua tumba no Vale dos Reis, próximo a Luxor. Em pouco tempo, eles começaram a olhar com atenção através das grandes caixas de vidro que contêm as câmaras funerárias de madeira, encontradas pelo famoso arqueólogo britânico Howard Carter, nos idos de 1920 e que continuam intactas depois de tantos séculos.

— Não é incrível? — disse Dália. — Veja... dentro desta grande câmara dourada se encaixa uma ainda menor, e dentro daquela uma menor ainda, e assim por diante.

Alguns minutos depois eles entraram no Salão Três, uma galeria especial, escurecida e climatizada na qual um pequeno grupo estava sendo guiado.

— E veja... dentro de tudo isso se encaixa um sarcófago de ouro sólido — continuou ela em um sussurro — com um sarcófago menor feito em ouro e madeira dentro deste, um sarcófago ainda menor por dentro, e assim por diante, até que o próprio Tutancâmon estava selado ali dentro, atrás de uma máscara de ouro.

Eles pararam diante de uma caixa de vidro; iluminada por dentro, rodeada pelos guardas do museu, e que continha o artefato mais incrível jamais visto por Tariq.

— É isso aqui? — sussurrou ele em resposta. — Isso é de verdade?

— Com certeza — respondeu ela. — Veja as cores e o capricho com que foi confeccionada. Não é extraordinário?

Ela estava correta. Aquela mascara fúnebre em tamanho real era feita de ouro maciço polido. Ela era pintada com tintas azuis, amarelas e vermelhas num formato que muito se assemelhava com o rosto do menino faraó que, um dia, governou o Nilo e todos os que viveram debaixo do seu cuidado e atenção. E o que era ainda mais surpreendente, em caixas de vidro espalhadas pelo salão estavam outros objetos de ouro e prata de valor inestimável, pedras preciosas e joias que também foram enterradas com Tutancâmon.

— Você consegue se imaginar possuidor de tanta riqueza? — perguntou Dália, enquanto olhava ao redor do salão os tesouros que valiam centenas de bilhões de libras, se ao menos se pudesse avaliar tudo aquilo em dinheiro atual!

— Já pensou? Tudo isso aqui sendo enterrado junto com você para ser usado na vida após a morte? — perguntou Tariq.

— Você tem razão — disse Dália — isso é triste.

— Só que todos os antigos faraós egípcios criam assim —

acrescentou Tariq. — Veja só as pirâmides. Elas foram construí-das para armazenar as riquezas para o céu, riquezas que, ao final, foram saqueadas por bandidos e ladrões de tumbas.

Um dos guardas pediu aos dois a gentileza de ficarem quietos, eles, então decidiram sair do Salão Três e continuar o passeio pelo museu. Logo, estavam caminhando por vários salões que acomodavam mais e mais tesouros que Tutancâmon insistiu em levar consigo para a outra vida. As suas lanças e os seus ar-cos, peças de jogos, leques de ouro que ele deve ter usado para se refrescar nos verões escaldantes e, até mesmo, o trono de ouro do qual ele, certa vez, comandava o seu poderoso império.

Trinta minutos depois, eles compraram um pequeno in-gresso e entraram no Salão das Múmias. A primeira múmia que eles avistaram era o faraó Ramsés II, e Tariq não conseguia pa-rar de se lembrar de Rafeeq Ramsés, cujo corpo, sem dúvida, já deveria estar gelado em algum necrotério de Monte Carlo. Eles espiaram dentro do salão e avistaram o rosto ressecado, os de-dos ossudos e as mortalhas marrom-escuras que ainda cobriam a maior parte do corpo daquele velho faraó.

— Dália? — sussurrou ele, olhando ao redor para ver se os guardas estavam a uma distância que lhe ouviriam.

— O que foi? — sussurrou ela, de volta.

— Você acredita em céu?

Ela se virou e olhou para ele com uma expressão de per-plexidade.

— É claro, você não?

— Acho que sim.

— Você acha que sim?

— Não, eu acredito... eu só... bem, não sei... deixa para lá.

Ela, subitamente, ergueu o corpo. A sua expressão muda-va à medida que sussurrava ao seu ouvido.

— Desculpe-me — disse ela — Não deveria ter trazido você até aqui. Não imaginei que... tudo isso acaba sendo uma celebração da morte.

— Não, não, não é isso — disse ele. — Estou bem. Eu só...

— O quê?

— Nada.

— Não, o quê?

— Vamos embora?

— Mas só me diga.

— Não é nada. Verdade, vamos...

Você está pensando no acidente de carro, não é mesmo?

— disse ela, com olhos cheios de ternura que mexeram com ele.

— Você está pensando em como esteve perto da morte.

— Algo por aí — disse ele, num desejo súbito de contá-la tudo.

— Bem, permita-me contar-lhe algo, Tariq Jameel — sussurrou ela, apertando forte a mão dele e soprando suavemente na sua bochecha. — Você é um homem bom. E Deus deixa todos os homens bons entrarem no céu. Isso é tudo o que você precisa saber.

Ele sabia que Dália tinha a melhor das intenções. Ela estava somente tentando ser educada, mas nem passou pela cabeça dela o medo que estava despertando no coração dele naquele momento. Pois, se o que ela disse fosse verdade, se Deus só deixasse entrar no céu os homens bons, ele estaria, então, verdadeiramente perdido.

Ele não era um homem bom; esta era a verdade simples, mas terrível acerca da sua situação. Ele não era culpado do que Goddard e Lemieux suspeitavam, tampouco havia praticado qualquer coisa que pudesse ser objeto de condenação em um tribunal, caso chegasse àquela instância. Mas o que dizer do tribunal celestial... ele não era culpado por mentir e usar drogas? Ele não era culpado por dormir com uma mulher com que não era casado? Ele também não era culpado por desonrar a memória dos seus pais e, em especial, da sua bendita mãe, que lhe implorara para que seguisse outra carreira, e que tivesse uma vida mais tranquila? Quanto mais ele se punha a pensar naquelas coisas, maior a sua lista ia ficando, e mais depressivo se tornava.

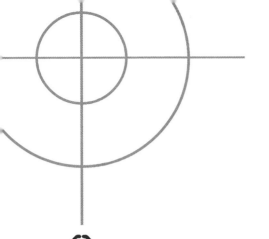

O celular tocou e o inspetor Goddard atendeu já no primeiro toque.

— Colette, por favor, diga que você tem alguma pista sobre o paradeiro de Rania Fawaz? — perguntou ele, enquanto esperava na fila do balcão de vendas do aeroporto de Beirute, na tentativa de comprar uma passagem para Marrocos no fim daquele dia. — Um número de telefone, um endereço, algo que eu possa investigar.

— Na verdade, tenho as duas coisas — disse DuVall.

— Yes! — Goddard quase solta um grito. — Ela está em Rabat?

— Não, em Casablanca.

— Sério? Onde?

Goddard rabiscou o endereço no seu bloco de anotações.

— Você já conseguiu uma foto?

— Acabei de conseguir.

— Envie-a para mim por e-mail imediatamente.

— Farei isso.

— Excelente trabalho, Colette, bem nítida. Você não contatou a polícia marroquina ainda, certo?

— Não, imaginei que o senhor gostaria de ser o primeiro, a saber.

— Brilhante! Mas, como você conseguiu encontrá-la?

— A companhia telefônica — disse DuVall. — A parte mais difícil foi, simplesmente, encontrar o gerente que nos autorizaria a fazer uma busca nos seus registros e, obviamente, convencê-los de que eu era uma policial. Depois disso, tudo correu de forma rápida.

— Bom trabalho — disse Goddard, novamente, sem acreditar no golpe de sorte inesperado. — Tudo bem, vou ligar para o Esqueleto. Neste ínterim, quero que você descubra tudo o que puder sobre esta mulher chamada Rania Fawaz. Rastreie todas as pessoas para quem ela ligou nos últimos dias, o seu local de trabalho, quem são os seus vizinhos, as pessoas que dividem o apartamento com ela, que modelo de carro dirige — tudo. E, vamos tentar manter a polícia de Marrocos fora disso o máximo de tempo que pudermos. Não quero que nenhum tipo de desavença de jurisdição venha atrasar o nosso trabalho.

****

Dez minutos depois, o inspetor Lemieux desligou o telefone com Goddard e verificou a mensagem de texto que acabara de chegar em seu celular. Assim, Jean-Claude e a sua pequena assistente morena tiveram acesso a todas as informações. Imagine só.

Nada poderia ser mais perfeito, pensou Lemieux. Marwan deveria estar no apartamento de Fawaz, escondendo-se — com grande probabilidade — ou talvez esta senhorita Fawaz soubesse o seu paradeiro e pudesse levá-los até ele. Independentemente de como fosse, ele precisaria chegar rápido até ela. Então, saiu às pressas do Rabat Hilton, lançou-se no seu carro e seguiu em alta velocidade em direção a Casablanca.

Caía a noite quando Lemieux chegou na parte externa do prédio, encontrou o porteiro dormindo, e subiu pelas escadarias até o sétimo andar.

O corredor estava vazio e silencioso, quando ele entrou, um pouco sem fôlego. Ele sacou uma pistola, encaixou nela um silenciador, e a escondeu na lateral do seu corpo. Então, encontrou o apartamento número 701, bateu duas vezes, e ouviu a voz de uma jovem que perguntou:

— Quem é?

Seria a Srta. Fawaz? Estaria Marwan bem ao lado dela? Lemieux sabia que Marwan nunca ouviu a sua voz antes, mas precisava considerar que ele estaria ali, armado e pronto para voltar a matar outra pessoa, em vez de se entregar para a polícia pelos assassinatos cometidos.

— Vocês fizeram uma ligação sobre a instalação de TV via satélite? — disse ele, esperando que a informação passada pelos seus agentes nas últimas quatro horas era confiável, e curioso para saber por que a equipe de Goddard não descobriu aquelas coisas.

— Sim, sim — disse a mulher. — Um momento, por favor. Ele ouviu o barulho de um trinco se abrindo e da corrente que segurava a porta sendo removida e, subitamente, o rosto de Rania Fawaz apareceu na sua frente, e ele correspondia à foto que Goddard havia lhe transmitido via e-mail.

Lemieux empurrou a porta, agarrou Rania pelo braço, torceu o seu corpo violentamente até conseguir colocar o seu braço sobre o seu pescoço e a sua pistola na sua cabeça.

— Onde está Marwan Acade? — exigiu ele. — Quero saber agora!

— Ei, o senhor está me machucando — gritou Rania. — O senhor está quebrando o meu braço.

Mas Lemieux se manteve indiferente.

— Eu a peguei, Marwan! — gritou ele. — Eu a peguei. Se você quiser vê-la viva novamente, melhor largar a sua arma e sair devagar, com os braços levantados!

— Ele não está aqui! — insistiu Rania, com o rosto contorcido de dor. — Ele não está aqui, Marwan não está aqui!

Não acredito em você, Srta. Fawaz. Acho que você está mentindo para acobertar o seu namorado.

— Ele não é meu namorado; ele nunca foi meu namorado e não está aqui!

Ela pareceu convincente, mas Lemieux não queria arriscar nada. Ele apertou o silenciador da pistola na têmpora de Rania e começou a entrar no apartamento e a verificar cômodo por cômodo, armário por armário, olhando debaixo das camas e por trás das cortinas dos chuveiros e em todos os cantinhos e fendas imagináveis. Só quando ele teve certeza de que Marwan não estava mesmo ali, pronto para matá-lo ele abaixou a guarda.

— Eu lhe disse que ele não estava aqui — disse Rania quando os dois terminaram a busca e Lemieux fechou e trancou a porta da frente.

— Cale a boca! — disse ele, ferindo-a com um forte golpe na face com a culatra da sua arma, lançando a moça com força ao chão em lágrimas e com os lábios sangrando. — Muito bem ele não está aqui agora, mas ele esteve aqui, não esteve?

— Quem é o senhor? — perguntou Rania, enquanto tremia de medo. — O que o senhor está fazendo no meu apartamento?

— Sou eu quem faz as perguntas, não a senhorita — disse Lemieux, enquanto se lançava sobre ela e apontava o seu silenciador para a sua testa. — Agora, vou lhe perguntar de novo, Marwan Acade esteve ou não recentemente aqui no seu apartamento?

— Sim, ele veio aqui — ela finalmente conseguiu dizer.

— O que ele queria?

— Ele queria ficar aqui e eu neguei.

— Por que aqui? Por que não em um hotel?

— Ele estava machucado e precisava de ajuda.

— E você o ajudou?

— Sou enfermeira.

— E ele é apaixonado por você.

Rania ficou calada.

— Ele a pediu em casamento, não pediu? Em maio — não foi isso?

— Sim.

— Então, ele estava apaixonado por você.

— Suponho que sim.

— E você não estava apaixonada por ele?

— Eu neguei o pedido.

— Isso não significa que você não o amava. Afinal, ele veio até você. De todas as pessoas no mundo que poderia ter procurado, ele escolheu vir até você, não foi isso?

— Suponho que sim.

— Ele deve ter pensado que você ainda gostava dele, certo?

— Pode ser.

— E, no momento mais difícil da sua vida, Marwan recorreu a você. Ele tinha levado um tiro, não tinha?

— Sim, é o que parecia.

— Mas você o deixou jogado ali fora no frio?

— Eu não quis me envolver com o tipo de vida que ele escolheu.

— Você quer dizer, uma vida de assassino?

— Eu não disse isso — disse Rania com a voz entrecortada.

— Nem precisava dizer.

— Ele não é um assassino — disse ela. — Ele é um homem bom.

— Só não serve para se casar comigo.

— Somos amigos desde a infância. Eu faria tudo por ele.

— Então, por que não fez desta vez?

— Eu... eu... eu... ajudei, fiz o que pude.

— Mas não deixou ele ficar aqui.

— Bem, eu...

— Você lhe deu dinheiro?

— Não.

— Você o ajudou a comprar passagens de avião.

— Não.

— Você o levou até a estação de trem?

— Não.

— Mas você sabe onde ele está, não sabe, Srta. Fawaz?

Rania, agora, estava agachada no chão, tremendo incontrolavelmente, com os olhos cheios de lágrimas e com a voz rouca e titubeante.

— Não — disse ela — eu não sei.

— Acho que você está mentindo.

— Não sei de mais nada.

Lemieux, soltou a trava de segurança da sua pistola.

— Por favor, o senhor precisa acreditar em mim; não sei para onde ele foi.

— Vou contar até três — disse Lemieux — e se eu não ouvir da sua boca o que quero ouvir, vou matá-la.

— Mas eu não sei — insistiu ela — juro. Se soubesse, lhe contaria.

— Talvez não — disse Lemieux. — Talvez você esteja apaixonada por ele. Quem sabe você esteja disposta a se sacrificar para que Marwan possa fugir.

— Não, não... quero dizer, eu o amo... mas estou lhe dizendo a verdade.

— Um...

— Por favor, monsieur, o senhor precisa acreditar em mim.

— Dois...

— Tudo bem, tudo bem, vou lhe contar o que sei, mas não é muita coisa. Por favor, só não me machuque.

Lemieux permitiu um longo e tenso silêncio e, depois, disse:

— Muito bem, estou esperando.

— Marwan não deu certeza do local para onde poderia fugir — disse ela rapidamente.

— Ele disse que não tinha certeza, e eu acreditei nele.

— Quais foram, exatamente, as suas palavras, Srta. Fawaz?

— Ele disse... algo como: "talvez para o Egito, talvez para o Golfo, um lugar bem longe daqui..." isso é tudo... de verdade... tudo o que sei.

— Você tem certeza disso?

— Sim, tenho — insistiu ela — isso é tudo o que ele disse.

— Alguém mais sabe que Marwan esteve aqui?

— Não... só eu.

— Nem os seus pais?

— Não.

— Nem um namorado seu?

— Não.

— Nem alguma pessoa que divida o apartamento com você ou um vizinho?

— Não — mentiu Rania, desesperadamente, tentando fazer com que aquele homem enlouquecido não descobrisse nada sobre Leila. — Só eu e não vou dizer nada. Por favor, o senhor precisa acreditar em mim.

Lemieux fez mais uma pausa para considerar a veracidade da sua afirmação.

— Muito bem, então — disse ele, ao final. — Nem foi tão difícil assim, viu só?

Rania, finalmente, puxou o fôlego, visivelmente aliviada.

Só que naquela hora a porta do apartamento começou a fazer um barulho. A fechadura começou a ser acionada. Leila entrou no apartamento, com os braços cheios de compras. Atônita, ela olhou para Lemieux e para a arma na sua mão com uma expressão de horror.

— Rania, o que está acontecendo? — perguntou ela, com voz trêmula.

— Isso tem algo a ver com o Marwan?

E com estas palavras o seu destino estava selado.

Lemieux efetuou dois disparos, ambos sem barulho. Leila foi ao chão; depois ele se virou para Rania e efetuou outros dois.

PARTE TRÊS

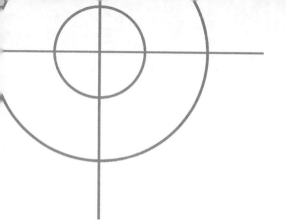

29

Goddard, finalmente, chegou à frente do prédio de Rania Fawaz.

— Por que você demorou tanto? — disse Lemieux, demonstrando desprezo, quando Goddard saiu do táxi.

— Beirute fica bem longe daqui — respondeu o inspetor recusando-se a morder a isca. — Algum sinal de Marwan?

— Não, tudo quieto por enquanto.

— E a garota?

— Já disse que está tudo quieto.

— Mas você tem certeza de que eles estão aí dentro? — insistiu Goddard.

— A esta altura, já não tenho certeza de mais nada — disse Lemieux — mas não devemos perder tempo. Precisamos entrar agora e ter esperança de apanhar o Marwan de surpresa.

Eles entraram pelo saguão frontal e encontraram o porteiro acordado, desta vez. Lemieux exibiu o seu distintivo da polícia e disse:

— Estamos à procura de Rania Fawaz e sabemos que ela mora neste prédio.

— A Srta. Fawaz? — disse o porteiro. — É claro... uma moça muito educada... mais educada que ela impossível. Ela e a sua amiga Leila moram no sétimo andar... no número 701. Os senhores gostariam que eu lhes acompanhasse para lhes mostrar onde fica?

— Isto não será necessário — disse Lemieux, que, virando para Goddard, falou:

— Vá pelas escadas, mas certifique-se de que elas estão vazias. Eu lhe encontrarei lá.

Ele sacou o seu revólver de serviço e pegou o elevador.

Goddard também sacou a sua arma portátil e instruiu o

porteiro a ficar quieto e não dizer nada para qualquer pessoa que entrasse ou saísse do prédio. Ele seguiu pela escadaria e subiu cuidadosamente até o sétimo andar, orando por uma resolução pacífica do total deste caso sórdido. Ele ainda não conseguia aceitar a ideia de que Marwan era um assassino. Havia algo na análise de Lemieux que não fazia sentido. Só que precaução nunca era demais. Marwan Acade, de mais a mais, foi treinado para matar.

Ele encontrou Lemieux na parte externa do apartamento 701 e sem falar, idealizou um plano de ataque usando sinais. Em uma contagem silenciosa de um a três, Goddard deu um chute na porta, e os dois homens invadiram o apartamento, com armas em punho. E ali, para horror de Goddard, eles encontraram, já sem vida, os corpos de Rania e da sua companheira de apartamento.

— Marwan Acade as matou — disse Lemieux imediatamente. — Chegamos tarde demais.

Goddard continuava perplexo com o que viu. — Mas, por que Marwan faria isso?

— Isto não importa — insistiu Lemieux. — O importante para nós é caçarmos Marwan antes que volte a assassinar outras pessoas. Lance pó revelador de impressões digitais e proceda a busca por evidências físicas imediatamente. Mas, antes disso, transmita a foto de Marwan a todas as delegacias de polícia, estação de ônibus, de trem, emissora de televisão, aeroporto e porto marítimo de Marrocos. Ele provavelmente continua neste país e não podemos deixá-lo fugir.

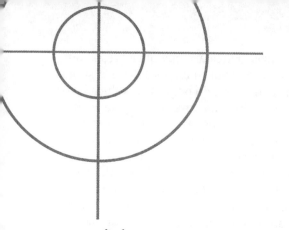

30

Na manhã de domingo, o telefone via satélite de Tariq tocou, mas ele não deu atenção. Ele estava servindo o café da manhã para Dália e não se importou em atendê-lo. Uma hora mais tarde, o telefone tocou novamente, só que, desta vez, Tariq estava no chuveiro e não conseguiu ouvir. Uma hora depois, o telefone tocou de novo e, desta vez, ele o havia deixado no apartamento. Ele e Dália estavam passando mais um dia juntos, por isso todas as mensagens urgentes de Ramy não foram respondidas.

O inverno já começava a cair sobre eles, mas o romance de Tariq Jameel e Dália Nour florescia subitamente, tal qual o Delta do Nilo em tempo de primavera. Depois do café da manhã, naquele dia frio de segunda-feira, eles seguiram rumo à Torre do Cairo, com 185 metros de altura, e deram as mãos enquanto olhavam através da movimentada cidade ali embaixo e disputavam entre si para ver quem conhecia mais pontos de referência naquela paisagem. Eles, rapidamente, localizaram o Museu Egípcio, A Cidadela, a Mesquita Rafeeq Ali e a Mesquita de Ibn Tulun. Mas, depois destes locais, o horizonte começava a ficar embaçado em um mar interminável de hotéis, apartamentos e prédios comerciais, todos envolvidos em uma névoa cinzenta e empoeirada de poluição.

— Você já foi às pirâmides? — perguntou Dália.

— Tenho vergonha disso — disse ele — mas, não, nunca estive lá.

— Nem eu — exclamou ela. — Vamos lá? Quero vê-las bem de perto e fazer corrida de camelos no deserto!

— Você quer dizer que vai andar de camelo no deserto? — perguntou Tariq.

— De jeito nenhum... quero dizer "apostar corrida" mesmo! — respondeu ela, dando uma piscadinha sorrateira com um dos olhos.

A sua energia e a sua paixão pela vida impressionavam Tariq. Era algo novo — e inebriante — por isso ele contraiu os ombros e disse:

— Que comece a corrida!

Eles pegaram um táxi até Giza, onde eles subiram o fosso na parte interna da Grande Pirâmide e espiaram o grande sarcófago vazio, imaginando todos os tesouros que aquela maravilha antiga um dia conteve. Então, contrataram um guia, além de dois camelos que os levaram para dentro do deserto. Nada mais foi dito acerca da forma como Naguib Mahfouz escapou da morte, nem sobre os pais de Tariq, nem sobre o acidente de carro no qual ele afirmara ter se envolvido, tampouco sobre os ferimentos que ele, supostamente, teria tido nas ferragens. Não havia necessidade de se falar em Goddard, em Lemieux, em Monte Carlo ou em Rafeeq Ramsés. Com Dália, ele não corria riscos, nem estava sob investigação, tampouco precisaria ficar cuidando sempre da sua retaguarda. Eles poderiam simplesmente brincar como dois jovens enamorados e, para Tariq, aquilo era como um copo de água refrescante servido a um coração ressequido e com sede.

— Ei, Tariq, aposto que chego antes que você na Esfinge! — Gritou Dália, subitamente. — Quem perder paga o jantar!

Mal ela terminou de dizer estas palavras e logo deu um forte tapa no lombo do seu camelo, que disparou em direção às dunas.

Os hormônios competitivos de Tariq, logo foram imediatamente liberados na sua corrente sanguínea e ele, rapidamente, saiu atrás dela, deixando para trás, perplexo, o guia do passeio, que não gostou muito da ideia e praguejou contra eles em meio à brisa de outono. Dália era boa montadora, como se tivesse sido criada e treinada na montagem de cavalos. Àquela altura, ela já estava uns bons quarenta ou cinquenta metros adiante de Tariq, com o seu belo cabelo escuro esvoaçando atrás do seu corpo. Só que ele não se entregaria sem lutar. Tariq se agachou, deu uns cutucões mais fortes no animal, que começou a ganhar velocidade.

Eles subiram a primeira duna e desceram no outro lado. Então, prosseguiram, e se aproximaram do topo da última duna, por alguns instantes Dália sumiu da vista. Mas pouco depois, Tariq já estava se aproximando rapidamente.

Dália gritava para trás, caçoando e rindo dele, o que só servia para aguçar o seu espírito competitivo. Ele cutucou mais e mais o animal, tentando extrair o máximo de energia daquele camelo de três anos de idade, mas ao final ele não conseguiria. Dália alcançou um grupo de turistas assustados, próximo à base da Esfinge, com cerca de meio corpo de vantagem, depois deu meia volta em direção ao deserto para diminuir a velocidade e tomar um fôlego.

Ela ria tão alto que quase estava chorando, e ele não fazia diferente. Subitamente, uma paixão tal como nunca lhe ocorrera antes sobreveio ao seu coração, algo que ele achava que nunca sentiria por ninguém além de Rania.

— Compre alguma coisa para mim! — disse ela, enquanto os dois se abraçavam.

— Comprar alguma coisa para você? — perguntou ele, assustado com o pedido.

— O que, por exemplo?

— Ah, não sei — riu ela, puxando-o para perto de si e voltando a beijar o seu pescoço e o seu ouvido:

— Algo especial, algo diferente, algo que me possa fazer lembrar de você quando desaparecer ao anoitecer e eu nunca mais o encontrar.

— Do que você está falando? — perguntou ele.

— Os homens não são assim? — disse ela — eles alcançam o que querem e depois nos jogam de lado, quando menos se espera?

Ela continuava com um olhar brincalhão, mas as suas palavras — apesar de inocentes e ditas em meio a risos — tiveram o efeito desejado. Tariq agora sabia que estava brincando com fogo. Alguém magoou profundamente aquela moça, e não fazia muito tempo e ele, agora, estava atiçando brasas que ainda estavam acesas. Ela lhe era solícita, mas não desejava ser usada, nem considerada uma garota fácil. E, dentro do seu coração, surgiu uma questão que Tariq não tinha nem tempo, nem interesse em tratar naquele momento.

Independentemente dos seus sentimentos, ele não ficaria com ela por muito tempo, não é mesmo? Como ele poderia lhe dar esperanças? Dentro de alguns dias, ou de algumas semanas, ou talvez, dentro de um ou dois meses, Ramy ligaria, avisando que eles estariam, novamente, no seu encalço, e ele teria que desaparecer. Ele teria mesmo que "jogá-la de lado quando ela menos esperasse," não é mesmo?

Seria mais fácil para ele, obviamente, se simplesmente tivesse desejado um encontro romântico de uma só noite, ou um caso de fim de semana. Só que, para a sua surpresa, Tariq acabou descobrindo que os sentimentos daquela moça eram importantes. Havia algo nela que lhe despertava um real interesse, e ele não desejava magoá-la.

— Alguns homens, talvez, mas não eu — disse Tariq enquanto a puxava para mais perto de si e lhe beijava carinhosamente.

31

Na esperança de mudar de assunto, Tariq levou Dália, de braços dados, por uma rua cheia de lojas e repleta de turistas até que, finalmente, os dois entraram em um dos famosos institutos de papiros do Cairo.

— Tudo bem — sussurrou ele logo ao entrarem — vou lhe dizer uma coisa: compro qualquer coisa que você quiser desta loja.

Os olhos de Dália brilharam.

— Qualquer coisa? — perguntou ela com certo prazer.

— Qualquer coisa — disse ele — é só pedir.

Ela encolheu o braço e olhou ao redor, dentro daquela imensa loja. Estavam ali espalhados pelas paredes os quadros mais belos e em cores vibrantes, todos pintados em grandes folhas de rolo de papiro.

— Posso ajudar? — perguntou o atendente. — Posso lhes fazer um preço excelente hoje.

— Quem sabe você poderia nos mostrar todas as peças — disse Tariq, e Dália, rapidamente, acenou positivamente com a cabeça.

— Com todo o prazer, senhor — disse o jovem, são só vinte peças.

Ele guiou o casal até o fundo, onde começou a lhes fazer uma breve demonstração, apresentando-lhes como os maços de papiro são cortados em longas e finas tiras, mergulhados em água para a remoção da maior parte do seu açúcar natural para, depois, serem prensados em conjunto, depois de colocados um formato de xadrez. Em seguida, eles são secados por muitos dias para formarem as folhas incrivelmente resistentes, sobre as quais pintores talentosos retratam estes cenários deslumbrantes, muitos dos quais vêm das lendas do Egito.

— Fale-me deste aqui — disse Dália. Ela apontou para um dos maiores cenários, com pessoas, animais e hieróglifos, pintados em tinta azul, vermelha e dourada brilhantes. Ele foi colocado em uma bela moldura de madeira e estava exposto na parede ao lado deles.

— Ah, sim — disse o atendente — este é o "Juízo Final." Este é muito famoso. Cópias deste quadro costumavam ficar em casas, tumbas e templos ao longo de todo o Egito.

— Por quê? — perguntou Tariq. — O que ele significa?

— Bem — explicou o jovem — os antigos egípcios criam que quando as pessoas morriam, elas enfrentariam um juízo final, uma última prestação de contas com Deus acerca daquilo que fizeram na sua vida. Vocês estão vendo aquele homem ali no canto superior esquerdo, ajoelhado diante de todas aquelas figuras que estão no topo da pintura?

— Sim.

— Este é o homem na vida vindoura. Ele está ajoelhado diante de quatorze juízes, jurando a sua inocência, oferecendo sacrifícios a eles e implorando que o deixem seguir para o paraíso.

— E o que você me diz deste homem aqui embaixo? — perguntou Tariq.

— É o mesmo homem?

— Este aqui na parte esquerda inferior? — perguntou o atendente.

— Sim.

— Ah, sim, é o mesmo homem — disse o jovem. — Ele está sendo levado para dentro do palácio da justiça, onde será definido se ele é justo ou não, se é culpado ou inocente. Vocês estão vendo aquela balança gigante diante dele?

— Sim.

— O coração dos mortos é colocado no prato do lado esquerdo — explicou o atendente — e uma pena de justiça é colocada no prato direito da balança. Caso o coração daquele homem seja mais pesado que a pena, significa que ele está cheio de pecados. Expressa que ele não é um homem bom o suficiente para entrar no céu e será enviado diretamente para o inferno. Mas, caso o seu coração seja mais leve que aquela pena, então ele é um homem justo... uma pessoa pura, e seguirá para o paraíso. Vocês veem o homem da pintura? Ele era puro, por isto está sendo levado para dentro da sala do trono do céu por aquela figura que segura as chaves da vida eterna. Vocês gostaram da representação?

— Não, eu não gostei — disse Dália, visivelmente incomodada. — Mostre-me outra coisa.

Ela passou a observar outra pintura, que tinha dois pombos empoleirados em uma grande árvore. Só que Tariq continuou com o olhar fixo no "Juízo Final," estudando-o com muita intensidade.

— Como podemos ter certeza? — perguntou Tariq.

— Ter certeza de quê? — respondeu o atendente.

— Como podemos ter certeza de que o nosso coração é puro o suficiente; se iremos para o céu ou para o inferno?

Mas o atendente ficou ali, imóvel. Estava óbvio que ele não fazia qualquer ideia, tampouco Tariq sabia aquela resposta. Subitamente, Tariq sentiu uma onda de pavor subir pelo seu corpo inteiro. Aquela pergunta começou a ecoar repetidas vezes pela sua alma. Ele precisava encontrar a resposta antes do seu próprio destino estar selado.

Ele comprou um quadro para Dália — não aquele, obviamente — um quadro magnífico e caro que representava dois amantes passeando em uma embarcação à vela típica do Nilo — chamada de "felucca." Só que Tariq não conseguia se livrar da ansiedade que o "Juízo Final" lhe havia despertado. Era como se estivesse ouvindo a voz da própria mãe ecoando na sua mente. Ela estava chorando diante de tanta bobagem, das tantas escolhas egoístas que ele fez na vida, implorando para que ele mudasse o curso e tivesse um novo começo, enquanto ainda lhe fosse possível.

Mas, onde ele faria esse recomeço? A quem recorreria? Ele estava pronto para assumir esta mudança. A sua vida estava fora de controle. Só que uma "mudança de curso" era mais fácil de se dizer do que se fazer.

Os dois retornaram para o apartamento de Dália, tomaram banho e trocaram de roupas, e ele a levou para o hotel Mövenpick, próximo ao aeroporto, onde os dois tiveram um jantar à luz de velas, antes de Dália se preparar para o voo noturno para Londres. Ela não poderia estar mais feliz; e ele não poderia estar em situação mais complicada.

— Dina e Mervat me enviaram um e-mail na noite passada — disse Dália. — Acabei me esquecendo de lhe contar.

— Mesmo — disse ele, sem tirar os olhos do seu prato, que mal tinha sido degustado.

— Elas ainda estão em Nova York; acabaram de encontrar um apartamento. Dina disse que elas estão voltando para casa no

fim de semana para empacotar as coisas. Ela fez uma pausa momentânea e, depois, disse:
— Não consigo acreditar que elas estão indo embora. Acho que vou ter de encontrar outras moças para dividir o aluguel. Eu jamais conseguiria bancar o custo daquele apartamento sozinha.
— Certo — disse ele, enquanto dava uma garfada no seu filé mignon.
— Tariq, está tudo bem com você? — perguntou ela.
— Sim, estou bem — disse ele, enquanto se servia com o terceiro copo de vinho.
— Você parece distraído... distante... bem diferente de hoje pela manhã, bem diferente de como estava no fim de semana.
— Não, não — disse ele — só estou...
— A sua voz engasgou.
— Só está o quê? — perguntou ela.
Ele não queria mentir para ela. Ele não queria que a sua consciência ficasse ainda mais pesada do que já estava. Mas aquele pensamento, subitamente, importunava-lhe como nunca ocorrera antes. Só que, novamente, a sua vida não era uma mentira só até aquele momento? Ele não era Tariq Jameel; não era um consultor de informática de Bruxelas. Não estava montando uma filial no Cairo, nem procurando uma namorada, ou esposa, nem qualquer uma das coisas que ele lhe havia contado.
— Vou sentir muita saudade de você — disse ele, olhando, finalmente, para os olhos dela.
— Gostei muito dos últimos dias que passamos juntos.
— Eu também — disse ela, enquanto pegava na sua mão.
— Você é uma garota muito especial.
Dália ainda sorria para ele, mas ficou, subitamente, um tanto cética também.
— Especial no sentido de "quero ficar mais tempo ao seu lado?" — perguntou ela — ou especial no sentido de "foi bom, mas vou desaparecer para sempre da sua vida?"
— Especial no sentido de que quero passar muito mais tempo ao seu lado — insistiu ele, enquanto pegou nas suas duas mãos. — Que horas você voltará amanhã?
— Devo voltar ao meio-dia...
— Perfeito, vou estar aqui lhe esperando.
— Você promete? — disse ela, apertando as suas mãos.
— Prometo.

32

Tariq passou a noite sozinho no apartamento de Dália. A equipe de limpeza e manutenção contratada pelo proprietário estivera trabalhando no seu apartamento a maior parte do dia e ainda havia tanto trabalho a fazer. Além disso, apesar do apartamento de Dália ser significativamente menor, ele era mais quente (em parte porque os aquecedores funcionavam e no seu apartamento não), tinha uma decoração muito melhor e, essencialmente, parecia-se com um lar aconchegante.

Ela tinha cortinas nas janelas e flores naturais em vasos coloridos sobre a mesa da cozinha. Ela tinha roupa de cama limpa, com edredons grandes e espessos, travesseiros fofos e macios, e quinquilharias de toda sorte compradas dos vários países para onde ela viajou. E o mais importante, ela tinha louças limpas, havia comida boa no refrigerador e na despensa, e o seu fogão funcionava. Todas estas coisas acabavam com qualquer sombra de dúvida a respeito do local mais apropriado para ele pernoitar.

Tariq preparou uma xícara de café quente e se serviu com alguns biscoitos que ele encontrou na despensa. Ele começou a bisbilhotar as coisas de Dália, numa tentativa de saber mais sobre aquela moça. Ao lado dos seus equipamentos de som e vídeo, ele encontrou prateleiras de CDs e DVDs de sucessos produzidos no Egito, na Europa e nos Estados Unidos, os filmes estavam caprichosamente organizados em ordem alfabética. Ele encontrou armários organizados com roupas novas e sapatos, caixas de veludo cheias de joias, pilhas de revistas Vogue e Cosmo e outras revistas de moda. Ele também encontrou equipamento de mergulho com snorkel e com tubos de oxigênio, prateleiras organizadas com guias de viagem para resorts ao longo do Mediterrâneo e no Caribe, sem mencionar a coleção completa dos romances de Nabuib Mahfouz. Até que, ao final, ele também descobriu um embrulho de maconha, do qual aproveitou e enrolou um novo cigarro para fumar naquela hora.

Entretanto, o que lhe aguçou mais a sua curiosidade foi que não encontrou nenhum diário, nada pessoal, nem mesmo um álbum de fotos de família que pudesse lhe fornecer alguma pista daquilo que ele procurava. Quem era, na verdade, Dália Nour? De onde ela vinha? Para onde ela estava indo? Ele a achava inebriante, mas, subitamente, percebeu que conhecia muito pouco sobre ela.

Ele sabia que Dália crescera em alguma parte da Jordânia, mas não sabia exatamente onde. Ele sabia que ela saiu de casa com dezoito anos, mas não sabia o motivo. Ele sabia que ela se formou em um pequeno colégio secundário na França, mas não sabia qual era o colégio ou o que ela havia estudado. Ele sabia que ela foi contratada pela British Airways para conhecer o mundo e viajar de graça, também sabia que ela já havia visitado vinte e três países e esperava ir à Austrália no fim daquele ano, no seu terceiro período de férias porque ela disse que lá o mergulho de superfície era incrível. Só que, além disso, ele não tinha mais informações. Ela era tão enigmática para ele, obviamente, quanto ele era para ela.

Em busca de respostas, Tariq abriu uma gaveta em uma pequena mesa de cabeceira ao lado da sua cama e encontrou ali um maço de folhetos que ofereciam pacotes de férias de dois ou três dias em vários resorts em Sharm el-Sheikh. Ela realmente era uma viajante, não é mesmo? Ele mal conseguia se lembrar da última vez que tirou férias. Dália, porém, parecia obsessiva em conhecer o mundo e beber a sua porção do cálice desta vida. Era quase como se ela não conseguisse ficar sossegada em um só lugar por mais de alguns dias. Toda vez que tinha alguns dias de folga, ela, imediatamente, embarcava para algum local exótico — mas, por que Dália seria assim? Do que, exatamente, estaria fugindo?

Tariq folheou todo o maço. Um dos folhetos era do hotel Hilton, e outro do Ritz Carlton. Outros, ainda, eram do Four Seasons, do Marriott, do Mövenpick Jolie Ville, mas também havia de vários outros hotéis. No fundo do maço havia um pequeno bloco de anotações que continha a logomarca da British Airways em alto-relevo. Este bloco continha todo tipo de anotação, todas com a letra de Dália, com cotações de preços para a permanência de três pessoas em uma única suíte, possíveis datas para viagens e prós e contras de cada um dos resorts pesquisados.

Ele estava prestes a recolocar tudo na gaveta e continuar a sua busca, a fim de descobrir mais acerca daquela garota mistériosa, quando percebeu algo. As datas que Dália havia circulado como sendo a melhor época para viajar — e depois riscado com um 'X' — estavam se aproximando, elas ficavam entre o Natal e o Ano Novo. Só então ele percebeu porque Dália não tinha viajado. Dina e Mervat foram transferidas. Ela não teria condições de pagar o aluguel do apartamento, quem dera um fim de semana repleto de diversões em Sharm. E isso fez com que Tariq pensasse: "Mas, e se...?"

Quando Dália retornou para casa, no dia seguinte, os planos estavam feitos, os bilhetes comprados, as malas feitas e tudo — inclusive o tubo de mergulho de superfície — já estava guardado em um táxi que a aguardava. Tariq estava esperando na parte externa da escadaria frontal de acesso ao prédio com um grande buquê de flores. Os olhos de Dália diziam tudo. Ela não conseguia acreditar. Será que os dois iriam mesmo para Sharm? Seria verdade? Assim de supetão... com tudo pago? Como ele teria descoberto os seus planos? Como ele teria conseguido fazer todos os preparativos de forma, assim, tão rápida? Como ela poderia ser tão sortuda a ponto de se apaixonar por um cara assim?

Tariq respondeu todas as suas perguntas — menos a última — quando eles embarcaram no voo de uma hora até a Península do Sinai, e amou ver a alegria e a surpresa de Dália. Tariq nunca havia sido tão espontâneo na sua vida, mas ele também se sentiu feliz e, subitamente, teve um sentimento de que este deveria ser só o começo. Sair do Cairo seria bom por muitas razões. Ele precisava de sol, areia e ondas para relaxar a sua mente de tantas preocupações. Além disso, necessitava passar o máximo de tempo que pudesse com Dália.

— Isso é um ato de extrema generosidade da sua parte — disse Dália, finalmente. — Ainda não estou entendendo o porquê.

— Senti a sua falta — ele disse, enquanto o avião fazia a sua aproximação final para aterrissagem.

Ela agarrou firme o seu braço e se aconchegou nele.

— De verdade? — sorriu ela.

— Sim — respondeu ele, acrescentando ainda — Você tem um lugarzinho maravilhoso no Cairo, mas ele não é o mesmo sem você. Eu estava me sentindo muito sozinho na sua casa, então, descobri o seu calendário e percebi que você teria os dois próximos dias de folga. Não resisti. Espero não ter sido muito atrevido ao planejar tudo isso no calor do momento.

— Você foi completamente atrevido — respondeu ela — e eu amei.

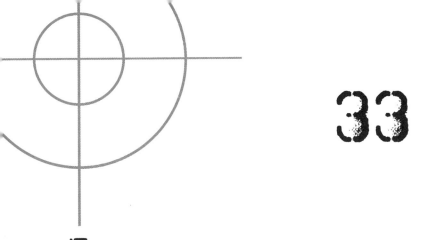

33

Eles fizeram o check-in no hotel Ritz Carlton e nos dois dias seguintes viveram como um casal em lua de mel. Passaram a noite ali e tomaram café da manhã na cama. Tomaram um banho de sol à beira da piscina. Mergulharam na superfície no mar Vermelho, no litoral da ilha de Tiran, não muito distante da costa da Arábia Saudita e, depois, seguiram para restaurantes caros antes de se recolherem na sua suíte para noites de completa paixão.

As temperaturas durante o dia ficavam em torno dos 30º C, com uma brisa leve que vinha do norte. À noite, ela nunca baixava dos 16º C. Sem nuvens, sem chuva, sem fuligem, sem poluição, sem ligações telefônicas ou e-mails; nada poderia ser mais perfeito, e Tariq queria que tudo isso nunca terminasse.

No terceiro dia, ele levantou cedo e foi correr no frescor da manhã. O seu corpo se recuperava bem dos ferimentos que havia sofrido em Monte Carlo. Gradualmente, estava recuperando a sua força e, depois de muitos anos, ele estava se sentindo melhor do que nunca. Ele ria, cantava no chuveiro e estava completamente inebriado de amor por Dália. Esta era a única explicação que ele tinha para aquela sensação.

Tariq nunca havia experimentado algo semelhante com nenhuma outra mulher nem mesmo com Rania. Obviamente, ele sentia algo pelo seu primeiro amor, e achava que sempre sentiria. Só que ela nunca correspondeu ao forte sentimento que ele nutria. Dália o desejava e precisava dele. Ela fez com que ele se sentisse especial. Ele estava ficando completamente apaixonado por aquela mulher, e tudo estava acontecendo muito rápido.

Depois de uma corrida de seis quilômetros ao longo da praia, Tariq retornou para o Ritz e entrou no apartamento fazendo o mínimo de barulho possível. Dália continuava dormindo. Ela parecia um anjo — tão bela, tão tranquila, aquilo só podia ser um sonho.

Ele tomou um banho e, depois, vestiu a roupa que usaria naquele dia. Talvez eles pudessem visitar alguns locais, ou fazer algumas compras. Quem sabe eles alugassem bicicletas ou fossem fazer parapente. Não importava muito o que ela quisesse fazer, desde que eles estivessem juntos.

— Ei, bom dia — disse Dália.

— Um bom dia para você — respondeu ele, beijando-a carinhosamente. — Como está se sentindo?

— Muito bem — respondeu ela com um sorriso — e com fome.

— Eu também — disse ele. — Por que você não toma um banho rápido e descemos para o café, e lá planejamos o nosso dia.

— Gostei do que ouvi — disse ela, enquanto insistia em outro beijo antes de correr para o banheiro e fechar a porta.

Enquanto esperava por ela, Tariq aproveitou para dar uma ajeitada no quarto. Ele recolheu algumas das roupas de Dália que estavam secando na sacada. Ele as dobrou caprichosamente e as colocou na sua mala. Ele também encontrou as suas chaves e o seu telefone celular debaixo da cama. Só que quando ele voltou para colocá-las de novo na sua bolsa, várias correspondências caíram no chão. Era uma série de contas recentes, nenhuma das quais havia sido aberta e, presumivelmente, também não estavam pagas, e no fundo da pilha havia um envelope, em particular, que chamou a atenção de Tariq.

Era uma carta, e não uma fatura, e o carimbo de postagem era da Jordânia, com data da semana anterior. Ao contrário das outras contas, este envelope já estava aberto e Tariq — curioso — não resistiu e começou a ler a carta, complemente despreparado para o que encontraria ali dentro.

Querida Dália,

Muito obrigado pela sua última carta.

Não tenho palavras para descrever a alegria que eu e a sua mãe sentimos ao saber que você não está mais namorando o Kalim. Você sabe que não gostávamos do jeito como ele vivia — as drogas, o álcool, todas aquelas festas até tarde da noite. Nós não criamos você para se casar com este tipo de homem. Ele não era cristão, nem ao menos um homem educado ou sério. Estamos orgulhosos de você ter rompido o relacionamento com ele e continuado a viver a sua própria vida.

Você está aberta para lhe indicarmos um homem bom e temente a Deus, que lhe amará e cuidará de você todos os dias da sua vida? O que você acha do Youssef? Você sabia que eu o contratei como meu pastor auxiliar no mês passado? Ele está fazendo um trabalho maravilhoso na igreja, especialmente com as crianças — fazendo estudos bíblicos e aulas da Escola Dominical, além de liderar o grupo de juventude. Creio que ele ainda gosta muito de você. Será que poderíamos lhe dar o seu telefone? Isso faria o seu pai e a sua mãe muito felizes.

Quando você virá nos visitar? Amaríamos reencontrá-la. Você também poderia rever Youssef. Todos os seus primos também querem revê-la. O seu pai também. Por favor, não demore a responder.

Com amor.
Seu Pai.

A carta foi cuidadosamente digitada, sob o timbre de alguma organização chamada "Igreja Bíblica de Petra," com um endereço de caixa postal localizado naquela pequenina cidade da Jordânia meridional.

Tariq ficou perplexo. O que seria isso? Será que Dália era alguma crente? Será que o seu pai era um pastor? Como isso era possível? Não fazia sentido. Dália bebia e usava drogas. Ela estava dormindo com ele, mesmo sem estarem casados. Como ela poderia ser a filha de um pastor?

Além disso, por que ela nunca havia lhe contado nada a respeito? Ele não tinha notado nenhuma evidência dela ser uma adepta do Cristianismo. Ela não usava nenhum crucifixo. Ela parecia nem ter uma Bíblia. Até onde Tariq sabia, Dália era somente mais uma alma perdida como ele. A religião nunca foi importante para ele, só que ele não tinha sido criado por "homem do Livro!" Como ela poderia ter escondido dele algo tão fundamental sobre a sua vida? E quem seria Kalim? Quem seria Youssef? O que estaria acontecendo? O que mais ela estaria acobertando?

Ele, então, voltou a se lembrar de todas as mentiras que já lhe havia contado, e de que também tinha os seus próprios segredos.

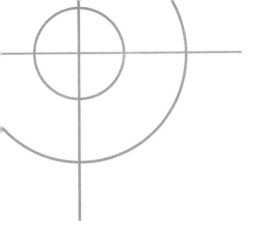

34

Tariq ainda estava analisando meticulosamente aquela carta quando, subitamente, o seu telefone via satélite tocou. Assustado, ele verificou de qual número a chamada procedia e percebeu se tratar do seu irmão.

— Alô, Ramy? — disse ele.

— Marwan, por onde você andou? — gritou de volta o seu irmão. — Estou ligando para você nos últimos dias. Estou apavorado, achei que você tinha morrido!

— Não, não, estou bem — disse, calmamente, Tariq. — Só andei... hã.. meio ocupado. Por quê? O que está acontecendo?

— Ocupado? — perguntou Ramy. — Fazendo o quê?

— Não é da sua conta.

— Você enlouqueceu, Marwan? — disse Ramy. — Como não é da minha conta? Estou arriscando a minha vida para lhe manter a salvo e longe da cadeia... você simplesmente some por dois dias e ainda tem a petulância de dizer que isso não é da minha conta?

— Desculpe, você tem razão, desculpe mesmo — disse Tariq, tentando não parecer estar excessivamente na defensiva.

— Bem, espero que esteja sendo sincero — disparou Ramy de volta, furioso, mas tentando, claramente, controlar as suas emoções.

— Veja bem, muita coisa aconteceu desde que você sumiu da face da terra. Estou saindo de Bagdá no próximo voo e voltando para Beirute. O promotor de Monte Carlo expediu uma intimação para o inspetor Goddard me interrogar.

Houve uma grande pausa, e Tariq percebeu que algo estava errado. Finalmente, Ramy lhe fez uma pergunta direta e objetiva:

— Por que você não me contou que Rania havia se mudado para Casablanca?

Tariq ficou perplexo. Como ele teria descoberto?

— Não tenho certeza do que você está...

— Esqueça, Marwan. Não vai funcionar. Sei que você esteve lá. Só quero saber o motivo da sua ida. Você me disse que iria viver discretamente, sem amigos, sem nada que lhe fosse familiar. Você prometeu.

— Eu não sabia para onde mais poderia fugir — admitiu ele. — Precisava da ajuda dela.

— Por quê? — exigiu Ramy.

— Porque levei um tiro! Então, agora você está satisfeito? Fui alvejado por um dos assassinos, mas não poderia ir para um hospital em Monte Carlo ou na França. Eu não sabia quem viria atrás de mim. Não sabia em quem poderia confiar. Rania era a única pessoa que me vinha à mente. Por isso, a procurei. Ela cuidou de mim e depois disse para eu ir embora. É por isso que vim para cá.

— Isso foi um erro grosseiro, Marwan — disse Ramy.

— Você, provavelmente, está certo — admitiu ele — mas, funcionou.

— Não, não funcionou.

— O que você quer dizer com isso?

— A Rania está morta.

Subitamente ele ficou sem respiração.

— O quê? Como você...?

Tariq não conseguia pensar; não conseguia respirar. Como isso seria possível?

A polícia encontrou o seu corpo dentro do apartamento em Casablanca, junto com o corpo da moça com quem ela dividia o imóvel — explicou Ramy. — As duas receberam múltiplos disparos.

Não podia ser verdade. Ele acabara de sair dali. Rania acabara de lhe ter nos braços

— O inspetor Goddard deixou um recado na secretária eletrônica do escritório — disse Ramy. — Foi assim que descobri. Ele disse que eles encontraram as suas digitais ao longo de toda a cena do crime. Disse que os policiais encontraram fios de cabelos seus em um travesseiro que estava no sofá de Rania. Um atendente de loja, na esquina da rua, também identificou você caminhando naquelas redondezas. Eles encontraram o seu carro a alguns quilômetros do apartamento. Lemieux afirmou que você é o assassino. Ele já expediu uma ordem de prisão em seu nome, e Goddard me disse que, caso você tenha alguma explicação a dar, seria melhor se entregar e falar agora ou não haverá nada que se possa fazer para lhe ajudar.

Tariq não desejava ouvir mais nada daquilo; ele ficou chateado. Ele estava ardendo de raiva e voltando a ficar descrente, prestes a arremessar aquele telefone na parede do outro lado do quarto. Foi, então, que Ramy lhe disse:

— Sinto muito, mas isso ainda não é tudo. Tem coisa ainda pior.

— Como assim? — Tariq conseguiu, ainda, dizer. O que poderia ser pior do que isso?

— Lemieux e Goddard sabem que você está no Egito.

— O quê?

— Não me pergunte como? — disse Ramy. — Goddard não revelaria esta informação, mas ele e Lemieux estão aí agora. Todas as delegacias de polícia do Cairo têm a sua fotografia neste momento e têm ordem para atirar sem titubear, caso você não se entregue pacificamente.

— Mas eu não matei Rania — disse Tariq. — Eu juro.

— Eu sei — disse Ramy.

— Também não matei a sua companheira de apartamento — insistiu Tariq. — Isso só pode ter sido coisa dos homens da Claudette.

— Concordo, e acabei de enviar outra equipe ao Brasil. Não creio que ela ainda esteja em São Paulo. Creio que ela deva estar em algum lugar da Serra. Mas, vamos encontrá-la e a todos os seus comparsas. Eu prometo. Só que vamos precisar de tempo... e tempo é o que você não tem. Você precisa sair daí... agora mesmo!

O sonho que Tariq estivera vivendo nos últimos dias agora se quebrara de cima abaixo. O pesadelo estava retornando. Era hora de fugir novamente.

Por mais que ele odiasse admitir, Ramy estava correto. Se a quadrilha assassina de Claudette Ramsés conseguiu encontrar Rania em Marrocos, ela, seguramente, também o acharia no Egito. Eles estavam conseguindo enquadrá-lo em crimes que não cometeu. Eles estavam mobilizando todas as forças policiais da Europa e do Norte da África contra ele. Estava claro que Tariq não poderia voltar para o Cairo naquele momento, não importava mais o tamanho daquela cidade. Só que ele também não poderia deixar Dália. Ele sabia que aquela não era hora para se apaixonar, só que já era tarde demais. Ele não foi capaz de impedir este amor. E ele jamais se perdoaria se algo acontecesse com o seu novo amor.

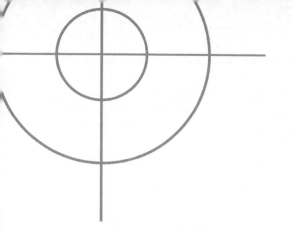

Dália saiu do banheiro com um belo vestido de verão azul claro e usando sapatos que combinavam. Ela estava estonteantemente linda, como sempre, só que a mente de Tariq não estava em ritmo de romance. A sua mente estava a mil — primeiramente, por causa daquela carta estranha escrita pelo pai dela, e agora, por causa da ligação de Ramy. O que ele deveria fazer? Para onde deveria ir?

Em uma fração de segundo, ele se sentiu tentado a abrir completamente o jogo com Dália — revelar a sua real identidade, qual a sua profissão, o motivo da sua fuga, e quem estava lhe perseguindo. Isto era, certamente, a coisa mais honesta a fazer. Mas seria esta a melhor atitude? Tariq ponderou.

Com a mesma velocidade que aquele pensamento entrou na sua mente, entretanto, ele o lançou fora com todas as suas forças. Quanto menos soubesse, mais segura — e mais feliz — ela estaria, decidiu ele. Além do mais, se ele a amasse de verdade, porque lhe apavorar com esse papo de atiradores de elite, carros-bomba e de uma vida constantemente marcada pelo temor de que um matador poderia estar à espreita na próxima esquina. Poderia ser honesto, pensou ele, mas não seria justo.

Tariq olhou para o seu relógio. Ele precisava de um plano e precisava agir rápido. Só que antes dele dizer alguma coisa, Dália viu a carta que continuava na sua mão.

O que é isso? — cobrou ela. — De onde você tirou esta carta?

Tariq estava começando a lhe responder, quando ela, imediatamente, interrompeu-o, perguntando:

— Esta é a carta do meu pai? Você a tirou da minha bolsa? Como você se atreve?

Tariq se sentiu intimidado com a ríspida reação dela e tentou se explicar:

— Eu só estava arrumando o quarto e ela estava por aí. Eu não sabia do que se tratava.

Ela esticou o braço e pegou a carta da sua mão. O seu rosto mudou completamente de expressão; o seu rosto e o seu pescoço ficaram vermelhos e as suas mãos começaram a tremer.

Você a leu? — perguntou ela. — Jura que não leu isto!

— Como estava lhe dizendo, não sabia do que se tratava — gaguejou ele — mas foi interessante, quero dizer, você é mesmo uma cristã? O seu pai é um pastor?

— Isso não é da sua conta! — gritou ela, amassando a carta, correndo para o banheiro e batendo a porta.

— Qual o problema? — perguntou ele, pasmado diante da sequência dos acontecimentos. — Qual é a tragédia? Sim, eu li uma carta do seu pai. Por que isso lhe deixou neste estado?

— Você não tinha o direito! — Dália esbravejou detrás da porta, agora, desmanchando-se em lágrimas. — Você não tinha o direito de bisbilhotar as minhas coisas, Tariq Jameel. Você não tem o direito de me julgar, está me escutando? Você não tem esse direito!

— Do que você está falando? — disse ele, depois de andar até a porta do banheiro e encontrá-la trancada. — Eu não estava bisbilhotando, e também não estou lhe julgando. Por que eu lhe julgaria? Só sou curioso, isso é tudo. Ah, deixa disso, Dália, deixe-me entrar.

— Não! — gritou ela — suma daqui!

— Esqueça isso — respondeu Tariq, expressando o máximo de calma e firmeza que conseguia — Não vou a lugar nenhum. Estou me apaixonando por você. Quero saber tudo que lhe diga respeito. Quero conhecer os seus pais. Quero saber mais sobre a sua fé, seja ela qual for. Quero saber mais sobre este cara com quem você estava namorando e o motivo de você ter terminado com ele. Quero saber tudo.

Ele conseguia ouvi-la tentando parar de chorar. Ele sacudiu a porta novamente, mas isso de nada adiantou. Por isso ele, simplesmente, lançou-se ao chão, perplexo, enquanto tentava compreender aquela garota por quem estava ficando maluco.

— Dália, por favor, perdoe-me — disse ele depois de avaliar por alguns minutos sobre o estado das coisas. — Sinto muito, de verdade. Encontrei esta carta por acidente, juro; mas você tem razão, eu não deveria tê-la lido. Mas, por favor, acredite em mim quando lhe digo que não tive a intenção de machucá-la. Jamais passou pela minha cabeça que você ficaria assim tão arrasada. Não vamos deixar que isto arruíne estes momentos que estamos passando juntos.

Ele estava suplicando — algo que não costumava fazer. Mas a sua atitude parecia estar produzindo o efeito desejado. Lentamente, Dália parecia estar se acalmando. Agora, ela estava somente fungando, em vez de estar chorando, e a sua respiração parecia ter normalizado significativamente.

— Posso chegar perto de você? — Tariq perguntou. — Dê-me a sua palavra de autorização, porque quero ficar com você.

Alguns minutos depois, ela abriu uma fresta na porta.

— Não olhe para mim — disse ela, ainda fungando. — Feche os seus olhos, estou horrível.

— Isso é impossível — disse ele, mas fechou os olhos, mesmo assim. Ele ouviu a fresta da porta ir se abrindo um pouco mais.

— Você foi sincero? — perguntou ela, depois de uma longa pausa.

— Tudo o que eu falei aqui foi com sinceridade — respondeu ele.

— Você está mesmo ficando apaixonado por mim?

— Sim, absolutamente sim... estou caindo de joelhos por você. Por que outro motivo eu traria você a este paraíso?

Tariq mal conseguia acreditar nas palavras que saíam da sua boca. Ele mal conhecia aquela moça. Ela também mal lhe conhecia. Ele não estava em condições de se estabelecer naquele momento, mas não havia o que fazer. Existia algo irresistível nela, algo que lhe avisava para não deixá-la escapar.

— Eu não sei — disse ela carinhosamente. — Ainda estou tentando ligar os pontos.

— Você me perdoa? — perguntou ele.

Ela hesitou. — Ainda estou tentando ligar os pontos disso também.

Ela se sentou no chão frio de piso, perto dele, pegou nas mãos dele, beijou-o nos dois olhos e, finalmente, deixou que ele a visse. Os olhos dela estavam vermelhos; o rímel começou a escorrer. Só que, para ele, ela parecia mais bela do que jamais estivera. Ele continuava sem entender, por que cargas d'água, ela tivera uma reação tão forte. Mas, num plano maior, do que isto importava? Se ele tivesse que se afastar daquele local, precisaria fazê-lo logo. O tempo estava se esgotando rapidamente. Tariq precisaria sair de Sharm antes que Lemieux, Goddard e a polícia egípcia localizassem e tirassem dele qualquer última esperança de fuga, mas como ele faria isso?

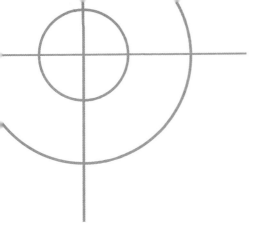

36

Dália acendeu um cigarro de maconha e ofereceu também um para Tariq.

— Este é o seu jeito de se recompor? — perguntou ele, enquanto lutava para traçar um plano razoável de fuga.

Ela acenou positivamente com a cabeça e deu um trago. Ele também aceitou o trago no "cachimbo da paz" oferecido por ela e também deu o seu trago. Os dois sentaram juntos em silêncio por alguns minutos, o ar, lentamente, ia se enchendo de fumaça, até que ele disse:

— Posso lhe fazer uma pergunta?

— Claro, acho que sim.

— Por que você me deixou assim tão angustiado?

Dália encolheu os ombros e olhou para o longe.

— Não sei.

— É claro que você sabe — disse ele.

Dália deu mais uma puxada no seu baseado. — Acho que fiquei envergonhada.

— Com o quê? — perguntou Tariq.

— Com o fato de você pensar que sou crente... porque não sou. A minha família é, mas isso nunca foi coisa minha. Eu representava o meu papel quando era uma garotinha, mas nunca cri de verdade naquilo que os meus pais creem. Este é um dos motivos pelos quais eu saí de casa.

— Há quanto tempo foi isso?

— Já faz um bom tempo — disse ela — desde que fui para universidade, pelo menos.

— E você nunca voltou lá desde então?

— Não.

— Você não tem saudades dos seus familiares, dos seus amigos e da sua cidade?

Dália pensou nisso por alguns instantes.

— Na verdade, sim, tenho.

— Então por que você não volta lá? — perguntou Tariq.

Dália suspirou:

— Porque o meu pai é um tirano.

— Um tirano?

— Você sabe... ele só vem com estas regras religiosas, ou você vai pelo caminho dele, ou vai pelo caminho da rua. Então, decidi que não queria viver pelas suas regras, por isso decidi alçar voo e nunca mais olhar para trás.

— Que tipo de regras são estas?

— Isso faz alguma diferença? — perguntou Dália, levantando-se abruptamente, seguindo em direção ao quarto e se jogando na cama. — Você sabe do que estou falando, regras — proibido namorar, bebida alcoólica, usar drogas, não pode isso, não pode aquilo, faça isso, faça aquilo, não, não, não...

— O que você esperava que ele dissesse? — disse Tariq, deitando-se junto com ela na cama, enquanto olhava para o ventilador de teto no alto. — Ele é o seu papai. É isso o que se espera de um pai... que ele proteja a sua filhinha... certo?

— Ei — disse Dália — de que lado você está?

—Ah, Dália. Quando você tiver uma filha, um dia, honestamente falando, você vai dizer para ela ficar bêbada, fumar e namorar com caras como eu?

Dália virou-se e sorriu para ele.

— Bem, talvez não caras como você.

Tariq sorriu novamente e, então, mudou de assunto. Pouco a pouco, um plano estava surgindo.

— Então — perguntou ele — o seu pai é mesmo um padre?

— Bem, um pastor, mas sim, acho que sim — disse ela.

— Qual é a diferença?

— Não muda muita coisa.

— Ele lidera a igreja, fala de Jesus para as pessoas, e cuida dos pobres, este tipo de coisa?

Ela acenou positivamente com a cabeça, mas com certa relutância.

— É bem por aí.

— Então, o que é a "Igreja Bíblica Petra?"

— Esta é a igreja na qual eu fui criada. O meu pai é pastor daquela igreja desde antes do meu nascimento.

— Ela é grande?

Dália encolheu os ombros.

— Ela está crescendo. Havia somente trinta ou quarenta pessoas quando eu era criança... e quase ninguém da minha idade. Mas, agora, a última informação que tive era de que havia cerca de cento e cinquenta pessoas, a maior parte composta por casais jovens e famílias... e muitas crianças.

— E foi lá que você encontrou com o... como é mesmo o nome dele? Kalim?

Ela balançou a cabeça em sinal negativo.

— Não...

— Então, onde foi?

— Na universidade... no meu segundo ano... algumas amigas e eu fomos para Paris passar um fim de semana. Nós nos conhecemos em um café.

— E?

— E o quê? Ele gostou de mim; eu gostei dele. Começamos a namorar, mas não deu certo. Nada mais.

— Você fez isso por causa do seu pai? — perguntou Tariq.

— Sim, bem... o meu pai o odiava — devolveu ela, depois pensou um pouco e se corrigiu. — Bem, ele não odiava o Kalim. Acho que o meu pai é incapaz de odiar uma pessoa. Mas ele, com certeza, desaprovava o nosso namoro.

— Por quê?

— Por que Kalim não era cristão... na verdade, ele não era nada. Não dava a mínima importância à religião. Esse comportamento não pegou muito bem para o meu pai. Desde a minha infância, ele insistia que eu me casasse com um cristão e ponto final, fim da frase, e fim da história.

— Então, por que você começou a namorar o Kalim?

— Por que de que vale a opinião do meu pai? — devolveu Dália com um ar petulante. — Vou me casar com quem bem entender, goste o meu pai ou não. A vida é minha e não dele. O marido que eu escolher não será problema dele... se é que algum dia eu chegar a me casar. Com certeza não quero que ele me julgue por não viver segundo as suas regras. Ei, não podemos falar sobre outro assunto, que não seja o meu pai e este meu ex-namorado? Não gosto nem um pouco de falar nisso.

— É claro — disse Tariq, começando a imaginar se este plano poderia de alguma forma, funcionar. — Você não está com fome?

— Morrendo de fome — disse ela.

— Que bom, eu também — disse ele. — Vamos tomar um café. Além disso, tenho um pequeno presente e gostaria de lhe entregar.

Os olhos de Dália, subitamente, brilharam.

— Mesmo? — perguntou ela, com expectativa — o que é?

— Você vai ver — respondeu Tariq, misteriosamente — cada coisa na sua hora.

37

Com a missão em Marrocos, finalmente, terminada, Lemieux e Goddard chegaram ao aeroporto internacional do Cairo e foram se encontrar, imediatamente, com o chefe da segurança.

Durante horas reviram todas as imagens registradas pelas câmeras de segurança e pesquisaram o sistema de registro de entradas e saídas de passaportes em busca de evidências que comprovassem a entrada de Marwan Acade no Cairo. Dentre os muitos desafios enfrentados por eles estava o fato de Marwan, certamente, não estar mais viajando sob a identidade de "Jack Cardell." Portanto, que nome ele teria utilizado? Mesmo que ele tivesse entrado no Egito com esse nome, será que ele continuaria no país? E, se não estivesse, que nome estaria ele utilizando naquele exato momento?

Lemieux enviara outra equipe para Alexandria, e outros ainda para Abu Dhabi, e para a Cidade do Kuwait — "num palpite". Mas ele disse a Goddard ter certeza de que Marwan havia entrado no Cairo e, com isso, insistia que eles dirigissem a investigação mais intensa naquela cidade.

O telefone de Goddard tocou. Ele verificou o identificador de chamadas e viu que se tratava de DuVall. Ele atendeu-a imediatamente.

— Diga-me que conseguiu alguma coisa, Colette.

— Acho que sim — DuVall iniciou o seu relato. — Isso pode ser grande.

— Você encontrou Marwan?

— Não, senhor, sinto muito, mas não o encontrei.

— Então, o que é? — insistiu Goddard.

— Bem, o senhor se lembra do vídeo registrado pela câmera de segurança dentro do apartamento de Rafeeq Ramsés?

— Sim.

— E o senhor se lembra daquela imagem de Marwan mostrando a Ramsés algo que ele havia retirado de um envelope pardo?

— Claro que lembro — disse Goddard — uma foto de alguma coisa.

— Exato.

— E o que você tem a me dizer, Colette?

— Bem, senhor, o pessoal do setor de tecnologia finalmente conseguiu fazer uma ampliação computadorizada daquela imagem, e o senhor não vai acreditar no que eles acharam.

— O que foi? — exigiu Goddard, cada vez mais pressionado pelo horário. Em menos de uma hora, ele estaria pegando um voo para Beirute para interrogar Ramy Acade. Ele não tinha mais tempo de ficar fazendo o joguinho das "Vinte Perguntas" com Colette DuVall.

— A imagem mostra uma fotografia de Claudette Ramsés — explicou DuVall. A imagem foi retirada de uma câmera de segurança de um banco da cidade de São Paulo, no Brasil.

Goddard quase caiu para trás, deixando-o perplexo, e quase sem voz. Ele pediu licença para sair da sala onde estava Lemieux e os demais — precisava digerir aquela informação sozinho, longe das pressões do Esqueleto — e saiu para o saguão, onde pôde conversar em particular.

— Claudette Ramsés? — Goddard perguntou depois de estar, finalmente, sozinho. — Você tem certeza disso?

— É ela com certeza... os computadores chegaram a um encaixe de 100%— disse DuVall. — No rodapé da foto há uma marcação de horário e data, e a logomarca do banco na parede de fundo, logo acima do ombro esquerdo da Sra. Ramsés. Acabei de enviar todos os detalhes para o senhor via e-mail.

Goddard mal conseguia acreditar. Aquilo representava uma vertente dramática para a investigação, mas qual seria o seu significado? Ele não fazia ideia. Ele continuava em estado de choque, por isso fez esta pergunta à Colette, já que ela, no mínimo, havia tido uma ideia inicial ao considerar as implicações daquela foto.

— Não sei, senhor — admitiu a Srta. DuVall. — Estou tão perplexa quanto o senhor.

— O que você acha que isso poderia significar? — insistiu Goddard. — Passe-me a sua melhor hipótese.

— Bem, senhor, esta foto me diz que Marwan Acade conhece o paradeiro da Sra. Ramsés e que, portanto, o Sr. Acade estaria, na verdade, diretamente envolvido na chantagem a Rafeeq Ramsés. Além disso, por que outra razão o Sr. Acade estaria de posse de uma fotografia dessas?

— Talvez — disse Goddard, tentando levar em conta aquela hipótese a partir de todos os ângulos, — Só que tem alguma coisa nessa hipótese que não faz muito sentido.

— Por que não faz sentido? — perguntou DuVall.

— Por que não faz sentido? — pensou Goddard — Ele saiu rapidamente por uma porta de segurança, adentrou o terminal do aeroporto e começou a caminhar pelos salões de embarque. Ele precisava de tempo para pensar e da maior distância possível do inspetor Lemieux. Aquela pista era muito boa — e importante — e Goddard desejava compreendê-la por completo antes que o Esqueleto ouvisse a seu respeito e começasse a interferir.

Ele parou defronte a uma banca de revistas e passou os olhos sobre as notícias dos jornais do dia. Amanhã cedo, o rosto de Marwan Acade estará estampado em todos eles, bem como a história do rastro de sangue de Mônaco a Marrocos e a investigação internacional que começava a ganhar cada vez mais corpo e concentrava-se no Cairo. Dentro de vinte e quatro horas, todos no Egito conheceriam a história, e Marwan não teria mais para onde fugir.

Goddard comprou uma xícara de café e continuou caminhando.

— Colette — disse ele, finalmente — se Marwan Acade estivesse envolvido no sequestro de Claudette por que ele iria até o apartamento de Rafeeq Ramsés e se encontraria cara a cara com ele? Não creio que Marwan Acade seja um homem assim tão estúpido. Por que se arriscaria, expondo a si mesmo e ao seu plano dessa forma? E mesmo que Marwan fosse suficientemente estúpido para se encontrar pessoalmente com um dos homens mais ricos e poderosos do mundo árabe, por que cargas d'água ele assassinaria Rafeeq Ramsés exatamente no seu apartamento? Alguma destas coisas faz algum sentido para você Colette?

Houve uma grande pausa e, então, DuVall disse:

— Talvez para dar um álibi ao Sr. Acade.

— Talvez — admitiu Goddard — mas e o carro-bomba, por que Marwan foi quase morto pelo carro-bomba? E quem tentou matá-lo no Meridien em Monte Carlo? Nenhuma destas coisas faz sentido, se Marwan estiver mesmo envolvido no sequestro, na chantagem e no assassinato, não é mesmo?

— Isto mesmo, senhor, nada faz sentido — admitiu DuVall — mas, então, por que Marwan teria em mãos uma foto da Sra. Ramsés? E como entender aquelas duas mulheres que ele assassinou em Casablanca?

— Matou, ou supostamente teria matado? — Goddard a fez lembrar.

— Senhor, com todo o respeito, as impressões digitais de Marwan Acade estavam em todas as partes do apartamento de Rania Fawaz — disse DuVall. — Ele, com certeza, esteve lá. As evidências são claras e inquestionáveis. E, além disso, não há evidência de nenhuma outra pessoa naquele apartamento. Como o senhor explicaria isso? A que outra conclusão o senhor poderia chegar, senão que Marwan Acade é o responsável pelos dois assassinatos?

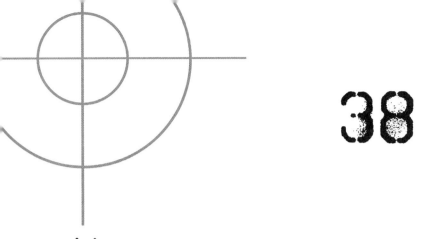

38

Marwan Acade — também conhecido como "Tariq Jameel" — sentou-se em uma mesa para tomar o seu café matinal na varanda do hotel Ritz Carlton, enquanto esperava por Dália Nour. Diante dele havia um omelete fresco, uma pequena tigela de frutas, um copo de suco de laranja e uma xícara de café preto, mas ele não conseguia pensar em comida.

A sua mente estava a mil, o seu coração disparado. Se aquilo não funcionasse — e seria um grande risco iniciar tudo — ele não teria muitas outras opções e pouco tempo para manobras. Ele chegou a fisgar alguns pedaços de melão, mas estava demasiadamente nervoso para conseguir comer.

Ele, então chamou um garçom que por ali passava:

— Senhor? — disse ele, chamando a sua atenção daquele jovem — poderia me trazer um pouco de café descafeinado?

— É claro, senhor, com todo o prazer — respondeu o homem, que trouxe a Tariq outra xícara de um café um pouco mais fraco.

Enquanto Tariq preparava o café com creme e açúcar, Dália chegava à mesa com waffles superquentes cobertos com morangos e creme batido. Ele se levantou e ajudou-a com a cadeira, enquanto elogiava a sua bela aparência e o prato que ela montara. Tudo era, obviamente, verdade, mas ele estava sem saída, e sabia disso. A sua hora já havia chegado, e no seu estado de nervosismo, ele não queria se atrever a esperar mais.

Em vez de voltar para a sua cadeira, ele se ajoelhou diante de Dália e pegou na sua mão.

— Tariq, o que você está fazendo? — perguntou Dália, perplexa.

— Deixa disso, tome aí o seu café... pensei que você estivesse morrendo de fome.

— Estou — disse ele — mas isso é mais importante do que comida.

Diante disso, Dália parecia prestes a fazer uma observação sarcástica. Só que, subitamente, ela viu a pequena caixa aveludada que Tariq tinha em mãos, uma caixa cuja tampa ele agora tinha aberto, e que revelava a aliança de diamante mais bela e valiosa que ela, provavelmente, já havia visto. O misto de choque e prazer confuso que ficou estampado no seu rosto era exatamente o que Tariq tinha imaginado. Esta era a imagem que ele esperava ver no rosto de Rania muitos meses atrás, mas as coisas não correram daquela forma. Tariq tinha certeza de que desta vez ele conseguiria.

— Dália — começou ele, com voz titubeante, no início — sei que isto parece rápido, mas o meu amor por você é maior do que tudo que já senti por qualquer outra mulher. Sei que pode parecer cedo. Tudo bem, é cedo, só que quando a gente sabe que algo é certo, simplesmente sabe, e sei que o que estou fazendo é certo: quero passar o resto da minha vida com você, Dália. Quero fazer de você a mulher mais feliz do mundo todo. E sei que você me faria o homem mais feliz do mundo, se fosse a minha esposa. Dália Nour, você aceita se casar comigo?

Dália olhou para o diamante que brilhava no sol matinal do deserto:

— Tariq, eu... eu não sei o que dizer — gaguejou ela. — Isso é tão rápido. Eu acabei de falar com você de modo tão rude lá no apartamento — retirando-me completamente num momento em que você simplesmente estava me fazendo uma pergunta simples a respeito da minha família. Por que cargas d'água você desejaria se casar com uma pessoa assim?

— Por que você é o meu destino — disse ele, de modo meigo — a pessoa com quem devo ficar para sempre.

Ela levantou os olhos da pedra de diamante, olhou fundo nos olhos dele e começou a chorar. — Estas são as palavras mais doces que já ouvi de um homem, Tariq — disse ela, em meio às lágrimas. — Sim, eu quero me casar com você, Tariq Jameel. Seria uma honra para mim.

Ela aproximou-se para lhe dar um beijo, mas ele segurou os seus lábios com o indicador:

— Mas, tenho uma condição — disse ele, deixando-a, novamente, desorientada.

— Uma condição? — perguntou ela, ainda perplexa. — Que tipo de condição?

Tariq ficou um silêncio por certo tempo, inspirou profundamente e, depois, disse:

— Que você me leve até a Jordânia para encontrar a sua família e tentar se reconciliar com eles.

Dália enrijeceu-se:

— Não acho que seja uma boa ideia — disse ela.

— A gente precisa ir lá — disse ele.

Desta vez foi ela quem inspirou profundamente e balançou a cabeça.

— Eu já lhe disse que o meu pai é um tirano — explicou ela. — Ele vai querer saber se você é crente. Se você disser que "não," ele vai expulsá-lo da casa; se você disser que "sim," e e vai lhe fazer um interrogatório para ver se você não está mentindo. Você não conhece os meus pais, Tariq, e acredite em mim, você não desejaria conhecê-los.

— Sinto muito, Dália, mas, para mim, este é um ponto inegociável.

— Inegociável? — perguntou ela.

— Exato — confirmou ele. — Veja só, não quero me casar com você em segredo, como se estivéssemos fazendo algo errado ou vergonhoso. Quero a bênção do seu pai; quero a bênção de toda a sua família.

Ela deu uma risada debochada:

— Boa sorte, Tariq. Você não vai conseguir!

— Acredite em mim — respondeu ele —vou conseguir tratar com o seu pai.

— Por que você desejaria fazer isso?

— Porque não existe nada mais importante do que a nossa família, Dália — disse ele, acariciando o seu rosto com a mão:

— Acredite em mim; daria qualquer coisa para ter de volta os meus pais agora mesmo. Isso é impossível para mim, mas não para você.

— Você não sabe no que está se metendo, Tariq — advertiu ela.

Provavelmente ela estava correta — pensou ele. Só que, outra vez, Dália não fazia ideia de onde também estava se metendo. Ele teria de lhe contar a verdade — toda a verdade — em algum momento, mas ainda não. Primeiro, ele precisava que a moça dissesse "sim" — à sua proposta de casamento e à viagem a Petra, na Jordânia. Somente depois — na segurança de uma cidadezinha, bem distante de Lemieux, de Goddard e dos assassinos de Rafeeq Ramsés — ele poderia considerar a possibilidade de contar a verdade à Dália.

— Isto significa tanto assim para você? — perguntou ela.

Ele olhou nos fundos dos seus olhos e disse:

— Sim.

— Muito bem — disse ela, finalmente. — Quando você gostaria de ir lá? Tenho ainda alguns dias de folga na semana antes do Ano Novo.

— Não, isso vai demorar muito — disse ele. — Vamos agora mesmo.

— O quê? — gritou ela. — Você está ficando louco? Não podemos sair assim!

— Por que não? — disse ele. Vamos fazer uma surpresa para a sua família. Vamos enfrentar o problema, vamos fazer as coisas andarem. Acredite em mim, esta é a melhor forma. Eles vão ficar tão atônitos e felizes em lhe ver que acabarão me elogiando só pelo fato de trazido você de volta.

— Não sei — disse Dália — Preciso assumir outro voo neste fim de semana e estarei trabalhando ao longo de toda a semana que vem.

— Conte-lhes que vai se casar — disse Tariq. — Você não tem férias vencidas, não tem? Então, use-as! Vamos lá, viva um pouco!

— Mas não estou entendendo o motivo da pressa? — disse Dália. — Não vejo os meus pais há cinco ou seis anos. Não podemos esperar mais algumas semanas até que eu esteja mental e emocionalmente preparada?

— Não — insistiu Tariq — eu já lhe disse que a amo e que não consigo mais viver sem você. Vamos fazer as malas e seguir viagem hoje ainda. Imagine só a cara dos seus pais quando você bater na porta deles usando isto no dedo...

Carinhosamente, ele pegou o anel de diamante da caixa de veludo e o colocou no dedo de Dália. O anel ficou lindo. Lindo como ela. Naquele momento a moça sentiu que o seu coração se derretia e acabou cedendo:

— Está bem, nós vamos então.

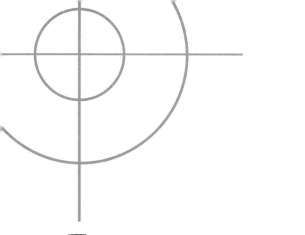

Tariq e a sua noiva pagaram a conta do hotel Ritz ao meio-dia e tomaram um táxi em direção norte, até a cidade egípcia de Nuweiba. Eles almoçaram e compraram lembranças para presentear os familiares de Dália. Então, compraram duas passagens de ida e volta na lancha que levava a Ácaba, a cidade portuária situada no extremo sul do Jordão. O barco partiu poucos minutos depois das três da tarde e levou cerca de uma hora. Por volta do jantar, eles chegaram a Petra e estavam subindo os degraus do prédio onde Dália havia passado a sua infância.

— Não acho que isso seja uma boa ideia, Tariq — disse ela pela enésima vez, queixando-se que estava ficando com o estômago embrulhado.

— Vai dar tudo certo, querida, pode acreditar — Tariq assegurou-a, apertando gentilmente a sua mão e lhe ajudando com a bagagem. Ele só esperava estar mesmo correto.

Ambos entraram no prédio, subiram as escadas até o quinto andar, e pararam defronte ao apartamento dos pais de Dália. As suas mãos tremiam e Tariq tirou um lenço limpo do bolso e secou as gotas de suor da testa e do lábio superior de Dália.

— Eu a amo — suspirou ele.

Dália olhou nos seus olhos, em busca da reafirmação que tão desesperadamente precisava. E, quando ela a encontrou, voltou a suspirar:

— Eu também o amo.

Tariq sorriu, respirou profundamente e bateu na porta.

— Nadeem — gritou uma voz feminina — tem alguém batendo na porta. Você está esperando alguma visita?

— Não, não estou. Mas estou ao telefone, querida... você poderia atender?

— Claro. Um momento, um momento, já estou indo.

— Esta é a minha mãe — Dália disse, com a voz mais baixa que conseguiu fazer — a dona Rima.

— E o nome do seu pai é Nadeem, certo?

— Certo.

Dália apertou ainda mais forte a mão de Tariq. Ele percebeu que ela não estava usando a aliança de noivado. Ele quase lhe disse algo a este respeito, mas não havia mais tempo de discutir o assunto. Além disso, ela, provavelmente, estava mesmo correta. Era cedo demais para dar aquela notícia para os seus pais. Havia tantas outras coisas a superar — ou a sobreviver — primeiro.

A porta se abriu e lá estava Rima Nour, frente a frente com uma filha que não via há muito tempo. Ela tinha cinquenta e tantos anos, começando a ficar com alguns cabelos brancos e com certo aumento de peso. Era como se ela tivesse visto um fantasma, pois parecia demasiadamente chocada para falar qualquer coisa. Depois de um momento, depois de piscar algumas vezes os olhos, finalmente, tomou coragem e disse:

— É você mesma, Dália?

— Sou eu sim, mamãe. Senti a sua falta.

— Ó minha filhinha — disse a Sra. Nour, com voz de choro — senti tanto a sua falta, também. Deus lhe abençoe, minha filhinha, Deus lhe abençoe. Senti muita saudade de você.

— Eu a amo, mamãe.

— Eu a amo também, filhinha.

Ela lançou os braços ao redor do pescoço de Dália. Elas se abraçaram, beijaram-se e se desmancharam em lágrimas. Tariq deu um passo atrás para que as duas pudessem ter espaço para se abraçar. Ele ficou comovido com o amor e a afeição óbvia que uma sentia pela outra e, ao vê-las juntas, depois de tanto tempo, trazia-lhe à mente lembranças dos seus próprios pais, especialmente da sua mãe.

Todavia, de súbito, ele sentiu o seu coração acelerar no peito. Ele também se sentiu um intruso — deslocado e incômodo. Afinal, como a Sra. Nour reagiria diante dele, quando caísse em si e notasse a sua presença? Será que ela já teria visto a sua fisionomia? Teria ela pensado se tratar ele do motorista de táxi, ou de alguma outra pessoa contratada para ajudar Dália? O que ela diria quando Tariq explicasse quem era e o motivo da sua vinda? E, o que é mais importante, como o Sr. Nour reagiria ao ver os dois juntos? Seria ele mesmo o tirano descrito por Dália? Tariq percebeu que não fazia a mínima ideia a respeito destas coisas. Ele também mal conhecia Dália, muito menos os seus pais. Só que não fazia sentido especular àquela hora. Certamente, ele estava prestes a descobrir tudo aquilo, de uma forma ou de outra.

— Mamãe — disse Dália, por fim, usando o lenço de Tariq para enxugar as lágrimas do rosto da mãe.

— Sim, minha filha?

— Mamãe, quero lhe apresentar uma pessoa.

Tariq sorriu. A senhora voltou a ficar com um olhar perplexo.

— Ah meu... — disse ela — eu nem percebi... eu pensei que...

— Tubo bem, mamãe — disse Dália, pegando na mão de Tariq — quero lhe apresentar o Tariq Jameel. Ele é a pessoa que me incentivou a vir até aqui depois de todos estes anos.

— É mesmo? — disse a Sra. Nour — Bem, então, Tariq, você é uma resposta às minhas orações. Por favor, por favor, entrem. Vou preparar um chá para nós.

— Obrigado, Sra. Nour — disse Tariq com um sorriso. — A senhora é muito gentil, já percebi de onde vem a educação de Dália.

Eles entraram no apartamento e foram tirando os sapatos, quando o pai de Dália entrou no recinto.

— Rima, por que você está chorando tanto? Quase não estou conseguindo...

Ao ver Dália, ele deixou a sua frase pela metade. O seu queixo caiu; os seus olhos começaram a ficar úmidos. E, então, sem pronunciar uma só palavra ele abriu os braços. Dália correu para o pai e os dois se abraçaram e começaram a chorar.

— A minha filhinha voltou para casa — soluçou o pai — a minha Dália voltou para casa, finalmente! Obrigado, Jesus, obrigado! Tu realmente ouves e respondes as nossas orações. Bendito seja o teu nome!

Tariq sentiu um nó se formando na sua garganta. Se não se controlasse, ele também teria irrompido em lágrimas. Ele não estava naquela casa nem há um minuto, e já tinha sentido um amor tão grande como jamais tinha visto em sua vida toda.

O pastor Nour não parava de beijar e de abraçar a sua filha; bem como não parava de louvar o nome de Jesus. Era se como a sua filha tivesse, de repente, voltado da sepultura e, de certa forma, essa era a sensação que ele tivera a respeito do paradeiro da sua filha — pensou Tariq.

— Dália — disse a mãe, depois de alguns momentos.

— Sim, mamãe? — perguntou Dália, enxugando as lágrimas dos olhos para enxergar melhor a sua mãe.

A Sra. Nour olha para Tariq e ergue as sobrancelhas.

— Sim, é claro — disse Dália, voltando-se para o seu pai e limpando os seus olhos com o lenço, agora encharcado.

— Papai, quero lhe apresentar uma pessoa que se tornou muito especial para mim. Este é o Tariq Jameel. Ele insistiu para que eu viesse novamente para casa. Eu queria vir, mas estava... bem... com um pouco de medo, acho. Não sabia bem como vocês reagiriam à minha volta. Não sabia se vocês estariam loucos de raiva de mim. Só que Tariq que não havia nada mais importante do que a nossa família. Ele se ofereceu para me acompanhar e para ter certeza de que eu chegaria aqui a salvo.

O pastor Nour olhou fundo nos olhos de Tariq. Ele se concentrou, pois esperava ver sentimentos de ira, de desconfiança ou de condenação no olhar daquele homem. Ele se preparou o dia todo para aquele momento. Só que, em vez daquelas coisas, Tariq sentiu uma enorme gratidão brotando naquele homem.

— Ainda não o conheço, meu jovem — disse o pastor — mas você já me deu um grande presente. Você trouxe de volta a minha filha depois de muito tempo e lhe serei eternamente grato por isso. Que Deus lhe abençoe, meu filho. Por favor, quero que você jante conosco esta noite. Você também pode ficar em nosso lar. A nossa casa é a sua casa. Você é muito bem-vindo aqui.

Tariq ficou surpreso — emudecido, talvez fosse um adjetivo mais adequado para descrevê-lo naquele instante — com forma calorosa e hospitaleira como foi recebido e, por fim, pôde respirar aliviado. Só que ele sabia das "minas terrestres" que lhe aguardavam no caminho; ele sabia quem estava lhe perseguindo e tudo aquilo tornava o aperto no seu estômago ainda mais doloroso.

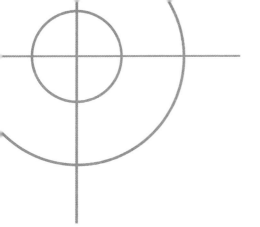

40

O inspetor Goddard se sentou à frente de Ramy Acade diante de uma pequena mesa em uma sala de interrogatório incógnita, no quartel-general da polícia, no centro de Beirute.

Ele fumou um cigarro, mas não ofereceu nenhum para Ramy. Ele bebeu um café recentemente passado, mas também não ofereceu nada para Ramy. Em vez disso, ficou esperando que um técnico instalasse um detector de mentiras no rapaz, e se preparou para extrair todas as informações de que precisava do único irmão de Marwan Acade no menor espaço de tempo possível. Quando o técnico terminou a sua parte, Goddard iniciou a gravação.

— Só para lembrar, não quero que haja qualquer tipo de mal-entendido, você sabe que está aqui debaixo de um juramento, correto? — iniciou Goddard.

Ramy contraiu os ombros.

— Preciso que você pronuncie o seu "sim" ou "não" nas respostas, por favor... e que fale com clareza para que possamos registrar tudo de modo adequado.

— Sim, tudo bem... estou sob juramento.

— Muito bem — disse Goddard — vamos começar, então. O seu nome é Ramy Acade?

— Você sabe que é.

— Sim ou não?

— Claro que sim.

— Você é coproprietário da empresa Acade & Associados?

— Claro.

— Responda com "sim" ou "não," Sr. Acade, por favor.

— Sim.

— Trata-se de uma empresa de segurança?

— Com certeza não é um salão de beleza.

— Talvez o senhor ainda não tenha compreendido a seriedade da situação, Sr. Acade. Posso mandar lhe prender imediatamente, caso o senhor se recuse a responder às minhas perguntas. E também posso lhe prender se souber que está mentindo para mim. Portanto, seria prudente da sua parte ter um pouco menos de atitude, e um pouco mais de cooperação, fui claro?

Ramy, novamente, contraiu os ombros.

— Então, a sua empresa trabalha com segurança para executivos que trabalham na região do Oriente Médio?

— Sim.

— O seu sócio é o seu irmão, e se chama Marwan Acade?

— Sim.

— O seu irmão foi contratado por Rafeeq Ramsés para investigar o assassinato da sua filha e o sequestro da sua esposa?

— Sim.

— A sua empresa recebeu um sinal inicial de 500.000 euros, mais o custo das despesas para esta operação?

Ramy ficou perplexo.

— Como você... ?

— Preciso de respostas na forma de "sim" ou "não," Sr. Acade... e lembre-se que o senhor está sob juramento.

— Sim — admitiu Ramy, finalmente.

— Marwan está, de alguma forma, envolvido no assassinato ou no sequestro das mulheres da família do Sr. Ramsés?

— Não.

— Ele tentou chantagear a família Ramsés?

— Não.

— Ele está, no momento, tentando chantagear a família Ramsés?

— Não.

— Mesmo? — disse Goddard, levantando-se e começando a andar de um lado para o outro na sala. — Se este for o caso, deixe-me fazer-lhe uma pergunta. No dia do assassinato de Rafeeq Ramsés, o seu irmão sabia em que país a Sra. Claudette Ramsés estava?

Ramy retraiu-se. Passaram-se alguns segundos, mas ele não respondeu à pergunta. Ele simplesmente fechou os olhos.

— Bem, senhor — insistiu Goddard — ele sabia ou não sabia?

Mais uma vez, Ramy não disse nada.

— Não brinque comigo, Sr. Acade. Coopere ou lhe colocarei atrás das grades... além de arrestar todos os seus bens... para mim é simples assim. Agora, vou lhe perguntar novamente, no dia em que o Sr. Ramsés foi morto, o seu irmão sabia em que país estava a esposa dele?

— Sim.

— E este país era o Brasil?

Novamente, Ramy parecia atônito com a informação que Goddard havia levantado.

— Sim — disse ele, de modo hesitante.

— Ele tinha uma foto da Sra. Ramsés circulando dentro de uma agência bancária em São Paulo?

— Sim.

— E Marwan sabia o número da conta bancária que a Sra. Ramsés estava acessando?

— Àquela altura ele já sabia, sim... mas

— Só responda "sim" ou "não," Sr. Acade.

— Então, "sim."

— No momento o senhor tem mais de uma dúzia de agentes pagos pela Acade & Associados operando na região da Serra Paulista, no Brasil?

Ramy não disse nada; Goddard sabia que estava deixando -o aturdido. O seu departamento de inteligência era eficiente, e as suas fontes estavam corretas. Ele estava prestes a triturar Ramy, como se amassa um papel.

— Bem, Sr. Acade, o senhor tem ou não tem?

— Sim, nós temos.

— Estes homens estão portando armas?

— Sim.

— E estes homens lhe ligaram hoje pela manhã e lhe perguntaram o que você queria fazer com a Sra. Ramsés?

O choque estampado no rosto de Ramy era impagável — pensou Goddard.

— Você não está me entendendo, eu...

— Foi isso o que eles lhe disseram quando ligaram: "O que o senhor deseja que façamos com ela?"

— Você grampeou os meus telefones!

— Sim, fizemos isso. Agora, foi isto mesmo o que eles disseram?

— Sim.

— E você disse: "Por enquanto nada; o caso é complicado. Volto a falar com vocês em breve"?

— Sim.

— Sr. Acade, o senhor e o seu irmão são os mentores intelectuais do sequestro de Claudette Ramsés?

— Não — disse Ramy, de modo enfático.

— Você fez isso por conta própria?

— Não.

— É mesmo... mas você sabe onde ela está?

— Sim.

— E os seus homens não vão deixá-la sair da casa onde está, certo?

— Certo.

— E, mesmo assim, você espera que eu acredite que você e o seu irmão são inocentes nisso tudo?

— Absolutamente sim.

— O senhor está dificultando as coisas, Sr. Acade. Permita-me fazer-lhe uma pergunta. O seu irmão estava na cidade de Casablanca, no Marrocos, na semana passada?

— Ele fez uma visita a uma senhorita chamada Rania Fawaz que, certa vez, havia rejeitado um pedido de casamento da sua parte?

— Sim.

— E, a senhorita Fawaz e a sua companheira de apartamento estão mortas?

— Sim, mas não existe qualquer chance de Marwan tê-las matado! Você está seguindo uma linha errada de investigação...

— Fique quieto! — gritou Goddard, porque não queria que o seu interrogatório, subitamente, saísse do controle.

— Ou você responde às minhas perguntas e segue as minhas instruções, ou passará a noite na cadeia, fui claro?

Ramy cruzou os braços.

— O seu irmão ainda está no Egito? — perguntou Goddard.

Ramy ficou ali sentado, num silêncio desafiador.

— O seu irmão está morando no Cairo? — Goddard voltou a perguntar.

Só que, novamente, Ramy voltou a ficar calado.

— O seu irmão saiu do Egito e foi para algum outro país? — insistiu Goddard.

Mas, Ramy, com muita firmeza, recusou-se a responder; Goddard começou a ficar furioso.

— O seu irmão é procurado por assassinato, senhor Acade. Nós vamos encontrá-lo, e quando isso ocorrer, não posso prometer que ele não será executado imediatamente. Portanto, se você quiser ver o seu irmão vivo de novo, sugiro que coopere. Até lá, o senhor ficará detido.

41

Nadeem Nour era um homem de grande porte físico, com olhos e mãos avantajados, e que ria muito alto. Neste momento ele estava rindo, e não chorando. Lentamente, Tariq começou a se soltar.

Enquanto a Sra. Nour preparava uma festa de boas-vindas para eles, o seu marido mostrava o pequeno apartamento para Tariq. Era um lugar modesto, com três quartos, uma pequena cozinha e uma grande sala de estar conjugada com sala de jantar, com sofás e cadeiras capazes de acomodar, cerca de quinze a vinte pessoas. As paredes eram cheias de livros do chão ao teto, e Tariq nunca virá uma coleção tão grande desde que saiu da biblioteca da universidade e, por todos os lados havia fotografias emolduradas com várias pessoas da família, que registravam acontecimentos da igreja ao longo dos anos.

O pastor Nour pegou alguns álbuns de fotografias de Dália, como bebê, como menininha, até chegar às fotos da sua formatura do segundo grau. Depois, ele mostrou algumas fotos de Elias, o irmão de Dália, que havia se formado no segundo grau e entrado para a força aérea da Jordânia. Elias, agora, era piloto de aviões de caça, e fazia treinamentos com a Real Força Aérea da Inglaterra. Ele já havia crescido — agora era um homem feito, um soldado e um comandante — e Tariq sabia que Dália havia perdido totalmente o contato com o irmão durante aqueles anos. Ela continuava se desculpando por ter se ausentado e por ter se recusado a responder às suas cartas e e-mails, mas o seu pai não deu a mínima importância às suas palavras.

— Tudo isso, agora, é página virada, minha querida — disse o pastor Nour para a sua única filha mulher, com voz carregada de emoção e com o seu braço forte segurando-a ao seu lado.

"Se Jesus a perdoa; porque eu deveria fazer menos que isso? Você se lembra do que a Bíblia nos diz: 'Pois como os céus se elevam acima da terra, assim é grande o seu amor para com os que o temem; e como o Oriente está longe do Ocidente, assim ele afasta para longe de nós as nossas transgressões. Como um pai tem compaixão de seus filhos, assim o Senhor tem compaixão dos que o temem.'"

— Obrigada, papai — respondeu Dália, de forma encabulada.

— Tenho mais apreço por isso do que você possa imaginar.

Os dois se abraçaram e, então, a senhora Nour saiu da cozinha, serviu-lhes um café e lhe ofereceu algumas tigelas com vários tipos de castanhas e frutas. Em pouco tempo, todos estavam acomodados na sala de estar como que a apreciar os aromas que vinham da cozinha.

— Hum — disse Tariq. — Isso não lembra um tipo de ensopado de carne de cordeiro marroquino?

— Mas é mesmo — disse ela — espero que você goste.

— Amo um ensopado de cordeiro — respondeu ele. — Este era...

Tariq mordeu a própria língua. Por pouco ele não revela que aquele era o prato favorito de Rania. Que frase infeliz teria sido aquela!

— Este era o que mesmo? — perguntou o pastor Nour.

— Ah, bem, eu tinha um cliente em Marraquexe, há um tempo — mentiu Tariq, na tentativa de consertar o que seria um comentário desastroso. — Sempre que o visitava, ele, que era o Diretor Presidente de uma empresa, convidava-me para ir à sua casa e a sua esposa preparava um Mrouzia incrível. O ensopado que ela fazia ainda me dá água na boca.

Não demorou muito para que uma onda paralisante de culpa lhe engolisse. Ele estava na casa de um homem justo, de um homem de Deus e já estava usando de mentiras. Foi então, que, novamente, ele se deu conta que a sua vida toda, naquele momento, era uma mentira!

— Bem, como você já deve saber Tariq, Mrouzia é o prato predileto da Dália — disse a senhora Nour, que, subitamente, começou a ficar com os olhos tomados por lágrimas.

— Mas, é claro, desde que ela partiu nós nunca mais fizemos esse prato...

Tomado pela emoção, ela se desculpou pelas lágrimas, enxugou os olhos com o avental e correu de volta para a cozinha. Diante daquela cena, Tariq percebeu duas coisas — a profundidade das feridas deixadas pela longa ausência de Dália, e quão pouco ele sabia a seu respeito. Ele não fazia ideia de qual era o seu prato predileto, nem das suas músicas, filmes ou programas de televisão preferidos, nem dos destinos preferidos para eventuais férias, nem de qual era a sua pasta de dente preferida, nem de nenhum outro dos seus gostos ou preferências. Ele sabia que ela gostava dos romances de Naguib Mahfouz, sabia que ela gostava de viajar, e sabia que ela o amava. Mas era só.

E foi aí que ele percebeu — ele não podia deixar o assunto entrar na questão dos seus relacionamentos, a qualquer custo. A família Nour ainda não estava preparada para ouvir a respeito do noivado. Tudo era muito, muito incipiente. Eles iriam querer saber como ele havia conhecido Dália, e ele não poderia dizer exatamente que foi num barzinho em uma festa onde os dois haviam fumado um baseado e ido direto para a cama naquela mesma noite. Os pais dela desejariam saber há quanto tempo os dois se conheciam. Ele não saberia precisar a resposta exata, nem termos de horas, quem dera em termos de meses ou anos! Eles desejariam saber quais eram os seus planos para o futuro. Ele também não poderia dizer-lhes exatamente que o seu maior plano era evitar ser preso ou assassinado. Dessa forma ele seguiria enrolado.

O fato era que Tariq não tinha boas respostas para nenhuma daquelas perguntas, nem para centenas de outras perguntas que viriam. Qualquer coisa que ele dissesse seria mentira, e quanto mais pensava nisso, mais percebia que não queria mentir para aquelas pessoas — pelo menos, não mais do que fosse absolutamente necessário naquele momento, para preservar a sua própria vida.

— Então, Tariq, conte-nos qual é sua profissão — disse o pastor Nour, numa clara tentativa de mudar de assunto depois do choque da sua esposa ao rever a filha sumida há tanto tempo.

— Que tipo de cliente faz com que você viaje assim pelo mundo todo... pela Europa, por Marrocos, pelo Egito, pelo Líbano?

— Tariq deu um suspiro de alívio. Este era um assunto sobre o qual ele poderia falar por horas. Ele sabia a sua história fictícia de trás para frente.

— Sou um consultor de informática, senhor — começou ele. — Ajudo bancos, companhias de seguro e outras multinacionais a desenvolver sistemas de segurança e a proteger os seus computadores centrais contra ataques de hackers, de vírus, de cavalos de Troia, deste tipo de coisa.

O pai de Dália deu uma risada alta.

— Bem, Deus lhe abençoe então, Tariq. Não faço a mínima ideia do que sejam estas coisas, mas, pelo menos, elas me soam como algo que lhe proporcione uma vida decente.

— Com certeza, senhor.

E foi isso. Com a mesma velocidade que o assunto surgiu, a conversa sobre a sua profissão também terminou. O pastor Nour queria seguir adiante, e Tariq foi ficando cada vez mais ansioso.

— Você parece falar com um leve sotaque libanês — comentou o pastor, enquanto dava um gole no seu café e se reclinava na poltrona estofada.

— Você nasceu em Beirute?

Internamente, Tariq se retraiu. A honestidade acerca do seu passado significaria um erro grave, e ele sabia disso. Só que mentir a respeito disso significaria ter que se lembrar de cada mentira daquele momento em diante para não cair em futuras contradições. O fato era que ele não tinha uma história que acobertasse o seu passado, nada que lhe servisse naquele momento. Ele nunca precisou de uma. Dália nunca fez muitas perguntas sobre o seu passado — salvo sobre a morte dos seus pais — porque ela também não queria falar muito sobre a sua própria vida. Entretanto, se ele não fosse cuidadoso, o pastor Nour, provavelmente, enveredaria por este caminho, tal como ocorreu com Dália. Esta era uma armadilha na qual ele não poderia cair.

Só que ele não sabia o que fazer para escapar dela. Ele ficaria naquela casa por alguns dias, no mínimo, e precisaria falar sobre alguma coisa.

A única forma de fugir de percalços, percebeu ele, subitamente, seria partir para o ataque. Ele precisaria tomar a iniciativa de fazer as perguntas em vez de se deixar ser questionado. Tariq precisaria manipular as conversas e não se deixar levar pelas perguntas. Ele precisaria escolher um assunto e manter a conversa concentrada nele. E deveria ser algo que ele pudesse direcionar, controlar e que tivesse o poder de envolver aquele homem, mas que assunto seria este? Sobre o que eles poderiam ficar conversando por horas a fio a fim de desviar o foco do seu passado e do seu relacionamento com Dália?

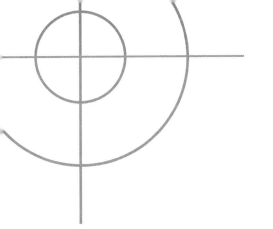

— Sim, senhor — Tariq iniciou a conversa. — Fui criado em Beirute, nos anos 70. Como o senhor pode imaginar, a minha infância foi difícil, em meio à guerra civil e todos aqueles transtornos. Todos, cristãos e muçulmanos, estavam se matando uns aos outros em nome da religião, e cada parte alegava estar defendendo o seu Deus e lutando em nome dEle. A religião se misturou com o sangue, com a guerra e com a morte. Na verdade, espero que isso não lhe ofenda, senhor, mas tudo isso, de certa forma, me deixou um tanto avesso à religião. No meu mundo, as pessoas que se diziam cristãs estavam o tempo inteiro explodindo outras pessoas e destruindo tudo o que viam pela frente. Elas não eram as únicas a fazerem isso, obviamente, mas tudo aquilo deixou um gosto amargo na minha boca. Acabei afastando-me de Deus.

— Como fui criado em um lar cristão, eu precisava ir à igreja e gostar dos soldados cristãos. Decidi não lutar porque os cristãos estavam fazendo exatamente o que os muçulmanos também faziam ao destruir e assassinar as pessoas que tinham uma fé diferente. Eram todos "farinha do mesmo saco;" não havia diferença entre cristãos e muçulmanos. Havia fanatismo, ressentimento e ódio, numa combinação que cegava a todos. É por isso que mantive distância da igreja e dos cristãos. Eles não tinham nada de diferente dos outros... todos os religiosos eram um só desastre!

— "Por isso você enveredou para o mundo da informática, onde as coisas são ordenadas e precisas, científicas e controláveis," disse Nadeem Nour.

— Creio que é isso, senhor — respondeu Tariq, numa tentativa de preservar a sua falsa história.

O pastor, agora, inclinou-se para frente e suspirou:

— Bem, será que eu poderia compartilhar com você um pequeno segredo, Tariq?

— Obviamente, senhor.

— Só para registrar — disse Nadeem quase que suspirando — na verdade, eu não me chamo de cristão.

Este comentário pegou Tariq de surpresa.

— Não sei se entendi bem o que o senhor quer dizer com isso — disse Tariq. — O senhor não é um pastor?

— Na verdade, sou — respondeu Nadeem — eu só não me autoproclamo como cristão.

— Como você se autodenomina? — perguntou Tariq.

— Um seguidor de Jesus.

— E isto não é a mesma coisa?

— Eu gostaria que fosse — disse Nadeem — mas percebo que nesta região do mundo, muitas pessoas se denominam cristãs, mas com isso elas somente querem dizer que não são muçulmanas, nem judias. Elas não estão dizendo que são seguidoras fiéis de Jesus Cristo.

— Elas vão à igreja, não vão?

— É claro, mas frequentar a igreja não faz de você um cristão, da mesma forma que frequentar um restaurante não fará com que você se torne um prato especial. O Cristianismo verdadeiro não se restringe a um grupo étnico ou racial, e não é um clube social. Não é simplesmente algo que você escreve na sua certidão de nascimento, ou na sua carteira de identidade, mas uma decisão que você toma, uma decisão feita por vontade.

— Que tipo de decisão?

— É uma decisão de crer que Deus o ama e tem um plano e um propósito maravilhoso e tremendo para a sua vida, tal como diz a Bíblia. E Deus começa a mostrar-lhe o motivo do seu nascimento, junto com a missão e a aventura específica para a qual você foi criado, a princípio.

Preocupado, o pastor Nadeem olhou para Tariq e perguntou:

— Você acredita na existência de Deus, certo?

Esta pergunta pegou Tariq um pouco de surpresa, mas ele a respondeu rapidamente:

— É claro que Deus existe... Ele precisa existir!

— É verdade, é necessário que Deus exista. Se não existir, então, quem criou este mundo e tudo o que nele há... a terra, os céus e as galáxias? O que diríamos a respeito dos animais, das plantas e dos seres humanos? Somente Deus poderia criar tudo isso com tamanha complexidade, precisão e beleza.

Dália continuava ocupada na arrumação da mesa do jantar, mas a senhora Nour, juntando-se ao debate, acrescentou:

— Ele é o nosso Criador. Toda a criação está em dívida diante dEle em termos de existência e bem-estar. A prova para a existência de Deus é o próprio ser humano... a nossa consciência e o senso de eternidade que temos no nosso coração. O rei Salomão disse: "Ele fez tudo apropriado ao seu tempo. Também pôs no coração do homem o anseio pela eternidade".

O pastor Nour continuou:

— É magnífico crer na existência de Deus; nenhuma pessoa com sensibilidade negaria isso. O profeta Davi disse: "Diz o tolo em seu coração: 'Deus não existe!'"

— Sim, senhor, eu não sou tolo, mas para mim é difícil crer que um Deus tão grande e magnífico possa me amar.

— É claro que Deus o ama, e Ele sempre lhe confirma este amor.

— Confirma-me este amor... de que maneira?

— O amor é manifesto por meio do nascer e do pôr do sol, das montanhas e vales, das árvores e flores, do rugido dos animais e do canto dos pássaros. Por intermédio das batidas do seu coração e da sua respiração, no seu cuidado por você e na provisão de todas as suas necessidades. A Bíblia professa de modo claro, o seu amor quando nos afirma: "Com amor eterno te amei".

— Mesmo?

— Sim, e Ele também tem um plano maravilhoso e tremendo para você, segundo nos disse Cristo: "Eu vim para que tenham vida, e a tenham plenamente".

— Então, estas palavras são para nós?

— Sim, mas não conseguimos desfrutar deste amor e deste plano em função do pecado.

— Então, esse é o problema.

— O homem é pecador e está separado de Deus. A humanidade está longe do seu amor e do seu plano.

— Que desanimador!

— Como você sabe, Deus criou Adão limpo e puro, como reflexo da sua imagem; só que Adão desobedeceu a Deus e se rebelou. Ele e Eva comeram do fruto proibido e sofreram o juízo e o castigo de Deus. O salário do pecado é a morte. Deus, porém, não criou a morte física, mas a morte espiritual, que é a separação entre o homem e o seu Criador. Era impossível que Adão, agora um ser pecador, mantivesse a sua comunhão com o Deus santo, por isso ele foi expulso do jardim, e lançado no mundo, já que o pecado permaneceu no seu corpo e foi transmitido para as futuras gerações, mas...

— Mas o quê? — perguntou Tariq, com muita curiosidade.

— Mas Deus, que é totalmente justo, também é totalmente misericordioso. Ele não pode, simplesmente, fechar os olhos diante do pecado. Ele é justo, mas é, ao mesmo tempo, amoroso, perdoador e misericordioso. Dessa forma, pela sua misericórdia e amor, Ele providenciou a salvação e a restauração do homem à imagem segundo a qual Ele, originalmente, havia-lhe criado a fim de restaurar a comunhão do homem consigo.

— Então, Deus perdoou todos os pecados.

— Bem, e como ficou a sua justiça neste caso? A pena de morte continuou intacta.

— Bem, isso realmente é um problema...

— Mas foi o próprio Deus quem providenciou a solução: Ele preparou a propiciação. Ele pagou o resgate por intermédio de Cristo Jesus. "Pois da mesma forma como em Adão todos morrem, em Cristo todos serão vivificados."

— Como assim?

— "Porque Deus tanto amou o mundo que deu o seu Filho Unigênito, para que todo o que nEle crer não pereça, mas tenha a vida eterna." Você precisa crer que Jesus Cristo é o Salvador da humanidade, confessar que Ele morreu na cruz para remover os nossos pecados e que Ele ressuscitou dos mortos a fim de nos conceder a vida eterna. Ele é o único caminho para a vida eterna, no céu.

Ouvindo de forma atenta e compenetrada, Tariq perguntou:

— Por que precisava ser Jesus Cristo?

— Que pergunta interessante! Por que Jesus Cristo? Veja, Deus impôs o juízo, e Deus também é a parte interessada no seu cancelamento. Para que o castigo fosse cancelado, precisaria do pagamento de um resgate, de um preço. Quem pagaria este preço? Tariq, você sabe que preço era este?

— A morte: o salário do pecado é a morte.

— Alguém precisaria morrer. Não poderia ser um homem, porque ele é o objeto da misericórdia de Deus e Ele não queria que o homem morresse. A outra opção seria Deus morrer, mas Deus não pode morrer. Era preciso encontrar um substituto, um ser humano, superior à humanidade. Ele precisaria ter a natureza humana e a natureza divina. Ele precisava ser santo, sem pecados. Ele não poderia ter a semente de Adão. Então, como isso seria possível? Jesus Cristo era a única pessoa que se encaixava nestes padrões. Por isso, Deus assumiu a forma humana e entrou no mundo para morrer no lugar do homem, a fim de pagar a penalidade, e levantar-se dentre os mortos e tornar possível a sua redenção.

O silêncio tomou conta da sala por alguns momentos, então o pastor Nour fez uma interrupção.

— Isto, em suma, é o que significa seguir a Jesus. Tomei esta decisão por conta própria, trinta e dois anos atrás e ela mudou a minha vida por completo.

As suas frases refletiam todos os sinais de tranquilidade, segurança e alegria.

— Tariq, mas posso lhe afirmar a partir da minha experiência pessoal que conheço pessoas que frequentaram a igreja a vida toda e dito a todos, inclusive a elas mesmas, que eram cristãs, mas que nunca foram verdadeiras seguidoras de Jesus. Elas oram, jejuam, dão esmolas aos pobres, contudo jamais tomaram uma decisão pessoal de entregar a sua vida e depositar a sua fé em Jesus, para segui-lo. Como resultado, é triste, mas elas jamais experimentaram nem o amor, nem o plano de Deus para as suas vidas. E o que é ainda pior, algumas pessoas se autodenominam cristãs, mas desrespeitam tudo o que Jesus ensinou. Estas pessoas mentem compulsivamente em lugar de falar a verdade. Elas se entregam ao consumo de álcool e drogas, fazem sexo antes do casamento e tem casos extraconjugais depois de se casarem, em vez de se guardarem puras até o casamento e serem fiéis ao seu único cônjuge depois de se casarem.

Tariq tentava desesperadamente se virar para ver a expressão do rosto de Dália, todavia não se atreveu a fazer isso. Ele imaginou que ela deve ter ficado receosa — envergonhada pelo amor sincero e pela paixão que o pai dela tinha por Jesus, e convencida de que o pai estava apontando o dedo para ela, que se alegava cristã, mas não levava uma vida de acordo com as suas palavras. Por outro lado, Tariq, agora, estava feliz pelo rumo que a conversa tomara. Ele imaginou que conseguiria fazer com que o pai de Dália ficasse falando sobre o Cristianismo a noite inteira, e não tocaria mais nos pontos mais "sensíveis" acerca do passado de Tariq, e do seu relacionamento com a sua filha.

Ele estava prestes a lhe fazer outra pergunta, mas o pastor foi mais rápido.

— Tariq, estou curioso para saber uma coisa de você: na sua opinião quem é Jesus Cristo?

Tariq percebeu que jamais havia pensado com seriedade sobre aquele assunto.

— Bem, como todo respeito, senhor, não sou um seguidor de Jesus, mas, na minha opinião Ele foi um grande líder religioso.

O pastor concordou com um movimento da cabeça:

— Concordo com isso, meu jovem. Jesus Cristo foi um grande líder religioso cuja vida e ensino mudaram o curso da história. Só que Ele foi muito mais que um simples homem bom, ou que um grande mestre. O Novo Testamento claramente o apresenta como sendo Deus.

— Bem, pastor Nadeem, posso ser franco?

— É claro, por favor... você está entre amigos, Tariq.

— Bem, então, tenho certeza de que os cristãos que escreveram o Novo Testamento podem mesmo ter achado que Jesus era Deus. Eles, provavelmente, queriam que Ele fosse Deus. Mas Jesus nunca alegou, por si mesmo, que era Deus.

— Na verdade, Tariq, Ele, de fato, disse sim!

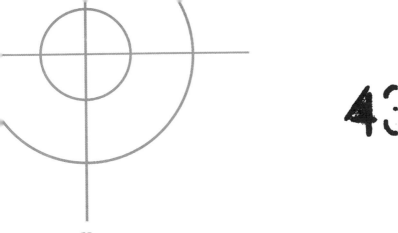

43

Só naquela hora, a senhora Nour chamou os três para o jantar que já estava servido à mesa. Era um banquete de dar água na boca, e Tariq mal podia esperar. Entretanto, quando ele se levantou do sofá, percebeu a fisionomia de horror no rosto de Dália.

Mesmo parecendo relutante em dizer em voz alta e ofender o seu pai, ou o noivo, ela estava claramente aviltada pela conversa e ansiosa para que se falasse de outra coisa. Tariq, entretanto, não compartilhava da mesma pressa.

— Por que você nunca me falou que o seu pai era uma pessoa tão interessante? — brincou ele, enquanto tomava o seu lugar à mesa.

Dália estreitou ainda mais os olhos. Ela cuidava para que os seus pais não percebessem como ela estava incomodada com as suas palavras, mas se um olhar matasse, Marwan Acade — também conhecido como "Tariq Jameel" — naquele momento, seria um homem morto.

— Foi culpa minha — disse ela, finalmente — eu não fazia ideia de que você iria gostar tanto de falar em religião.

— Bem, é mais interessante do que falar sobre política — disse Tariq, alegremente, numa tentativa de animá-la um pouco. Ela não estava entrando muito na onda, mas, pelo menos, o seu pai estava.

— Dália, você poderia agradecer pelo alimento à mesa? — perguntou o pastor Nour, quando todos já estavam sentados.

— Sabe como é... papai — respondeu ela — estou um pouco enferrujada nestas coisas; você não nos daria a honra desta oração?

— É claro — disse ele, gentilmente, embora um pouco decepcionado, percebeu Tariq.

Tanto o pastor, quanto a sua esposa e Dália juntaram as mãos, curvaram a cabeça e fecharam os olhos; Tariq, rapidamente, imitou todos os seus movimentos.

— Querido Pai, muito obrigado pelo teu amor e misericórdia. Obrigado por enviar o teu Filho, o Senhor Jesus Cristo, a este mundo para nos amar e entregar a sua vida na cruz por nós para que tenhamos vida abundante e eterna. Agradecemos-te, Pai, porque Tu és um Deus que ouve as nossas orações e as responde, também te agradecemos do fundo do nosso coração por trazer Dália sã e salva de volta para casa, finalmente. Pedimos que Tu a abençoe com todas as bênçãos, e que abençoe o seu amigo Tariq, para que os dois se sintam amados e bem-vindos aqui. Que o nosso lar seja uma casa de refúgio em meio às tormentas da vida. Obrigado por este alimento e por estarmos juntos. Em nome de Jesus oramos, amém.

— Todos disseram o seu "amém" depois das palavras do pastor Nour, e, vendo isso, Tariq também os imitou. Ele nunca tinha participado de uma oração cristã antes, e ficou intrigado. Esta oração lhe pareceu genuína e pessoal — bem diferente da lembrança das orações que ele tinha em mente feitas pelos adultos, quando ele era criança. Era quase como se o pastor estivesse mesmo em uma conversa com Deus, como se Deus estivesse ali na sala com eles. A oração fez com que ele se sentisse estranhamente tranquilo e em paz. Ou, talvez fosse simplesmente o aroma de uma comida caseira e quentinha, algo que ele não experimentava há muito tempo.

— Então Tariq, você já teve a oportunidade de ler o Novo Testamento? — perguntou o pastor Nour, depois de passadas as expressões de satisfação de Tariq diante de um prato tão especial: o cordeiro com saladas.

Tariq balançou a cabeça:

— Não, senhor, nunca li o Novo Testamento.

— Você deveria lê-lo, creio que apreciaria a leitura. Na verdade, antes de você ir para a cama eu vou lhe dar um.

— O senhor é muito gentil, mas como poderia aceitar um presente destes?

— Seria um prazer para mim, Tariq. Além do mais, eu sou um pastor... este é o meu trabalho.

Tariq sorriu. Aquilo era uma verdade incontestável.

— Bem, o senhor é muito gentil. Eu me interesso por ler o Novo Testamento.

— Então, acho que você deveria ter um. Acho que você ficará fascinado, como eu tenho ficado ao longo dos anos. Por exemplo, Jesus alega de forma ousada e contínua que Ele e o Deus Todo-Poderoso são um só e uma mesma pessoa. Em João 10.30, Jesus disse: "Eu e o Pai somos um". Em João 8.19, Jesus disse: "Se me conhecessem, também conheceriam a meu Pai". Em João 12.45, ele disse: "Quem me vê, vê aquele que me enviou". Em João 11.25, Jesus disse para uma mulher chamada Marta: "Eu sou a ressurreição e a vida. Aquele que crê em mim, ainda que morra, viverá; nos capítulos 26 afirmou: "... e quem vive e crê em mim, não morrerá eternamente. Você crê nisso?" E Marta respondeu: "Sim, Senhor, eu tenho crido que tu és o Cristo".

— Jesus falou mesmo todas estas coisas? — perguntou Tariq.

— Falou mesmo, e as suas palavras foram consideradas atrevidas e contestáveis! Na verdade, em João 10.31-33, lemos que os líderes religiosos da época ficaram tão irados com Ele que estavam prestes a executá-lo por meio do apedrejamento. Só que Jesus lhes disse: "Eu lhes mostrei muitas boas obras da parte do Pai. Por qual delas vocês querem me apedrejar?" E os líderes religiosos lhe responderam: "Não vamos apedrejá-lo por nenhuma boa obra, mas pela blasfêmia, porque você é um simples homem e se apresenta como Deus". Na verdade, quando os líderes religiosos, finalmente, sentenciaram Jesus à morte, a acusação contra Ele foi mesmo a blasfêmia... ou seja, Ele estava alegando ser Deus, ao passo que os líderes religiosos diziam que Ele não era possível.

— Por que outra razão você imagina que as notícias a respeito dele se espalharam tão depressa ao longo de todo o Oriente Médio naquela época? Mateus 4 afirma: "Jesus foi por toda a Galileia, ensinando nas sinagogas deles, pregando as boas novas do Reino e curando todas as enfermidades e doenças entre o povo. Notícias sobre ele se espalharam por toda a Síria, e o povo lhe trouxe todos os que estavam padecendo vários males e tormentos: endemoninhados, epiléticos e paralíticos; e ele os curou. Grandes multidões o seguiam, vindas da Galileia, Decápolis, Jerusalém, Judeia e da região do outro lado do Jordão". Mateus 15 chega a mencionar que Jesus foi até o Líbano para espalhar a notícia de que Deus amava aquele povo e tinha um plano maravilhoso na vida dele.

— Até o Líbano? Verdade? — perguntou Tariq, largando o garfo por um momento. — Em que lugar do Líbano?

— Tiro e Sidom!

Tariq tentou disfarçar um pouco da sua perplexidade, mas de fato havia ficado estarrecido.

— O senhor se importaria de me mostrar esta passagem na Bíblia? — perguntou ele. — Eu, simplesmente, nunca tinha ouvido falar disso. Gostaria de ver com os meus próprios olhos!

— É claro — disse o pastor Nour. Ele limpou a boca com um guardanapo, levantou-se e apanhou a sua cópia da Bíblia. Depois, ele a abriu no capítulo quinze de Mateus e mostrou para Tariq. — Está bem aqui — disse ele — no versículo vinte e um.

Tariq apanhou a sua cópia das Sagradas Escrituras e começou a ler.

— "Saindo daquele lugar, Jesus retirou-se para a região de Tiro e de Sidom."

Teria Jesus mesmo visitado Sidom, a sua cidade-natal? Tariq ficou curioso, à medida que estudava a passagem como um todo. Como ele poderia desconhecer este fato? Por que ninguém lhe havia contado aquilo antes?

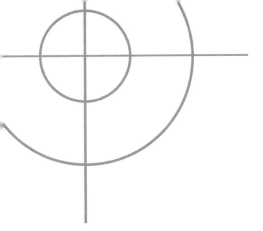

O telefone de Goddard tocou; ele verificou o identificador de chamadas, e decidiu atender mesmo assim.

— Algum avanço? — exigia do outro lado da linha o Esqueleto.

— Alguma coisa — disse Goddard.

— O irmão de Acade abriu o bico? — perguntou Lemieux.

— Não.

— Ele não lhe revelou o paradeiro de Marwan? — pressionou Lemieux.

— Não.

— O que você conseguiu extrair dele?

— Na verdade, nada, por isso o mandei para a cadeia.

— Você fez o quê?

— O que você esperava que eu fizesse? — disparou Goddard, de volta.

— Force-o a nos entregar Marwan — contestou Lemieux.

— É por isso que eu lhe coloquei atrás das grades. Um homem como Ramy Acade não vai querer passar muito tempo em uma cadeia de Beirute, pode acreditar.

— Não estou lhe entendendo — disse Lemieux — pensei que você tivesse dito que tinha algum avanço nas investigações.

— E tenho.

— Então, conte-me!

— Conseguimos interceptar a conta do telefone via satélite de Ramy.

— E, então?

— E descobrimos que ele tem uma dúzia de homens armados na Serra Paulista. Quer chutar quem está em poder destes homens?

A linha ficou em silêncio.

— Inspetor, você ouviu o que eu lhe disse? — perguntou Goddard.

Só que Lemieux não disse nada. Ele parecia demasiadamente perplexo para conversar, quase como se ele soubesse o que Goddard fosse dizer.

— Eles estão com a senhora Ramsés — respondeu Goddard, mesmo assim, lançando a informação bombástica para esperar a reação no outro lado da linha.

Só que não houve qualquer tipo de reação; a linha continuou muda.

— Acabei de despachar uma das minhas equipes para lá para prender a todos e ajudar no resgate da senhora Ramsés — continuou Goddard. — Eles estão coordenando as ações com as autoridades brasileiras neste exato momento.

Goddard aguardou por uma reação — qualquer que fosse — mas Lemieux não disse nada.

— O senhor ainda está aí, Inspetor? — perguntou ele.

— Sim, ainda estou aqui.

— Por que está tão quieto? Isto não é uma grande notícia? Pensei que o senhor iria ficar contente. Daqui a vinte e quatro horas, a Sra. Claudette Ramsés estará a salvo de volta a Monte Carlo e poderei interrogá-la sobre tudo. O senhor não deseja estar conosco?

— Eu volto a falar com você a respeito disso — disse Lemieux, com um tom mais de desânimo do que de empolgação na sua voz, e Goddard não conseguiu compreender o motivo daquela sua reação.

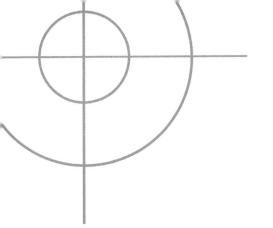

45

— O que Nadeem está tentando dizer, Tariq — disse a senhora Nour, depois de todos terminarem de saborear o jantar e seguirem até a sala de estar para comerem mais um pedaço de empadão servido com café turco — é que Jesus era muito claro com as pessoas a respeito das suas alegações de ser Deus. Ele não distorceu as palavras, nem se serviu de duplos sentidos: Ele afirmou claramente este fato. Todos, inclusive os seus inimigos, sabiam do que Ele estava falando. Eles ficaram incomodados com as suas palavras, veja só, assim como muitos também não gostam disso nos dias de hoje. Só que as suas afirmações, seguramente, eram feitas de forma aberta.

— Talvez não, senhora Nour — disse Tariq — mas devo confessar que tudo isso é muito novo para mim.

— Nós dois entendemos dessa forma — respondeu ela. Assim que nos casamos, nenhum de nós fazia a mínima ideia de que Jesus teria, em algum momento, alegado ser Deus. De mais a mais, nenhum de nós foi criado em lar cristão, onde as famílias seguiam as palavras de Jesus. Nem eu, nem Nadeem havíamos lido a Bíblia por conta própria. Só que um dia, um jovem casal nos propôs um desafio. O marido sentou-se bem ali naquele sofá e disse: "Qualquer pessoa que leia o Novo Testamento e não conclua que Jesus alegou ser divino seria tão cega quanto um homem que estivesse na rua em um dia de sol sem nuvens e dissesse que não estava conseguindo enxergar o sol." Francamente, fiquei um pouco ofendida e um pouco constrangida porque nunca tinha lido a Bíblia, e Nadeem se sentiu da mesma forma. Naquela noite, recebemos o nosso primeiro exemplar do Novo Testamento e logo começamos a lê-lo. Quanto mais o líamos, mais íamos percebendo que aqueles nossos amigos estavam certos.

— E depois disso, como foi? — pergunto Tariq, subitamente curioso para consigo mesmo por não ter certeza se realmente desejava saber mais, ou se estava somente tentando evitar uma troca de assunto que envolvesse fatos do seu passado.

— Bem — disse o pastor Nour — aquilo gerou um grande problema para nós.

— Que problema?

— Bem, Tariq, tente raciocinar conosco — explicou o pastor, enquanto Dália pedia licença e seguia de volta para a cozinha, supostamente para lavar a louça, mas, no fundo, numa clara tentativa de fugir da conversa. — Se Jesus alegou ser Deus, Ele não pode ter sido simplesmente um grande mestre moral ou mais um profeta que disse muitas coisas profundas. Ou Ele era Deus, ou não era. Ou Ele estava falando a verdade ou não estava. Não existe meio-termo aqui. Ele não deixou aberta esta possibilidade. Ele confirmou a sua divindade muitas vezes e de múltiplas formas: Ele conhecia a si mesmo. Precisamos aceitar ou recusar isso, crer ou negar; não é possível ficarmos em cima do muro. Depois de ler o que está escrito na páginas do Novo Testamento, crer nisto e seguir a vida, as obras e as palavras de Cristo, você crerá nas suas afirmações de que Ele é mesmo Deus.

— Não existe meio-termo aqui: ou se aceita que tudo o que Ele disse é verdadeiro, inclusive as suas afirmações de divindade, ou se recusa tudo e o chamamos de mentiroso. Será que enganou os discípulos, o mundo e a nós? Como um homem que pregou a bondade da verdade faria alegações de tamanha falsidade? Além disso, se o que ele disse era mentira, como Ele teria ido até a morte na cruz? Existe alguém que entrega a sua vida por uma mentira? Tariq, meu filho, Cristo é Deus. Ele disse isto acerca de si mesmo, de modo franco, e tudo o que Ele disse está documentado na Bíblia, que é correta e verdadeira; portanto eu, e milhões de crentes, cremos e aceitamos como verdade.

A senhora Rima Nour entrou junto na conversa:

— Tariq, esta é a verdade. Quando você ler a Palavra de Deus, que é a Bíblia Sagrada, ela lhe confirmará que Ele é Deus.

Tariq olhou para ela com espanto e disse:

— Simples assim?

— Sim, no primeiro capítulo de João você lerá: "No princípio era aquele que é a Palavra. Ele estava com Deus, e era Deus," perceba Tariq, o texto se refere à "Palavra" com um tom masculino: "a Palavra estava com Deus e era Deus... Aquele que é a Palavra tornou-se carne e viveu entre nós," Cristo habitou entre nós.

Depois de alguns momentos de silêncio, o pastor Nadeem continuou.

— Esta é uma dentre muitas citações similares no Novo Testamento. O Novo Testamento afirma claramente onze vezes que Cristo é Deus, e cinquenta vezes que Ele é o filho de Deus.

Perplexo, Tariq perguntou:

— E o Filho? Esta questão toda da filiação de Cristo é bem enigmática.

O pastor Nadeem sorriu e disse:

— É porque você olha para Ele a partir de uma perspectiva humana. O Filho não é um filho físico; Ele não é um produto humano. Deus é Espírito, e Ele não pode conceber um filho. Ele também não é um filho por sucessão — isto equivale a dizer que, Deus-Pai vem primeiro, e o Filho vem depois dEle — isso não é verdade. O conceito do Filho tem sentido espiritual. Cristo é o Filho de Deus por intermédio do amor. Filiação também significa igualdade... diante de Deus. Ela também expressa semelhança; significa que Ele é a semelhança de Deus. Em suma, é isso o que Jesus é, mas se você tiver outras dúvidas, estaremos à disposição para ajudá-lo.

A senhora Nour disse:

— Quando você ler o Novo Testamento, você descobrirá isto por si mesmo. Você verá que Ele é um grande mestre, assim como tanto os seus amigos, quanto os inimigos o consideravam. Só que, como Ele poderia ser um grande mestre se aceitamos tudo o que Ele diz, mas negamos as suas alegações de ser o próprio Filho de Deus? Será que um grande mestre enganaria alguém? Será que um grande mestre não falaria a verdade a respeito do seu atributo mais importante?

— Acho que a senhora está certa.

Enquanto Dália, ainda aborrecida, continuava a limpar a mesa e a lavar a louça, o pastor Nour acrescentou alguns outros pensamentos àquela conversa:

— Tem uma coisa que me chamou muito a atenção enquanto eu estudava a vida de Cristo, Tariq: quando as pessoas que eu conhecia ou as pessoas de quem eu lia, decidiam se tornar seguidores verdadeiros de Jesus, as suas vidas melhoravam. Elas se tornavam mais parecidas com Jesus... mais amorosas, mais gentis, mais honestas, mais desejosas de ajudar o próximo e atender às necessidades dos pobres e daqueles que sofrem. E quando eu meditava acerca da História, também percebia que onde quer que Jesus fosse pregado, as vidas mudavam para melhor e as nações eram transformadas para melhor. Como tudo isso poderia ocorrer sem que o poder de Cristo fosse capaz de transformar os corações... a vida daquelas pessoas? Só Deus é capaz de transformar as pessoas dessa forma.

Depois de pensar um pouco acerca destas palavras, Tariq disse:

— É verdade.

46

Tariq entrou no quarto do irmão de Dália, fechou a porta, pulou na velha cama e começou a ler o Novo Testamento pela primeira vez na sua vida.

Ele abriu logo no primeiro livro — o Evangelho de Mateus — e ficou lendo por muitas horas. Ele continuou até os Evangelhos de Marcos, Lucas e João. Naquelas horas, ele aprendeu mais sobre Jesus do que jamais havia aprendido durante a vida toda. Ele leu acerca do nascimento virginal a partir de Maria, e como aquele carpinteiro comum de Nazaré fez com que cegos vissem, surdos ouvissem, deficientes físicos caminhassem e paralíticos se mexessem. Ele foi capaz de expulsar muitos demônios e de ressuscitar mortos à vida; um deles havia, inclusive, ficado no túmulo por quatro dias. Entretanto, o que mais lhe interessou e lhe chamou a atenção foram os ditados, as parábolas e os ensinamentos de Jesus. Ele jamais havia ouvido aquele tipo de ensinamento antes. Ele meditou acerca da passagem conhecida como o Sermão do Monte, localizada entre os capítulos 5 e 7 do livro de Mateus. Ali Jesus disse:

— "Vocês ouviram o que foi dito aos seus antepassados: 'Não matarás', e 'quem matar estará sujeito a julgamento'. Mas eu lhes digo que qualquer que se irar contra seu irmão estará sujeito a julgamento. Também, qualquer que disser a seu irmão: 'Racá', será levado ao tribunal. E qualquer que disser: 'Louco!', corre o risco de ir para o fogo do inferno" (Mt 5.21,22).

Ele nunca pensou nos relacionamentos humanos de uma forma assim tão singular e maravilhosa. Ele continuou dizendo:

— "Vocês ouviram o que foi dito: 'Ame o seu próximo e odeie o seu inimigo'. Mas eu lhes digo: Amem os seus inimigos e orem por aqueles que os perseguem, para que vocês venham a ser filhos de seu Pai que está nos céus. Porque ele faz raiar o seu sol sobre maus e bons e derrama chuva sobre justos e injustos. Se vocês amarem aqueles que os amam, que recompensa vocês receberão? Até os publicanos fazem isso!" (Mt 5.43-46).

Mesmo que aquilo tudo lhe parecesse bastante razoável, será que alguém poderia atingir aquele padrão? Portanto, sejam perfeitos como perfeito é o Pai celestial de vocês (Mt 5.48).

Tudo o que Tariq lia lhe deixava mais perplexo; aquelas palavras não poderiam ter sido pronunciadas por um homem comum. Este Jesus lhe havia cativado!

Um sentimento predominante de vergonha e humildade quebrantou o seu coração. Aquelas palavras o induziram a uma decisão: o que ele deveria fazer a respeito da sua ira, da sua raiva contra outras pessoas, até mesmo diante de pessoas como o seu próprio irmão Ramy?! Como ele poderia amar os seus inimigos se já achava difícil amar os próprios amigos? Será que ele poderia amar Lemieux, Goddard e Claudette Ramsés?

Enquanto lia a história da vida de Jesus, ele descobriu que Jesus, na verdade, viveu tudo aquilo que Ele sempre disse ser. Jesus não fugia dos inimigos, como fazia Tariq. Ele não mentia, não enganava, nem trapaceava para fugir da prisão. Ele não resistiu aos seus inimigos. Quando foi atacado no jardim e Pedro tentou defendê-lo, cortando a orelha de um dos servos do sumo-sacerdote, Jesus o repreendeu e lhe disse para guardar a espada. Jesus também disse que todos os que vivessem pela espada, pela espada também pereceriam.

Durante incontáveis horas, naquela noite, Tariq leu sem parar. O seu coração tinha uma necessidade premente de conhecer tudo a respeito de Cristo de forma muito rápida. Como ele poderia ter vivido tantos anos sem conhecer Jesus?

Quando ele chegou ao capítulo 19 do Evangelho de João, ficou chocado. "Então Pilatos mandou açoitar Jesus. Os soldados teceram uma coroa de espinhos e a puseram na cabeça dele. Vestiram-no com uma capa de púrpura, e, chegando-se a ele, diziam: "Salve, rei dos judeus!"E batiam-lhe no rosto. Ele continuou a ler e, pela primeira vez, teve conhecimento dos detalhes da crucificação. "Então os soldados encarregaram-se de Jesus. Levando a sua própria cruz, ele saiu para o lugar chamado Caveira (que em aramaico é chamado Gólgota). Ali o crucificaram, e com ele dois outros, um de cada lado de Jesus."

O que ele leu depois o deixou abalado. "Perto da cruz de Jesus estavam sua mãe, a irmã dela, Maria, mulher de Clopas, e Maria Madalena. Quando Jesus viu sua mãe ali, e, perto dela, o discípulo a quem ele amava, disse à sua mãe: 'Aí está o seu filho', e ao discípulo: 'Aí está a sua mãe'. Daquela hora em diante, o discípulo a recebeu em sua família. Mais tarde, sabendo então que tudo estava concluído, para que a Escritura se cumprisse, Jesus disse: 'Tenho sede'. Estava ali uma vasilha cheia de vinagre. Então embeberam uma esponja nela, colocaram a esponja na ponta de um caniço de hissopo e a ergueram até os lábios de Jesus. Tendo-o provado, Jesus disse: 'Está consumado!' Com isso, curvou a cabeça e entregou o espírito."

Enquanto ele continuava a ler acerca da crucificação e de como Jesus foi surrado, chicoteado, esbofeteado e fisicamente abusado, o coração de Tariq se desmanchou. O que mais lhe abalou, entretanto, foi pensar no tamanho da agonia que Maria enfrentou, ali de pé, perto da cruz, ao olhar o seu filho morrendo. Jesus foi um homem inocente, condenado de forma injusta e sentenciado à morte sem ter cometido nenhum crime sequer. Nos seus momentos finais na cruz, Jesus estava olhando para a sua mãe aflita; com o coração partido; com as emoções abaladas. Ele se contorcia em agonia muito mais por ver o sofrimento da sua mãe do que pelas dores do martírio da própria crucificação. E, o mais importante, Ele entregou a sua mãe para o seu discípulo amado e de confiança. Como estas coisas poderiam ter ocorrido? Esta deve ter sido a parte mais difícil de todo o sofrimento que ele passou.

"No lugar onde Jesus foi crucificado havia um jardim; e no jardim, um sepulcro novo, onde ninguém jamais fora colocado. Por ser o Dia da Preparação dos judeus, e visto que o sepulcro ficava perto, colocaram Jesus ali.

No primeiro dia da semana, bem cedo, estando ainda escuro, Maria Madalena chegou ao sepulcro e viu que a pedra da entrada tinha sido removida. Então correu ao encontro de Simão Pedro e do outro discípulo, aquele a quem Jesus amava, e disse: 'Tiraram o Senhor do sepulcro, e não sabemos onde o colocaram!'" Tariq leu a noite toda. Ele sentiu um forte desejo de conhecer a verdade no fundo do seu coração, e queria respostas para todas as perguntas que lhe atormentavam. Quanto mais lia, mais as suas dúvidas iam se sanando, por isso ele não conseguia largar aquele Livro maravilhoso. Ele continuou a sua leitura:

Pedro e o outro discípulo saíram e foram para o sepulcro. Os dois corriam, mas o outro discípulo foi mais rápido que Pedro e chegou primeiro ao sepulcro. Ele se curvou e olhou para dentro, viu as faixas de linho ali, mas não entrou. A seguir, Simão Pedro, que vinha atrás dele, chegou, entrou no sepulcro e viu as faixas de linho, bem como o lenço que estivera sobre a cabeça de Jesus. Ele estava dobrado à parte, separado das faixas de linho.

Ao cair da tarde daquele primeiro dia da semana, estando os discípulos reunidos a portas trancadas, por medo dos judeus, Jesus entrou, pôs-se no meio deles e disse: 'Paz seja com vocês!' Tendo dito isso, mostrou-lhes as mãos e o lado. Os discípulos alegraram-se quando viram o Senhor.

Jesus realizou na presença dos seus discípulos muitos outros sinais miraculosos, que não estão registrados neste livro. Mas estes foram escritos para que vocês creiam que Jesus é o Cristo, o Filho de Deus e, crendo, tenham vida em seu nome.

O tempo voou sem que ele percebesse. Veio o alvorecer e o sol começou a despontar no algo das montanhas que ficam ao redor de Petra. Em uma só noite, ele havia lido o Novo Testamento completo — não por cima, mas de forma atenta. Naquela noite ele meditou, examinou e compreendeu cada palavra que havia lido. Ele se sentiu atraído, pasmo e impressionado com as coisas que descobriu naquele livro; muitas das coisas que Tariq descobriu lhe deixaram perplexo. O livro de João arrebatou o seu coração, cativou a sua mente e até mesmo lhe divertiu. João era o discípulo mais íntimo de Jesus, ele chamava a si mesmo de discípulo amado de Jesus. Ele escreveu o seu Evangelho como um relato forte, verdadeiro e exato da vida de Jesus, que incluiu as suas palavras, os seus milagres, a sua morte e a sua ressurreição. Tariq ficou pasmo com João em função de ele ter escrito aquelas palavras com total confiança em Cristo. Ao escrevê-lo, ele mostrou que tinha atração, amor e entendimento tanto da personalidade, quanto ensinos de Jesus por ter estado sempre muito próximo do Mestre — ele era o seu amigo pessoal.

Naquela manhã, as palavras do apóstolo Pedro, um dos discípulos mais importantes, um homem que seguiu Jesus desde o primeiro dia do seu ministério até a ressurreição, ressoavam pela sua mente. "De fato, não seguimos fábulas engenhosamente inventadas, quando lhes falamos a respeito do poder e da vinda de nosso Senhor Jesus Cristo; ao contrário, nós fomos testemunhas oculares da sua majestade."

Estas palavras são tão importantes porque vêm de um discípulo que tinha, verdadeiramente, testemunhado a majestade de Jesus Cristo e a testemunhou para o mundo inteiro, até mesmo para nós, nas suas duas epístolas. Tariq ficou espantado com a mudança ocorrida na vida de Pedro. Jesus o chamou e ele passou de um simples pescador que remendava as suas redes de pesca e procurava uma grande captura de peixes, para a posição de pescador de homens. Apesar do aviso feito por Jesus, Pedro negou Jesus três vezes na última noite da vida do Mestre. Envergonhado, Pedro fugiu, escondeu-se e se afastou de Cristo, apesar da necessidade dele estar perto de Jesus quando Ele foi julgado, açoitado, insultado e crucificado. Então, aconteceu algo que o transformou covarde para homem destemido e corajoso. Um dia, Pedro desafiou bravamente uma grande multidão em Jerusalém e declarou com todo poder e certeza que Deus havia tornado este Jesus a quem eles haviam crucificado Jesus tanto Senhor, quanto o Cristo. Ele passou a pregar Cristo em todas as partes, sem temer a oposição, a perseguição, ou a morte, tudo porque ele havia sido uma testemunha ocular que ouviu e viu pessoalmente tudo o que aconteceu. Ele se tornou uma testemunha para o mundo. Ele dava testemunho daquilo que era verdadeiro, e a verdade precisa de uma afirmação imediata e ousada, e não deve ser ocultada. Como ele poderia esconder a verdade a respeito da morte e ressurreição de Cristo?

Pedro não era o único homem que tivera a sua vida transformada. Tomé foi outro exemplo que Tariq conheceu ao ler o Evangelho de João. Ele duvidou que os seus companheiros discípulos tivessem testemunhado a ressurreição de Cristo e afirmou que não acreditaria sem que visse as marcas dos pregos nas mãos de Jesus. Ele também afirmou que não creria se não colocasse a mão na lateral do corpo de Cristo. Entretanto, depois de Jesus tê-lo mostrado as mãos e a lateral do seu abdômen, Tomé exclamou com o coração cheio de fé: "Meu Senhor e Meu Deus." Depois de Jesus aparecer Tomé teve a certeza, e lançou fora todas as suas dúvidas. E ele passou a declarar, abertamente, que Jesus Cristo é Deus, que Ele é o único caminho para a salvação e que todo aquele que nEle crer terá a vida eterna no céu.

O pastor Nadeem já havia explicado a Tariq que Tomé era o discípulo que viera pregar o evangelho no Iraque e na Índia e que foi, mais tarde, martirizado pela sua fé em Cristo. Ele também morreu como testemunha de Jesus.

À medida que Tariq ia se lembrando destas coisas, ele pensou em Pedro, Tomé e nos demais discípulos e apóstolos que morreram como mártires em desempenho da sua fé. Seria possível que aqueles homens tivessem a coragem de enfrentar tudo aquilo por causa de algo que sabiam ser mentira?

Tariq levou a sério este pensamento. Ele creu em tudo o que leu nas páginas do Novo Testamento e teve certeza de que tudo o que aprendeu a respeito daquelas pessoas era verdade.

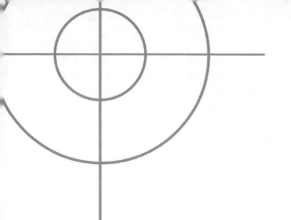

Ainda sem conseguir dormir, Tariq decidiu sair para correr. Ele se vestiu, colocou o tênis e saiu do apartamento na ponta dos pés, na esperança de não acordar ninguém. Para a sua surpresa, quando chegou ao saguão, Dália estava acabando de chegar de uma corrida também.

— Bom dia — disse ele com um sorriso.

— Ei — respondeu ela, sem muito entusiasmo.

Quando ele tentou beijá-la, ela se esquivou dele.

— O que houve? — perguntou Tariq.

— Aqui não — sussurrou ela, obviamente para evitar que o porteiro, mesmo estando ainda sonolento, ouvisse o que eles conversavam. Ela fez sinal para que Tariq lhe acompanhasse até o lado de fora e saiu correndo ao redor da quadra.

Ele logo a saiu atrás dela e quando a alcançou, perguntou:

— O que está acontecendo? Você está ficando maluca?

— Você está de brincadeira? — respondeu Dália.

— Ah, para! Você está de cara virada para mim porque conversei com o seu pai sobre a sua fé?

— Você não está me entendendo, não é mesmo? — disse Dália.

— Aparentemente não — disse Tariq. — Qual é o problema?

— É impossível manter uma conversa inocente sobre Jesus com o meu pai, Tariq — disparou ela de volta — eu já lhe disse, ele é um homem irracional. Ele vai exigir que você se torne um cristão, ou jamais deixará que você volte a se encontrar comigo. E esqueça a ideia de casamento; isso jamais vai acontecer. Você está tentando sabotar tudo? Pensei que você me amasse.

— Mas eu a amo.

— Então pare de falar sobre a Bíblia, está bem? Este papo não o levará a nada de bom.

— Achei a conversa interessante.

— Ah, pare com isso — disse Dália — você só pode estar brincando comigo.

— Não, estou falando sério — disse Tariq.

— Você não está forjando tudo isso para ganhar a aprovação do meu pai, está? Porque nada disso vai funcionar, a menos que você se torne um cristão.

— Você quer dizer: "um seguidor de Jesus," corrigiu Tariq, fazendo uso da expressão do próprio pastor Nour.

— Ah, seja lá o que for — disse Dália, sem achar graça nenhuma na correção feita por ele.

— Veja só — disse Tariq — sim, inicialmente eu estava somente tentando ser educado com o seu pai e conhecer o seu lado bom. E, é claro, quero que ele goste de mim. Do contrário, ele ainda vai acabar entregando você para se casar com um tal de Youssef, o pastor auxiliar que trabalha com ele, certo?

— Por favor — disse Dália — movendo dele os olhos — isso nunca vai acontecer.

— Bem, isso é confortante — respondeu Tariq, enquanto eles corriam pelas ruas de Petra. — Só que a verdade é que quanto mais o seu pai falava, mais curioso eu ia ficando.

— É mesmo? — perguntou Dália, quase sem acreditar no que estava ouvindo.

— De verdade — disse Tariq. — Para ser sincero, fiquei acordado a noite inteira lendo o Novo Testamento que o seu pai me deu.

— Você leu tudo? — disse ela, quase sem ar.

— Sim, tudo — respondeu Tariq.

— Por quê?

— É fascinante — disse Tariq. — Você sabia que Jesus vai voltar um dia?

— Talvez — disse Dália, com certo ar de deboche.

— Você não acredita que Jesus vai voltar?

— Eu não sei — disse ela, dando um pique até o outro lado da rua e forçando Tariq a correr mais rápido para acompanhá-la.

— O que você quer dizer quando fala que não sabe? — perguntou ele quando a alcançou.

— Quero dizer que não sei no que acredito e que não quero falar sobre isso.

Ela acelerou e se distanciou mais dele, enquanto Tariq a chamava, ficando para trás.

— Ah, deixa disso Dália! De onde vem todo este seu receio?

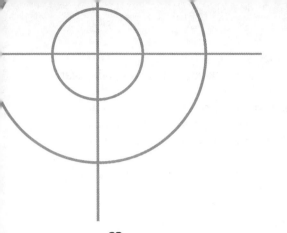

Goddard levantou cedo, serviu-se com pão, queijo e café no seu quarto de hotel e caminhou seis quadras até a delegacia central de polícia de Beirute. Exausto, ele não havia conseguido dormir, ficou se revirando de um lado para outro na cama a noite toda. A sua mente ficou tomada por perguntas sobre um caso até aquele momento insolúvel e às quais não estava conseguindo responder.

— E se Marwan Acade não fosse culpado da tentativa de chantagem a Rafeeq Ramsés? — pensou ele. — E se em vez sequestrar Claudette Ramsés, Marwan e o seu irmão estivessem mesmo tentando encontrá-la, como estavam alegando? E se Claudette Ramsés não fosse a refém da história? E se ela tivesse planejado tudo aquilo e estivesse se escondendo no Brasil? E se Marwan tivesse descoberto evidências disso — e do seu plano contra o seu marido multimilionário que já tinha uma idade bastante avançada — e estivesse ajudando Rafeeq Ramsés a desbaratar o caso? E se Claudette e os seus cúmplices, fossem eles quem fossem, tivesse descoberto as informações que Marwan sabia e decidido atacar primeiro?

Este cenário explicaria, inquestionavelmente, o assassinato de Ramsés. Ele também explicaria o atentado feito com o carro-bomba e os assassinos do Le Meridien. Mas como explicar a fuga de Marwan e a sua falta de cooperação com as autoridades? Como explicar o assassinato de Rania Fawaz e da sua companheira de quarto?

Goddard chegou até a delegacia de polícia, apresentou a sua identificação e aguardou a permissão para ver o prisioneiro. Enquanto aguardava, duas razões lhe vieram à mente. Ou Marwan era culpado ao fugir da polícia, como acreditava Lemieux; ou, Marwan era um inocente — ele não passava de uma testemunha — que, por algum motivo, não poderia confiar na polícia, mas qual seria o motivo da sua desconfiança? O que teria provocado...

O seu telefone, subitamente, tocou: era Lemieux.

— Alô?

— Tenho uma pista sobre o paradeiro de Marwan — disse o Esqueleto. — O serviço de inteligência de Marrocos descobriu um vídeo de segurança do aeroporto que mostrava Marwan embarcando em um voo para o Cairo.

— Por que eles demoraram tanto? — pergunto Goddard.

— Isso é o que eu também quero saber — disse Lemieux — mas isso não é o mais importante nesse momento. O importante agora é que eles descobriram que Marwan embarcou com o nome falso de "Tariq Jameel." A polícia egípcia acaba de confirmar o voo no qual Tariq chegou. Como você sabe, nós enviamos a foto dele para todos os veículos de imprensa, e a polícia aqui do Cairo acabou de receber uma ligação de um agente de apartamentos em Heliópolis. Aquele homem informou ter alugado um apartamento para um homem chamado Tariq Jameel, mas que ele teria saído no dia seguinte com uma jovem chamada Dália Nour. Não temos certeza do local para onde eles foram, mas estamos rastreando a sua localização e devemos ter notícias em breve.

— De que maneira posso ajudar? — pergunto Goddard.

— Volte a se encontrar com Ramy e descubra o que ele sabe... agora mesmo! E não faça nenhuma trapalhada, Goddard. Quero a cabeça de Marwan Acade em uma bandeja até o fim do dia, você compreendeu?

Goddard confirmou ter compreendido e desligou o fone, mas tão logo desligou, recebeu um e-mail de DuVall. Goddard não conseguia acreditar no que estava lendo. Ele voltou a ler aquela mensagem com calma, só para ter certeza e, subitamente, um pensamento lhe sobreveio de forma tão forte que era como se alguém tivesse lhe dado um soco de direita direto no estômago. As peças do quebra-cabeça, finalmente, começavam a se encaixar. Como ele não tinha enxergado aquilo tudo até agora? Como ele poderia ter ficado cego diante de tudo o que estava acontecendo na sua cara? E o que é pior, ele, inesperadamente, percebeu que o tempo que lhe restava era muito curto.

Para obter a permissão de acesso à cela, Goddard precisava entregar a sua arma portátil e o seu celular para o sargento responsável pelo setor de detenção, ele também precisava mostrar a sua identidade, só então obteria acesso. Feito todo este procedimento, ele se dirigiu rapidamente à cela e deixou Ramy chocado ao lhe metralhar com uma série de perguntas rápidas. Não havia mais tempo a perder.

— O seu irmão está usando o nome falso de "Tariq Jameel," correto?

A expressão de perplexidade no rosto de Ramy era a confirmação que ele precisava para a pergunta.

— Ele ficou em um apartamento na periferia do Cairo, no bairro de Heliópolis, próximo do aeroporto, certo?

Ramy hesitou e, então, lentamente assentiu com um movimento de cabeça.

— O seu irmão está achando que alguma pessoa da equipe da polícia está tentando apanhá-lo, certo?

Novamente, Ramy assentiu com a cabeça, de forma cautelosa.

— E você enviou os seus agentes para o Brasil para encontrar Claudette Ramsés porque você e Marwan pensam que ela é quem estava chantageando o marido, certo? — pressionou Goddard.

— É isso mesmo.

— E o plano de Marwan era continuar fugindo até que vocês encontrassem a senhora Ramsés e descobrissem quem estava tentando assassiná-lo?

— Exato — confirmou Ramy.

— Só que o problema foi que quando os seus agentes encontraram a Sra. Ramsés; vocês não sabiam ao certo para quem entregá-la, certo, por isso você disse aos seus homens para aguardarem novas instruções, é isso?

— Sim, senhor.

— Só que agora você está preso e o Inspetor Lemieux está a um passo de encontrar o seu irmão e colocá-lo na cadeia também, isto é, se ele não assassiná-lo antes disso, correto?

— Aonde o senhor quer chegar, Inspetor? — perguntou Ramy. — O senhor veio aqui negociar alguma coisa, ou o que pretende com isso?

— Sr. Acade — respondeu Goddard — agora estou convencido de que o seu irmão é inocente.

— É isso que estou lhe dizendo desde o princípio.

— Bem, agora acredito em você. Acho que também sei quem é a pessoa infiltrada nesta investigação.

Neste momento, os olhos de Ramy deixaram claro o seu espanto.

— E quem seria?

— Marcel Lemieux.

Ramy quase perdeu o fôlego:

— O chefe da investigação? Tem certeza?

— Agora tenho — disse Goddard.

Ele, rapidamente, explicou que além de conseguir autorização judicial para grampear todos os telefones de Ramy, ele também conseguiu autorização para grampear todas as suas contas de e-mail. Ao vasculhar os e-mails de Ramy, Colette DuVall descobriu um que fora enviado por um oficial de alta patente do serviço de inteligência da França.

— Este é o Pierre... nós nos conhecemos há muitos anos — insistiu Ramy — Ele é um uma pessoa excelente, de conduta pura como a água cristalina. Eu só lhe pedi que me ajudasse a descobrir mais coisas.

— Sim, sim, eu sei — Goddard o tranquilizou — mas você está lembrado do e-mail que ele lhe enviou alguns dias atrás, quando você estava em Bagdá?

— Você se refere ao e-mail no qual ele me dizia que Lemieux havia solicitado à inteligência francesa cópias de todos os arquivos sobre Marwan?

— Este mesmo — disse Goddard.

— E, então? O que você achou dele? — perguntou Ramy, agora confuso. — Meu irmão é o principal suspeito de Lemieux desde o assassinato de Rafeeq Ramsés. Você não esperaria que ele fosse atrás de tudo o que pudesse descobrir sobre Marwan?

— É óbvio — concordou Goddard — mas depois que DuVall viu aquele e-mail, ela voltou a falar com a inteligência francesa e perguntou exatamente quando Lemieux havia solicitado a informação sobre o seu irmão. Ocorre que Lemieux fez a solicitação três dias antes de Marwan ter se encontrado com Ramsés em Monte Carlo.

— Três dias antes da execução a tiros? — perguntou Ramy. — Isso é inacreditável!

— E só existe uma razão para Lemieux ter necessitado desta informação a respeito do seu irmão com tanta antecedência — observou Goddard — e a razão é que ele deveria ter acabado de descobrir que Marwan estava trabalhando para o Sr. Ramsés e que descobriu que era a própria esposa dele que estava lhe chanteageando e sacando o dinheiro enviado para o Brasil. Três dias era o tempo exato que Lemieux precisava para planejar o ataque ao Sr. Ramsés e ao seu irmão, e para avisar a Sra. Claudette Ramsés que fugisse de São Paulo e se escondesse na Serra Paulista. Na verdade, você sabe quem é o dono da casa cercada pelos seus agentes, a casa onde a senhora Ramsés está presa, neste momento?

Ramy balançou a cabeça em sinal negativo.

— Do irmão de Lemieux.

Ramy engasgou novamente. — Você está brincando comigo?

— Não, não estou. DuVall acaba de descobrir; recebi o e-mail dela assim que cheguei aqui.

— Espera um momento, não estou entendendo — disse Ramy. — O senhor está me dizendo que o chefe da investigação do assassinato de Rafeeq Ramsés é um dos conspiradores do crime?

— Receio que sim.

— E que o homem que está atrás do meu irmão não deseja prendê-lo, mas matá-lo?

— Isto, provavelmente, é verdade também.

— Falta muito para Lemieux encontrar Marwan? — perguntou Ramy, com uma fisionomia de perplexidade crescente.

— Bem, ele está bem perto— admitiu Goddard — e é por isso que preciso da sua ajuda. Conte-me onde ele está, e permita-me colocá-lo em custódia de proteção até que eu possa fazer as acusações contra Lemieux e prendê-lo. Isso não será fácil. Ele é considerado um herói nos serviços policiais da Europa. Mas, conseguirei se você me ajudar.

— Eu gostaria de lhe ajudar, Sr. Goddard — disse Ramy — mas eu também não sei onde ele está neste exato momento. A única forma de fazer contato com ele é pelo telefone via satélite. Este é o único número do qual ele aceitaria uma ligação. Só que não sei o que aconteceu com o aparelho desde que o senhor me prendeu.

— O seu telefone via satélite está no meu quarto de hotel — disse Goddard. — Estou o monitorando para saber se o seu irmão vai ligar. Vamos até lá apanhá-lo?

Goddard assinou toda a papelada necessária para a soltura de Ramy Acade e pegou de volta a sua arma portátil bem como o seu celular. Os dois saíram da delegacia de polícia, entraram rapidamente em um táxi e foram para o hotel na maior velocidade possível.

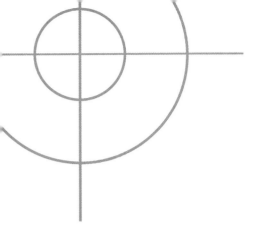

49

Tariq tomou um banho de chuveiro, vestiu-se e foi tomar o café da manhã junto com a família Nour.

— Então, o que você fará hoje? — perguntou Dália.

— Que tal uma aventura, uma volta na cidade, ou algo parecido?

Traduzindo: Qualquer coisa menos esse papo de Jesus — pensou Tariq.

— Nadeem, por que você não tira um dia de folga e levamos Dália e Tariq até as cavernas de Nabate e até os Tesouros dos Faraós — sugeriu a senhora Nour, enquanto servia um café fresco para cada um deles.

— Que ideia maravilhosa, mãe — disse Dália creio que Tariq gostaria muito de um passeio destes.

— Você já esteve nestes lugares, Tariq? — perguntou o pastor Nadeem.

— Não, senhor, não conheço esses lugares — disse ele — mas já ouvi coisas interessantes a respeito.

— É tudo verdade — confirmou o pastor. — A antiga cidade de Petra é um dos lugares para visitação, esculpida em rochedos vermelhos e escondida em um cânion. Ela era a capital do reino de Nabate, um agitado entreposto comercial e local de armazenamento dos tesouros dos nabateus. Dália está certa, você vai amar conhecer tudo aquilo.

— Mas este local é habitado nos dias de hoje?

— Não, hoje Petra é uma cidade deserta... lá só tem turistas e alguns vendedores de lembrancinhas e refrigerantes. Mas, muitos cristãos, inclusive eu, acreditam que Deus preparou a cidade para ser o local de refúgio mencionado pelo Apóstolo João em Apocalipse 12.6 e 12.14.

— Ah, papai — disse Dália — será que a gente não poderia tomar só um café da manhã sem ter que falar sobre a Bíblia a cada dois segundos?

— Querida, nós moramos no Oriente Médio, na Jordânia. Foi aqui que a Bíblia aconteceu. Foi aqui que Deus escolheu se revelar para o mundo por intermédio de Jesus. Onde quer que andemos, estamos pisando em território bíblico. Toda vez que cavamos com uma pá, desenterramos mais evidências em favor da veracidade da Bíblia.

Dália estava prestes a responder às afirmações do seu pai, mas Tariq se antecipou a ela com as suas palavras.

— Pastor Nadeem, na verdade, tenho pensado bastante no que o senhor falou ontem à noite e tenho algumas perguntas a lhe fazer. O senhor teria alguns minutos para mim?

— É claro, Tariq, como posso lhe ajudar?

— Ah, ótimo, vai começar tudo de novo — disse Dália, enquanto dava um gole no seu café e desviava o olhar.

— Bem, desculpe-me Dália — disse Tariq com voz calma — só achei o assunto interessante mesmo, mas, acredite em mim, será coisa rápida.

Só que demorou.

Tariq e o pastor Nadeem conversaram sobre a Bíblia ao longo de toda a refeição. Conversaram também no caminho até a cidade de Nabate. E continuaram durante a longa caminhada no meio do profundo desfiladeiro que leva até o coração da antiga cidade de Petra. Dália tentou fugir da conversa, ignorando o que eles estavam falando. Ela caminhou ao lado da sua mãe, tentando colocar toda a conversa, atrasada há muito tempo, em dia; só que a sua mãe não a respondia. Rima estava interessada e tentou ficar perto dos dois homens a fim de ouvir o que eles conversavam.

Tariq fazia perguntas sinceras:

— Mas o Novo Testamento não foi escrito bem depois da época em que Jesus viveu, a ponto de não ser mais possível reproduzir com precisão as suas palavras? — Tariq argumentou a favor da fraqueza do argumento cristão.

— Na verdade, ocorre justamente o contrário, Tariq — disse o pai de Dália. — Alguns céticos têm tentado postular que os livros do Novo Testamento foram escritos centenas de anos depois de Jesus. Só que, na verdade, todo o texto foi escrito antes disso, poucas décadas depois da morte e ressurreição de Jesus. Os arqueólogos descobriram que os quatro Evangelhos foram escritos entre os anos 50 e 66 d.C..

Pasmo, Tariq disse:

— Isto significa que o texto foi escrito dentro do período em que viveram as pessoas que testemunharam os acontecimentos reais.

— Correto! É isto o que garante a precisão dos Escritos. De outro modo, as testemunhas teriam se levantado para denunciar os Escritos. Algo teria sido feito. Pedro, ao falar sobre os milagres de Jesus, disse aos seus ouvintes que as coisas que ele falava lhes eram provadas, por Deus, por intermédio de sinais e maravilhas. Pedro pediu-lhes que testemunhassem a respeito de coisas que já conheciam. Será que alguém poderia modificar aquilo que já viu?

— Não, isso não é possível. Eles eram testemunhas daquilo que, de fato, havia ocorrido — respondeu Tariq.

— Você já ouviu falar de um homem chamado William Albright?

— Não, sinto muito, mas nunca ouvi falar neste nome — disse Tariq.

— Ele foi um dos principais arqueólogos bíblicos do mundo — disse o pastor Nadeem. Ele abriu a sua mochila e pegou um livro chamado Mais que um Carpinteiro e o entregou a Tariq:

— Abra na página 32 e leia o que está escrito bem no centro da página.

Tariq ficou surpreso ao ver que o pai de Dália carregava livros acerca de Jesus junto consigo ao sair para passear com a família.

— O que mais o senhor carrega aí dentro? — disse Tariq sorrindo — os Rolos do Mar Morto?

— Só a minha Bíblia de uso pessoal, uma garrafa de água e algumas frutas — respondeu Nadeem, com uma forte risada.

— Você quer um pouco?

— Não, obrigado, senhor. Agora só quero curtir um pouco este livro.

Tariq olhou para Dália que acabara de sacudir a cabeça e, então, abriu o livro na página 32 e leu, enquanto eles caminhavam: "Podemos dizer, de forma enfática, que não existe mais qualquer base sólida para se datar qualquer livro do Novo Testamento depois do ano 80 d.C.. Duas gerações completas antes das datas de 130 e 150 d.C. propostas pelos críticos mais radicais do Novo Testamento da nossa época."

Tariq parou, olhou para o pastor Nour a fim de ver se ele desejava que prosseguisse com a leitura.

— Tem outra citação feita por William Ramsay, um dos maiores arqueólogos bíblicos que afirma quase a mesma coisa. Se você quiser, posso lhe entregar outros dez livros confirmando que os livros do Novo Testamento foram escritos durante aquela mesma geração, o que atestaria a sua total confiabilidade. Digame, quem escreveu estes livros?

Tariq respondeu:

— Os discípulos e os seguidores de Cristo, correto?

— Correto. Eles eram os seus discípulos e seguidores, Tariq, eles eram testemunhas oculares! É isso o que faz da Bíblia uma fonte confiável. Eles viveram ao lado de Cristo, ouviram as suas palavras, viram-no, e caminharam com Ele. O apóstolo João disse: "O que era desde o princípio, o que ouvimos, o que vimos com os nossos olhos, o que contemplamos e as nossas mãos apalparam isto proclamamos a respeito da Palavra da vida. A vida se manifestou; nós a vimos e dela testemunhamos, e proclamamos a vocês a vida eterna, que estava com o Pai e nos foi manifestada. Nós lhes proclamamos o que vimos e ouvimos para que vocês também tenham comunhão conosco." Então, o que poderia me dizer a respeito de João?

— Eu diria que ele foi uma testemunha ocular.

O pastor chegou mais perto dele e disse:

— Além disso, por revelação divina, o apóstolo Paulo disse: "Toda a Escritura é inspirada por Deus." E o apóstolo Pedro também nos assegura: "Antes de qualquer coisa, saibam que nenhuma profecia da Escritura provém de interpretação pessoal, pois jamais a profecia teve origem na vontade humana, mas homens falaram da parte de Deus, impelidos pelo Espírito Santo."

— Interessante — disse Tariq.

— Só interessante?

— Muito interessante — disse ele, devolvendo o livro.

— Interessante, mas você não está totalmente convencido, não é mesmo? — perguntou o pastor Nour.

Tariq contraiu os ombros, demonstrando serenidade. Ele não queria que a família Nour soubesse da perturbação que ocorria dentro da sua mente e do seu coração. Não ainda, não enquanto ele mesmo não tivesse compreendido tudo muito bem.

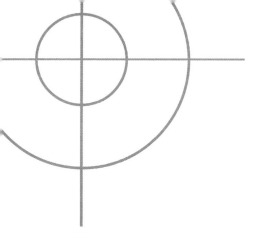

50

— Estamos com um problema — disse Ramy, olhando o centro de Beirute, pela janela do quarto de hotel de Goddard.
— Como assim?
— Marwan não está atendendo.
— Tente de novo — disse Goddard — andando pelo quarto.
— Já tentei quatro vezes.
— E o que isto significa? — insistiu Goddard.
— Significa que o telefone está desligado, ou que ele o esqueceu em algum lugar, ou...

O quarto ficou em silêncio. Ramy nunca chegaria a terminar aquele pensamento, mas nem precisaria. Goddard sabia o que se passava na sua cabeça. Marwan Acade já poderia ter sido capturado e estar morto.

— Não se preocupe — insistiu Goddard — nós o encontraremos e tudo ficará bem.

Ele esperava, sinceramente, que aquilo fosse verdade.

Subitamente, o seu telefone tocou. Goddard respondeu imediatamente; era DuVall.

— O que você conseguiu, Colette?
— Onde o senhor estava? — perguntou ela. — Estou tentando lhe ligar.
— Eu estava na delegacia de polícia — explicou Goddard. — Eles não me deixaram usar o telefone lá. Por quê? O que está acontecendo?
— O senhor não recebeu a minha mensagem?
— Não, do que se trata?
— Lemieux ligou duas vezes — disse DuVall. — Como não conseguiu falar com o senhor, ele ficou furioso e exigiu que eu o localizasse.
— O que o Lemieux queria?

Ramy se virou para descobrir o que estava acontecendo.

— Ele disse que a inteligência egípcia acabou de rastrear Tariq Jameel e a garota em um hotel em Sharm el-Sheikh.

— Ótimo! Consiga-me um voo para lá agora mesmo!

— Não, espere, tem mais — disse DuVall. — Mas eles já saíram do hotel e tomaram um táxi para Nuweiba, e um barco para Ácaba.

— Jordânia... por que a Jordânia? — perguntou Goddard.

— A garota é de lá.

— Qual o nome dela?

— Dália Nour.

— O.K., espere um momento, Colette — disse Goddard, que largou o fone, virou-se para Ramy, e perguntou-lhe se ele sabia algo a respeito de uma garota chamada Dália Nour.

— Não — disse Ramy — mas eu o alertei, alguns dias atrás, para sair do Cairo. Ele deve ter se achegado a esta garota e a utilizado para sair com facilidade do país.

Goddard pegou novamente o telefone. — De que cidade ela vem? — perguntou ele.

— De Petra — respondeu DuVall. — Eu tenho o endereço; e Lemieux também. Ele e a sua equipe estão seguindo para lá neste exato momento.

Goddard sentiu um aperto no estômago.

— E eles alertaram as autoridades jordanianas que eles estavam chegando?

— Não, senhor.

— Eles estão levando consigo policiais do Egito?

— Não, senhor.

Goddard fez uma pausa para organizar as suas ideias.

— Colette, você sabe o que eu penso sobre Lemieux, não sabe?

— Você acha que ele é um infiltrado, que ele está a serviço da senhora Ramsés.

— E você não?

— Levando em conta tudo o que descobrimos nas últimas semanas, sim, senhor, também acho.

— Será que seríamos capazes de provar isto? — perguntou Goddard.

— Ainda não, senhor — disse DuVall. — Precisamos de mais tempo.

— Não temos mais tempo. Se Lemieux encontrar Marwan Acade, ele o matará.

— O senhor acha que eu deveria ligar para as autoridades jordanianas e pedir-lhes que prendam Lemieux?

— Não — disse Goddard — eles não encostarão em Lemieux se não tiverem evidências muito mais substanciais do que as que temos no momento.

— Então, o que o senhor fará?

— A única coisa que está ao meu alcance, Colette. Estou seguindo para o aeroporto. Consiga-me um helicóptero para Petra. Vamos, Ramy. Você vem comigo.

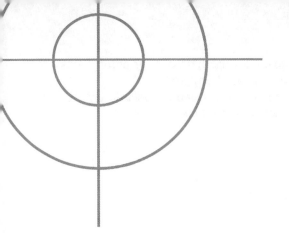

O quarteto finalmente chegou à incrível antiga capital de Nabate e circulou por lá por várias horas admirando a perfeição das fachadas dos prédios entalhadas bem na encosta das montanhas. A senhora Nour apanhou um guia turístico publicado por Dorling Kindersley e leu algumas passagens em voz alta.

— "Petra é um dos sítios arqueológicos mais evocativos e impressionantes" — começou ela. — "Os seus sepulcros e templos entalhados na rocha maravilhosamente preservados outrora ficavam em torno de uma próspera metrópole. Os assentamentos humanos, neste local, datam de tempos pré-históricos, mas antes da chegada dos nabateus, Petra não passava de um buraco úmido e deserto. Entre século III a.C. e o século I d.C., eles construíram uma cidade magnífica e fizeram dela o centro de um vasto império comercial. No ano 106 d.C., Petra foi anexada por Roma. O Cristianismo chegou no século IV, o Islamismo no século VII e os cruzados por aqui passaram, de modo breve, no século XII. Desde então, Petra ficou esquecida até o ano de 1812, quando foi redescoberta por J. L. Burckhardt, um explorador suíço."

A primeira, e mais impressionante, construção entalhada por eles encontrada foi a Casa do Tesouro, com os seus pilares com um nível incrível de perfeição nos detalhes. A seguir, eles viram o Mosteiro, conhecido como El-Deir, com quarenta e sete metros de largura e quarenta metros de altura e, segundo informava um guia, o local teria servido como um magnífico templo pagão. De lá, eles caminharam por entre os Sepulcros Reais e a Porta de Temenos — "a entrada para o recinto sagrado de Qasr el-Bint, o templo mais importante de Petra." A certa altura, eles chegaram à primeira Igreja conhecida de Petra — um dos mais antigos locais de adoração da Jordânia — com mosaicos "esplendidamente detalhados" que adornam os corredores daquela que, um dia, foi uma "grande basílica bizantina." A senhora Nour percebeu que, segundo o folheto turístico, "um achado de 152 rolos aqui encontrado revelou detalhes da vida quotidiana na Petra do período bizantino."

Enquanto eles passeavam pelo que seria um antigo lar de seguidores de Jesus, Tariq não resistiu e voltou a tocar no assunto da precisão do texto bíblico no que diz respeito a apresentar, de fato, as palavras e os atos de Jesus e dos seus discípulos. Ele fez uma série de perguntas ao pastor Nour, depois das quais o pastor lhe retrucou com a seguinte pergunta:

— Você sabia que temos mais manuscritos antigos do Novo Testamento do que de qualquer outra obra escrita na História?

— O que o senhor quer dizer? — perguntou Tariq.

— Que os arqueólogos já descobriram cerca de 24.000 manuscritos antigos do Novo Testamento... alguns chegando a datar do ano 130 d.C. e todos essencialmente idênticos — explicou o pastor Nour.

— E isso prova o quê?

— Prova que o Novo Testamento que temos em mãos nos dias de hoje foi copiado com precisão e transmitido ao longo das eras. Em contraste, temos somente 643 manuscritos antigos da Ilíada de Homero, colocando-a em um segundo lugar muito distante. Na verdade, a maior parte das obras escritas antigas nas quais confiamos nos dias de hoje como tendo sido fielmente transmitidas apresentam alguns poucos manuscritos históricos que sobreviveram ao tempo. César, por exemplo, compôs a sua história da "Guerra das Gálias" por volta do ano 50-58 a.C.. Existem somente nove ou dez cópias conhecidas ainda preservadas no mundo todo, e todas são de uma data de 1.000 anos ou mais depois da sua morte. Aristóteles escreveu as sua obra intitulada "Poética" por volta do ano 343 a.C., entretanto a cópia mais antiga que temos data do ano 1100 d.C.. Isto representa um intervalo de tempo de aproximadamente 1.400 anos. E o que é mais importante, somente 49 manuscritos antigos foram preservados. O que estou querendo dizer, Tariq, é que podemos ter mais confiança nos escritos genuínos dos seguidores de Jesus do que nos escritos de qualquer outro documento histórico.

— Pode ser verdade — respondeu Tariq, ainda tentando achar furos na leitura que havia feito a noite toda — Mas isto não significa que os seguidores de Jesus tenham escrito exatamente o que Ele falou. Quero dizer, na verdade, quem pode nos garantir que eles não tenham inventado todas aquelas citações de Jesus, que eles tenham inventado que Ele é Deus só para começar uma nova religião? — Qual teria sido o motivo para eles inventarem esta mentira? — perguntou o pastor Nour, enquanto os quatro, já cansados de tanto caminhar, entravam em um antigo teatro — grande o suficiente para comportar até 7.000 pessoas — e se sentaram em bancos de pedra entalhados na encosta da montanha.

— Ah, pare com isso, papai! Posso imaginar vários motivos — interpelou Dália, para a surpresa de todos. — Cobiça... fama... poder... basta escolher um deles! Os cristãos passaram a dominar o Império Romano, correto? Eles se tornaram muitíssimo ricos e poderosos ao afirmar que Jesus era Deus e que eles eram os seus porta-vozes aqui neste mundo, não foi assim? E por aí vai...

— Você está de brincadeira, não é mesmo, minha querida? — respondeu o seu pai, com uma calma que nem mesmo Tariq esperava naquele momento.

— Não, estou falando bem sério, papai — respondeu ela.

Tariq ficou um tanto retraído. O que ela estava fazendo? A última coisa que eles precisavam era de um briga séria entre Dália e o seu pai.

— Bem, Dália, creio que o seu entendimento da história pode estar um pouco confuso.

— Você quer dizer que Constantino, o Imperador Romano, não se converteu ao Cristianismo e não concedeu à Igreja Cristã um poder e uma riqueza magníficos? — respondeu Dália, na defensiva.

— Não, é claro que não... isso ocorreu. Só que, Dália, esses acontecimentos datam de quase trezentos anos depois de Jesus. Os primeiros seguidores de Cristo eram pobres, pescadores sem instrução e cobradores de impostos da distante e empoeirada província romana da Palestina. Eles não tinham qualquer expectativa de adquirir riquezas ou poder pelo fato de espalhar pelo mundo a notícia da morte e da ressurreição de Jesus. Ao contrário, como você bem sabe, os primeiros cristãos eram uma minoria religiosa dentro de uma minoria religiosa em meio a um mar do poder pagão romano. Eles sofreram uma oposição violenta e foram ferozmente perseguidos. Onze dos apóstolos, os discípulos escolhidos por Jesus para serem os seus porta-vozes dignos da sua mais alta confiança, terminaram morrendo como mártires. Tudo por causa de duas coisas: a sua insistência em ter testemunhado pessoalmente a ressurreição de Cristo e a sua convicção de que Jesus era o próprio Deus. Eles foram torturados e açoitados por serem cristãos e, ao final, enfrentaram a morte por algum dos métodos de tortura mais cruéis até então conhecidos. Seis deles foram crucificados. Pedro chegou a ser crucificado de cabeça para baixo. Dois dos apóstolos foram mortos à espada. Tiago foi apedrejado até a morte. Tomé sofreu um golpe de lança. E João, o décimo segundo apóstolo, morreu pela sua fé, pregando no exílio, na ilha de Patmos. Nenhum daqueles doze homens jamais teve qualquer vantagem pessoal, seja ela financeira ou política, ou de qualquer outro modo material, por seguir Jesus. Entretanto, nenhum deles, em momento algum, mesmo sob tortura extrema, renunciou à sua fé em Jesus tanto como o Deus do universo, quanto como o Salvador da humanidade.

— Talvez você esteja correto — disparou Dália de volta — mas muitas pessoas, ao longo da história, já morreram por uma mentira, papai. E o que fica provado com isso?

Naquele momento, a senhora Nour entrou na disputa.

— Sim, muitas pessoas já morreram por uma mentira, Dália, mas elas pensavam que a mentira pela qual davam a vida era verdade — explicou ela. — Você estava sugerindo que os apóstolos teriam inventado citações de Jesus nas quais ele alegava ser Deus para ficarem ricos e receber, com isso, muito poder e fama. Só que isso não se encaixa com os fatos. Se Jesus não tivesse, na verdade, alegado ser Deus, e não tivesse, de fato, provado ser Deus ao morrer na cruz e ressuscitar do mundo dos mortos no terceiro dia, então os discípulos sabiam que tudo não passava de uma mentira. De mais a mais, na sua teoria, os discípulos eram as pessoas que espalhavam as mentiras, mas, pense bem: isso significa que todos eles, além de terem morrido por uma mentira, acabaram morrendo por uma mentira que não trouxe nenhum tipo de benefício político ou financeiro, certo? Isso faz sentido para você?

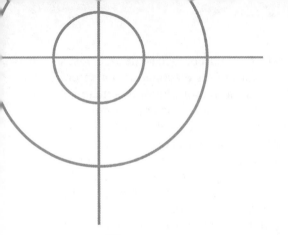

52

Dália pensou naquelas palavras por alguns instantes e finalmente — e de modo relutante — admitiu:

— Não, mamãe, acho que não faz sentido. Na verdade, ninguém conseguiria entender. Até mesmo a minha mente se recusa a crer. Desculpe-me!

— E o que dizer do corpo de Jesus? — perguntou o seu pai. — A única coisa que os inimigos do Cristianismo teriam para refutar a ideia de que Jesus teria ressuscitado dos mortos e cortar o Cristianismo já pela raiz seria apresentar o corpo de Jesus. Mas, eles não conseguiram fazer isso.

— Por que não? — perguntou Tariq.

— Porque ninguém conseguiu encontrar o corpo — explicou o pastor Nour. — Algumas pessoas tentam argumentar que os discípulos roubaram-no. No entanto, quanto mais olhamos para os discípulos antes da ressurreição, mais percebemos que isso seria impossível. Não teria como um daqueles homens ter coragem suficiente ou ser doido o suficiente para roubar o corpo de Jesus. Além disso, mais um detalhe, os soldados romanos sabiam que seriam punidos com pena de morte se deixassem escapar um dos seus prisioneiros, mesmo um prisioneiro morto, que tivesse o seu túmulo guarnecido. Contudo, veja só, o corpo de Jesus desapareceu. Todas as pessoas de Jerusalém, até mesmo os inimigos mais cruéis dEle, sabiam que o seu corpo havia desaparecido.

— Mas será que outra pessoa não poderia ter roubado o corpo de Jesus? — perguntou Tariq.

— Mas quem teria passado pelos guardas romanos? Aquilo não era algo simples naquela época — devolveu o pastor. — Mas, continuando, quem teria roubado o corpo? Os líderes judeus não teriam. Eles não queriam que as pessoas pensassem que Jesus havia ressuscitado dos mortos. Foi exatamente por isso que eles pediram aos romanos que colocassem um pelotão de guarda ao redor do sepulcro, num primeiro momento, já que Jesus havia informado a todos que levantaria dos mortos no terceiro dia.

— O senhor já meditou bastante a este respeito, não é mesmo pastor Nour? — disse Tariq.

— Sim, Tariq, já investiguei as evidências históricas e arqueológicas por centenas e centenas de horas. É por isso que me tornei um seguidor de Jesus: porque estudei as evidências que exigiam um veredicto. Jesus era mais do que um homem. Ele era mais que um carpinteiro. Ele era quem afirmou ser. Ele disse: "Eu sou o caminho, a verdade e a vida. Ninguém vem ao Pai, a não ser por mim."

— E você está convencido de que Jesus é o único caminho para o perdão dos seus pecados?

— Estou.

— E também o único caminho para o céu?

— Seguramente, sim.

Tariq pensou de forma profunda e por muito tempo sobre estas afirmações. Ele olhou ao redor, para aquela antiga cidade de Petra ao seu redor e agonizou diante do que estava prestes a fazer. A lista de pecados que ele havia cometido crescia a cada hora. A mentira era um dos principais, mas havia tantos outros.

Ele voltou a se lembrar das pinturas nos papiros no Cairo, ali próximo às pirâmides, mas exatamente no quadro intitulado O Juízo Final. Será que o seu coração estaria mais leve do que uma pena? Mas, nem perto. Isto significava que se ele precisasse morrer hoje, que Deus o livrasse disso, ele jamais teria a permissão para adentrar o céu. Ele iria diretamente para o inferno. Esta ideia o aterrorizava.

Seria Jesus a resposta? Seria Ele mesmo o Caminho, a Verdade e a Vida? Será que o único caminho para o céu era através dEle? Foi assim que o pastor Nour lhe expôs: Jesus é a Verdade e tudo o que Ele dizia era verdade, ele também afirmou que Jesus tinha poder para transformar vidas, e mudar o homem. Mas, e se... Os seus últimos pensamentos foram em voz alta. O pastor Nadeem virou-se na sua direção e lhe perguntou:

— Mas, e se o quê? Do que você está falando, Tariq?

— Contudo, e se a Bíblia, o Novo Testamento, tiver sido modificada?

A senhora Rima Nour gritou, repetindo a pergunta, então, colocou a mão na boca e gritou:

— Modificada? A Bíblia foi modificada?

Tariq se desculpou:

— Muitos afirmam isso. Não é mesmo?

O pastor Nadeem respondeu imediatamente.

— Mesmo que algo seja repetido mil vezes, será que a insistência e a repetição farão desta afirmação uma verdade? Quem fala isso é inimigo de Cristo e do Cristianismo. São pessoas que sempre estão em busca de um conflito. Responda-me, Tariq. Quando e quem teria modificado a Bíblia?

— Quando?

— Sim, quando ela foi modificada?

— Em qualquer época.

— Na verdade, não Tariq. A Bíblia existe, por meio dos seus manuscritos, há muito tempo, e eles estão disponíveis para quem quiser verificá-los. Vamos nos concentrar no Novo Testamento. Ele existe desde o primeiro século.

— É verdade.

— É impossível que ela tenha sido modificada naquele período porque as pessoas que viveram com Cristo estavam presentes e não concordariam com mudanças em nenhum dos acontecimentos que ouviram ou presenciaram. Além disso, os manuscritos estavam espalhados por toda a região, e qualquer mudança somente poderia ser feita caso se reunissem de volta todos os manuscritos. Isso era impossível porque havia um grande volume de manuscritos naquela época. Ademais, se os cristãos tentassem modificar alguns detalhes da Bíblia, os judeus não teriam ficado calados.

— Entendo o que você quer dizer.

O pastor Nadeem fez, então, uma segunda pergunta:

— Quem? Quem a modificou? Os judeus ou os cristãos? Os judeus não aceitaram Cristo. Eles rejeitaram tanto as suas Palavras, quanto tudo o que Ele defendia. O Novo Testamento magnifica Cristo, o Cristianismo e as suas características. Os judeus jamais teriam modificado o Novo Testamento a ponto de deixá-lo da forma como o encontramos hoje. Não foram eles que modificaram.

Tariq pensou em todas as implicações desta possibilidade, olhou para trás, em direção à Dália e à sua mãe e viu que elas também estavam pensando nestas mesmas coisas. Ele disse:

— Os cristãos... eles é que devem ter mudado a Bíblia para seu próprio proveito.

— Mas, se eles a modificassem ou, no mínimo, tentassem modificá-la, haveria uma insurgência entre os judeus. Eles lhes impediriam de fazer isto, você não acha?

Com tranquilidade, Tariq, concordou e disse:

— O senhor está certo, de novo. Isso seria impossível.

O pastor Nour ajustou a sua postura, sorriu e disse:

— Graças a Deus. Então, Tariq, meu filho, esta é a Palavra de Deus, e Deus é capaz de preservar a sua Bíblia Sagrada de todo tipo de manipulação humana. Ele disse ao final do livro do Apocalipse: "Se alguém tirar alguma palavra deste livro de profecia, Deus tirará dele a sua parte na árvore da vida e na Cidade Santa, que são descritas neste livro" Quem ousaria mexer na Bíblia, sabendo que esta ameaça lhe pesaria sobre a sua cabeça? Ouça o que Jesus Cristo disse sobre si mesmo em Mateus 24.35: "Os céus e a terra passarão, mas as minhas palavras jamais passarão".

Tariq notou que o pastor Nour havia se sentado perto dele e colocado o braço em torno dos seus ombros:

— Você tem pensado seriamente nisto, não é mesmo, meu filho?

— Sim, senhor, na verdade tenho.

Houve uma longa pausa e, então, o pastor Nour disse:

— Você não gostaria de se tornar também um seguidor de Jesus e ter a certeza de que os seus pecados foram perdoados e que passará a eternidade no céu com o próprio Deus?

O coração de Tariq disparou. Ele não fazia ideia do que Ramy, ou Dália, diriam, mas ele tinha certeza de que aquilo era verdade: Jesus estava lhe convidando para se tornar parte da família de Deus.

— Sim, senhor, eu gostaria muito de ser um deles, mas como faço isso?

— Em Apocalipse 3.20 Jesus diz: "Eis que estou à porta e bato. Se alguém ouvir a minha voz e abrir a porta, entrarei e cearei com ele, e ele comigo."

— Mesmo? — perguntou Tariq.

— De verdade — afirmou Nour — você pode receber Jesus Cristo como o seu Senhor e Salvador pessoal agora mesmo, por meio da fé, fazendo uma oração, Tariq.

— Como faço para pedir que Ele entre na minha vida?

— Você pode fazer uma oração de fé. A oração é simplesmente uma conversa com Deus. Ele conhece o seu coração e sabe exatamente o que existe dentro dele. Ele não está tão preocupado com as suas palavras, mas principalmente com a sua atitude. A oração que fiz quando me tornei um seguidor de Jesus era assim: "Senhor Jesus, eu preciso de Ti. Obrigado por ter morrido na cruz pelos meus pecados. Quero abrir a porta da minha vida e te receber como o meu Senhor e Salvador. Obrigado por perdoar os meus pecados e me dar a vida eterna. Assuma o controle do trono da minha vida. Faz de mim o tipo de pessoa que queres que eu seja." Será que esta oração expressa o desejo do seu coração, Tariq?

— Sim, senhor, ela expressa — respondeu Tariq, de forma cautelosa, a fim de fugir dos olhares de Dália.

Ele não fazia ideia do que se passava na cabeça dela. Tudo o que ele sabia era que, daquele momento em diante o relacionamento dos dois estava prestes a mudar drasticamente. Ele precisaria contar para ela e para a sua família a verdade acerca de quem era e do que estava fugindo. Mas, se fizesse isso, será que Dália continuaria a amá-lo, ou ainda aceitaria se casar com ele, conforme ambos haviam planejado? Será que esta decisão de seguir a Jesus não teria lhe custado o novo amor da sua vida? De fato, poderia, pensou ele, mas que outra escolha ele teria? Estaria ele pronto para pagar o preço por ser um seguidor de Cristo? Jesus pagou um preço ainda mais alto: Ele morreu para assegurar a salvação de Tariq. Jesus era o próprio Deus, o Criador do universo. Ele desceu do céu e veio a este mundo para salvar a humanidade, para salvar Tariq e todos os que nEle cressem, da condenação eterna. Naquele momento, Cristo estava batendo à porta do coração de Tariq. Esta era a decisão que ele deveria tomar, a sua oportunidade de aceitar o convite de Jesus com gratidão. Jesus estava lhe chamando e desejava que Tariq se tornasse um dos seus seguidores, não importava o custo desta decisão. Ele precisaria aceitar este convite.

— Você compreende que esta é uma decisão séria, certo? — disse o pastor Nour. — Não se deve tomá-la de forma leviana, Tariq. Deus lhe perdoará, salvar-lhe-á e lhe dará um coração totalmente novo, um coração puro, uma vida totalmente diferente. Só que você precisará tomá-la de forma completamente íntegra. Você precisará ter o desejo real de renunciar a todas as posições religiosas, ou à sua ausência, que tinha antes e se tornar um seguidor dedicado de Jesus Cristo; dEle e somente dEle.

— Sim, senhor, tenho consciência disso.

— Você precisará crer no mais íntimo do seu ser que Jesus Cristo morreu na cruz.

— Eu creio assim.

— Também precisará crer que Ele ressuscitou dos mortos no terceiro dia, tal como afirmam as Sagradas Escrituras.

— Creio nisso, senhor.

— Você confessa com a sua boca que Jesus é Senhor? Confessa que Ele é o Rei da sua vida, que o amará e o servirá de todo o seu coração, de toda a sua alma, de toda a sua mente, com todas as suas forças, deste dia em diante?

— Confesso que farei isso, senhor. Acredite em mim, estou preparado. Precisarei da ajuda de Deus. Não creio que conseguirei viver o tipo de vida que Jesus espera de mim com as minhas próprias forças. Mas, se Ele deseja estar comigo, quero ser um dos seus seguidores.

Tariq sabia, no fundo do seu coração, que este era o seu desejo sincero, muito mais do que qualquer outra decisão que ele já tivesse tomado na sua vida inteira.

E, então, para a sua surpresa, ele ouviu Dália dizer:

— Também quero seguir a Jesus. E, desta vez, falo isso de coração, papai...

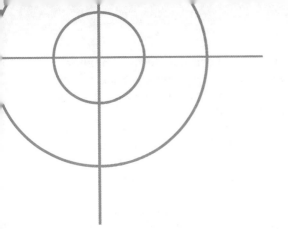

53

E, então, Dália começou a chorar. Não era um choro comum, mas ela soluçava, pedindo perdão a Deus e aos seus pais por ter desperdiçado tantos anos ao tentar assumir o controle do seu próprio destino em vez de servir a Jesus.

O pastor Nour, nesse momento, também estava aos prantos, da mesma forma como a sua esposa. Até mesmo Tariq começou a se sentir cada vez mais emocionado. Ele não se permitia chorar desde o dia do falecimento dos seus pais, mas ele sabia que se não fizesse aquela oração logo, em breve, estaria soluçando junto com os demais.

Os quatro caíram de joelhos e o pastor Nour os levou a fazer a mesma oração que ele fez no dia em que aceitou Jesus no seu coração. Ao final, ele deu um abraço de urso em Tariq e Dália, que pareceu durar pela eternidade.

Depois de enxugarem as lágrimas, o pastor Nour explicou-lhes que, agora, eles faziam parte da família de Deus para sempre. Ele explicou a Bíblia e disse que eles tinham a segurança da salvação. O pastor Nadeem Nour mostrou ao casal passagens na Bíblia que lhes asseguravam que os seus nomes agora estavam escritos no Livro da Vida, e que, um dia, quando morressem, eles iriam, imediatamente, para o céu e passariam a habitar na presença do próprio Deus para todo o sempre.

— Jesus disse que jamais nos abandonaria, nem nos deixaria de lado e foi exatamente isso o que Ele quis dizer — afirmou o pastor. — Sei que há muito ainda o que aprender sobre como seguir a Jesus, mas não se preocupem. O principal é ir fazendo as coisas dia após dia. Leiam a Bíblia. Conversem com Deus todos os dias em suas orações. Separem tempo para estar na presença de crentes mais velhos e mais sábios, que poderão lhes ensinar e ajudar a crescer na fé. E, diariamente, sempre se perguntem: "O que Jesus faria nesta situação?"

Tariq, tentando recuperar a sua voz, perguntou:

— Então, os meus pecados agora estão perdoados e esquecidos, certo?

— Absolutamente sim! — disse o pastor Nour. — A Bíblia afirma que Deus lança os nossos pecados tão longe de nós quanto o oriente fica distante do ocidente. Ele jamais voltará a se lembrar deles.

— Então, estou completamente purificado aos olhos de Deus, neste momento, certo?

— É isso aí, meu filho. De acordo com as promessas das Sagradas Escrituras, Deus acabou de salvá-lo e torná-lo mais alvo do que a neve. Ele fez com que o seu coração se tornasse mais leve do que uma pena.

— E Ele me perdoa de tudo o que fiz neste exato momento, e não somente de alguns dos meus erros mais estúpidos, mas de todos, não é assim?

— Sim, Tariq, Ele o perdoa de tudo — assegurou-lhe o pastor Nour:

— Na primeira carta de João, no capítulo 1, versículo 9, Jesus diz: "Se confessarmos os nossos pecados, ele é fiel e justo para perdoar os nossos pecados e nos purificar de toda injustiça." E quando Deus diz "toda," Ele realmente quer dizer "toda injustiça."

— Isso é maravilhoso — disse Tariq, mostrando-se, obviamente, aliviado, e preparando-se para a conversa difícil que se seguiria.

— Então, tem algo que eu preciso lhes contar.

Depois de confessar os seus pecados a Deus, ele sabia, nitidamente, que precisaria confessá-los também àquela família que havia demonstrado tanto amor para com ele. Mas, como fazer isso?

Como explicar que o seu nome não era Tariq Jameel e que ele não era um consultor de informática? Que ele estava sendo procurado pela polícia em vários países, enquanto, ao mesmo tempo, convencia-lhes de que amava Dália de verdade e que queria, desesperadamente, casar-se com ela e passar o resto dos seus dias fazendo-a feliz? Eles ficariam furiosos. Como esperar que eles compreendam que, apesar de todas as mentiras, ele não era um hipócrita por natureza, mas que havia feito tudo aquilo para salvar a própria vida, bem como proteger a integridade da própria Dália?

Parecia algo fútil, mas ele sabia que precisava fazê-lo, de qualquer forma. E, depois de considerar o quanto Jesus sofreu por crimes que Ele não havia cometido, percebeu que não tinha alternativa.

— Do que você está falando, Tariq? — perguntou Dália percebendo, subitamente, a ansiedade nos seus olhos.

— Bem, nem sei por onde começar — respondeu ele.

— Está tudo bem, Tariq... você está entre amigos.

— Eu sei, e é isso o que faz com que tudo pareça ainda mais difícil.

— Como assim?

— Por favor, não me odeiem.

— É claro que não.

— Mas, fiz algumas coisas das quais não me orgulho.

— Todos nós erramos— disse o pastor Nour — mas como acabei de dizer, tudo isso agora é página virada, Tariq.

— Bem, o negócio é simples, o meu nome não é Tariq Jameel... o meu nome real é Marwan Acade. E tem uma história que preciso lhes contar e não tenho bem certeza de como terminará.

Antes mesmo de ele prosseguir com a sua história, um tiro ecoou pelo cânion e Marwan Acade foi ao chão, contorcendo-se em dores.

Dália gritou. Pastor Nour saiu procurando de onde o tiro tinha vindo e depois tentou proteger a sua esposa e filha com o seu corpo.

Outro disparo foi feito. Desta vez, ele ricocheteou nos bancos de pedra do teatro localizados à sua direita do grupo, e estilhaços de rocha e poeira no ar.

— Abaixem-se — gritou Marwan, já com os dentes cerrados de nervosismo — vão para trás das colunas!

Fazendo todo o esforço possível, ele segurou Dália e a empurrou para baixo, em direção às escadarias que davam acesso ao que parecia ser um antigo palco ou local de apresentação de alguma orquestra. O pastor Nour e a esposa estavam bem atrás deles. Milagrosamente, eles não foram atingidos — pelo menos até aquele momento. Só que as balas batiam em tudo ao ser redor, e Marwan sabia que os seus piores temores acabavam de se tornar realidade, pois, além deles terem sido descobertos, ele acabara de colocar a sua bela família na mira de assassinos sanguinários.

Os quatro se esconderam temporariamente atrás de pedras grandes. A senhora Nour estava aos gritos, enquanto o seu marido a segurava nos braços. Dália tinha parado de gritar, mas ainda tremia de medo. Marwan desejava consolá-la — nada mais que isso — no entanto, precisava descobrir onde estavam escondidos os franco-atiradores. Ele começou a se afastar lentamente do grupo a fim de procurar um melhor ângulo, mas Dália segurou no seu braço.

— Aonde você está indo? — gritou ela. — Você não pode nos deixar aqui.
— Não estou abandonando vocês. Só preciso ver quantas pessoas estão lá fora.
— É mais de um atirador?
— Suponho que sim.
— Quem... quem são eles? — perguntou ela.
— É uma longa história — disse ele, espiando por uma fresta entre duas grandes pedras — mas eles não vieram aqui por sua causa, vieram para me pegar.
— Por que Tariq, o que você fez?
— O meu nome é Marwan, Dália... Marwan Acade... mas posso jurar que não fiz nada de errado. Estou sendo vítima de uma perseguição por causa de...

Ouviu-se o som de outro tiro que atingiu um local perigosamente próximo a eles. Dália gritou e Marwan a protegeu com o seu corpo.

Ele não podia mais ficar ali. Ele precisava se separar da família Nour. Ele precisava afastar Lemieux, Goddard e os seus homens daquelas pessoas a quem tanto amava. Só que ele mal conseguia caminhar. A sua perna esquerda estava latejando. Ele olhou para baixo e viu que a sua calça jeans estava encharcada de sangue. Então, Marwan percebeu que Dália também estava olhando para o ferimento, e estava a ponto de desmaiar. — Está tudo bem — disse ele, segurando-a pelos braços. — Vou ficar bem... Dália, escute-me... você está me ouvindo?

O seu rosto ficou pálido como uma folha de papel. Ela estava caindo num sono profundo por causa do choque.

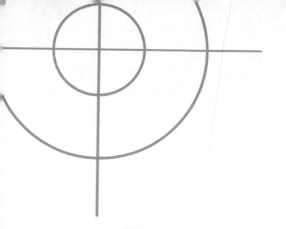

54

— Dália, você está me ouvindo? — Marwan sussurrou novamente, enquanto pegava o lenço do bolso e com ele fazia um torniquete ao redor da sua perna.
Então, ergueu os olhos e percebeu que Dália estava apavorada. Finalmente, ela tirou os olhos do ferimento que sangrava e acenou positivamente com a cabeça.
— Muito bem, agora ouça com atenção — disse ele com pressa. — Estes homens vieram atrás de mim e não dos seus pais. Acredite, se você fizer qualquer coisa para me proteger, eles também lhe matarão sem pestanejar. Eles são assassinos, Dália. Eles já mataram mulheres e crianças e deixaram um rastro de sangue de Monte Carlo até Casablanca. Descobri o plano deles e tentei pará-los, e agora eles vieram aqui para me silenciar de uma vez por todas. Você está do meu lado?
Tremendo de medo, ela acenou positivamente com a cabeça mais uma vez.
— Vou lhe contar o restante da história mais tarde, mas, agora, preciso fugir... Preciso afastá-los de vocês, do contrário...
— Não — insistiu ela segurando o seu braço com toda a sua força — o meu pai e eu...
Uma rajada súbita de metralhadora impediu que ela continuasse a falar.
Não havia mais tempo para discussões; era agora ou nunca. Marwan aproximou Dália do seu corpo, beijou-a com força e, depois, escalou até o andar de acesso ao túnel à esquerda, atraindo para si mais tiros e mais gritos de Dália e de sua mãe.
Ele fez uma oração rápida, rogando a Deus que protegesse a família Nour. Depois, subiu rapidamente os degraus de pedra, ziguezagueando enquanto subia, chegando, finalmente, à entrada de uma pequena e antiga tumba, uma das muitas que estão

entalhadas na encosta da montanha, acima do teatro. Pela quantidade de balas que vinham em sua direção, de várias direções, Marwan estimava haver, no mínimo, quatro ou cinco atiradores lá embaixo, mas poderia existir outros e ele precisava imaginar que reforços estariam a caminho.

A escuridão daquela tumba e a altura na qual ele estava, naquele momento, enfim lhe permitiam avaliar o local. Ele conseguia enxergar a família Nour rastejando até o andar de acesso ao túnel da direita e teve esperanças de que ali eles ficariam a salvo. Só que a verdade, sabia ele, seria que a sua nova família, provavelmente, seria morta em seguida. Lemieux e Goddard assassinaram Rania e a sua companheira de quarto, para "queimar arquivo," não era mesmo?

Subitamente, ele viu vários homens portando metralhadoras em correria através de um campo aberto, em direção ao teatro. Com pequenas rajadas, eles continuaram a mantê-lo imobilizado. Eles se aproximavam com muita rapidez.

Marwan começou a procurar uma saída. Não havia nada à sua esquerda, mas à sua direita havia um pequeno feixe de luz. Com uma dor cada vez mais forte na perna, ele seguiu em direção àquela luz e encontrou uma pequena abertura que levava a um estreito caminho que dava acesso a outras cavernas e tumbas que pontilhavam a encosta da montanha.

Ao ouvir passos que se aproximavam rapidamente, ele abraçou o paredão de rocha e seguiu por aquele caminho estreito da forma mais rápida e cuidadosa que pôde. Um escorregão significaria uma queda de uma altura de cerca de 20 metros. O caminho era escorregadio, desgastado pelas tempestades de areia que sopraram sobre a rocha nos últimos dois mil anos.

Apesar de tudo, Marwan conseguiu chegar à próxima caverna e ali se agachou por alguns instantes, tentando controlar a respiração e acalmar os nervos. A boa notícia era que, por ora, ele estava envolvido pela escuridão, escondido na sombra da caverna, mas conseguia enxergar toda e qualquer pessoa que pudesse estar se aproximando dele. E o mais importante, ele conseguia perceber a movimentação no solo e contou, rapidamente, no mínimo três homens que assumiam novas posições nas cavernas exatamente no outro lado do pequeno cânion que o separava deles. A má notícia era que ele não tinha certeza da distância que poderia percorrer naquele estado, e uma fuga estava fora de questão.

— Marwan Acade, você está cercado! — disse uma voz estridente que ecoava por toda aquela antiga cidade. — Você é procurado por assassinato. Saia daí lentamente, com as mãos em cima da cabeça e nada de mal lhe acontecerá.

Ele conhecia aquela voz: era Lemieux. Ele ouviu o famoso inspetor francês ser entrevistado em vários programas desde o tiroteio em Monte Carlo e a sua voz sem graça já estava gravada na sua mente. Contudo, Marwan de forma alguma, estava disposto a se render a Lemieux. Fazer isso significaria morte certa, disso ele não tinha qualquer dúvida.

Na escuridão daquela caverna, Marwan procurou o seu telefone no bolso. Talvez ele conseguisse contato com Ramy — pensou. Não havia muito que o seu irmão mais novo pudesse fazer por ele àquela altura, mas, pelo menos, deveria saber o que estava prestes a acontecer. Só que o telefone não estava no bolso e Marwan percebeu que o havia deixado na maleta, no apartamento da família Nour. Como ele poderia ter sido tão estúpido.

Em vez do telefone, ele acabou encontrando vários cigarros de maconha e uma caixa de fósforos. Marwan balançou a cabeça em sinal de desaprovação, demonstrando, agora, a sua repulsa por aquelas coisas. Como aquilo seria possível? Será que Jesus estava transformando a sua vida de forma tão rápida e de maneira que ele jamais imaginara? Ele não fazia ideia, mas aquilo não fazia qualquer diferença naquela hora — pensou. Ele, provavelmente, estaria vendo Jesus face a face muito em breve, e poderia perguntá-lo como foi que tudo ocorreu.

Marwan jogou fora aqueles cigarros, depois, cuidadosamente, foi tateando até o fundo da caverna, acendendo um dos fósforos. Ali encontrou uma garrafa descartável vazia de refrigerante e alguns papéis de bala espalhados pelo chão e concluiu que algumas crianças devem ter usado aquela caverna com esconderijo. O fósforo, rapidamente, apagou-se por completo, quase queimando os seus dedos.

— Marwan Acade, este é o seu último aviso — voltou a gritar Lemieux. Naquele momento a sua voz estava bem mais próxima. O francês não estava mais no chão, mas em algum lugar dentro ou próximo ao teatro. Agora, ele deveria estar em uma das tumbas próximas.

— Saia daí agora ou você será executado onde está. Você não tem escapatória. Você tem dez segundos.

Só que Marwan desprezou a ameaça.

— Dez... nove... oito...

Marwan acendeu outro fósforo e continuou tentando achar uma saída no fundo da caverna.

— Sete... seis...

Só que Lemieux estava certo. Não havia por onde sair e nem tempo para uma fuga.

— Cinco... quatro...

Marwan apagou o fósforo, veio mancando da forma mais rápida que conseguiu até uma grande pedra próxima à entrada da caverna e se agachou atrás dela, apertando os dentes por causa da dor insuportável que sentia. Ele não alimentava nenhum tipo de ilusão a respeito do que estava prestes a ocorrer, porém, não se entregaria sem lutar; esta era a sua única certeza.

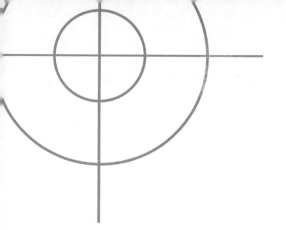

55

— Três... dois... um... tudo bem, Marwan Acade, você teve a sua chance!

De súbito, os homens de Lemieux irromperam na caverna, vindos dos dois lados da entrada, disparando as suas metralhadoras. O fogo e a fumaça encheram a caverna e uma quantidade incontável de balas encheu a parede do fundo. Marwan se encolheu o máximo que pôde no chão, atrás de uma grande pedra e esperou pela chegada do pior — mas não foi daquela vez.

— Onde está ele? — gritou um dos homens, enquanto recarregava a sua metralhadora.

— Não faço ideia — respondeu o outro, enquanto também recarregava a sua.

Marwan percebeu a sua chance e, instintivamente, fez um movimento. Quando um dos homens passou ao lado da grande pedra, Marwan avançou sobre as suas pernas e puxou com força. O homem gritou ao perder o equilíbrio e veio ao chão com violência.

Antes de poder se recuperar do tombo, Marwan apanhou a sua arma, esmurrou a face do homem com a arma e o deixou inconsciente. Depois, ele disparou duas rajadas curtas, derrubando o outro homem antes mesmo de ele terminar de carregar a sua metralhadora.

Num relance, Marwan passou a ter a posse da arma e a iniciativa do ataque e tudo aquilo se deu em questão de segundos. Primeiramente, ele verificou o pulso do homem ali caído. O rosto e a cabeça do homem sangravam. Segundo o melhor diagnóstico que Marwan poderia fazer ali dentro daquele ambiente escuro, aquele homem, provavelmente, havia quebrado o nariz e estava em estado de choque; mas continuava respirando — ele sobreviveria.

Ele, então, passou por cima do outro homem, que estava se contorcendo no chão, gritando de dor. Se tudo isso tivesse acontecido no dia anterior, Marwan sabia que deveria mandar uma bala pelo meio do olho do homem para encerrar com o seu sofrimento. Mas, naquele momento, a simples ideia de agir assim já lhe trazia repulsa. Em lugar disso, ele, agora, ter-lhe-ia prestado os primeiros socorros, caso pudesse. Por isso, avisou o homem para ficar quieto, do contrário... parece que funcionou, pois o homem ficou calado.

— E agora? — ponderou Marwan. Havia, pelo menos, três ou quatro outros homens lá fora, incluindo o próprio Lemieux.

— Vocês o apanharam? — gritou Lemieux — Ele já está morto?

— Não, ainda não está! — gritou Marwan, em resposta.

Sem pensar, ele jogou a correia de balas da metralhadora para trás dos ombros, correu para fora da caverna, agarrou-se no paredão do despenhadeiro e, da forma mais rápida que conseguiu, subiu pelo paredão rochoso até chegar a alguns degraus de pedra que davam acesso ao topo da montanha.

As balas ricocheteavam ao seu redor. O seu coração estava disparado; a sua cabeça latejava. A sua perna esquerda estava ardendo por causa da bala alojada em algum local perto do seu joelho. Ele, porém, sabia qual era a sua missão: afastar Lemieux e os seus parceiros da sua família Nour, e independentemente do preço a ser pago, ele não falharia no seu cumprimento.

Até o momento, tudo corria bem. Marwan já estava chegando ao topo da escadaria, correndo de um lado para o outro em meio ao barulho ensurdecedor do tiroteio. E, assim que chegou ao cume, sentiu um corte circular através do seu ombro direito. A força do impacto fez com que ele fosse arremessado para o alto. Ele caiu com o rosto no chão e ficou sem ar.

Lutando para respirar e contorcendo-se em agonia, Marwan ergueu a mão e pegou no ferimento. Instantaneamente, o sangue ensopou a sua mão esquerda. Ele se arrastou em busca de cobertura, na tentativa de chegar a um pequeno afloramento de rochas perto do local onde ele se encontrava. Marwan conseguia ouvir os homens escalando o paredão de rocha atrás e si.

No momento final, ele se virou, estabilizou a metralhadora e disparou três rajadas rápidas, derrubando dois outros homens que vinham para lhe matar. Um deles caiu para trás e Marwan conseguiu ouvi-lo tombando pelo despenhadeiro. O outro foi instantaneamente ao chão diante de Marwan. Ele não se mexeu, não falou nada; só caiu no chão imóvel; Marwan sentiu o seu estômago se revirar. Ele não queria matar, nem ferir ninguém; mas ele precisou fazer aquilo por autodefesa. Com certeza, não há problema em nos protegermos de assassinos que intentam contra a nossa vida, não é mesmo? Ele sabia que outros homens estavam vindo; eles deveriam estar chegando ali, e não demorariam. Lutando por cada centímetro, ele foi se arrastando sobre as rochas e se posicionou atrás delas... na espreita... só esperando... e esperando. Ele conseguia ouvir a comoção que vinha de alguma parte lá de baixo. Ele ouviu sirenes à distância, só que em vez das sirenes ficarem mais fortes, como normalmente deveria ocorrer, os sons foram ficando mais fracos. Marwan sentiu que as suas pálpebras estavam ficando pesadas. A sua visão estava ficando embaçada. Ele estava entrando em choque e não poderia fazer nada.

Por um instante, tudo ficou escuro. Ele desmaiou — e não sabe quanto tempo permaneceu assim. Então, abruptamente, voltou a si; os seus olhos se abriram novamente e ele tornou a ficar alerta. O seu coração quase parou; pois à sua frente estava Marcel Lemieux, com uma pistola em punho, já com o silenciador no cano.

Marwan não pensou duas vezes; ele empunhou a sua AK-47 e puxou o gatilho, mas nada aconteceu. Ele acionou o gatilho novamente, mas, outra vez, nada aconteceu. A pistola estava emperrada, ou sem munição. De qualquer forma, era o fim. Ele tinha um sangramento no ombro e outro na perna, mal podia respirar e quase nem conseguia se manter acordado. Ele não tinha condições de se defender e estava encurralado por um homem que viera especialmente com a missão de matá-lo.

— Muito bem, muito bem — disse Lemieux — vejam só, este não é o grande Marwan Acade.

Marwan não disse nada, o que fez com que Lemieux prosseguisse com a sua bajulação sórdida.

— Por que você não larga esta arma, Sr. Acade, ela pode instigá-lo a ter ideias absurdas, não é mesmo?

Marwan lhe obedeceu.

— Muito bem, agora podemos conversar — disse Lemieux.

— Conversar? Você quer conversar? — perguntou Marwan. — Então, está certo. Por que o Senhor Inspetor fez tudo isso? Por que se aliou a Claudette para assassinar Rafeeq Ramsés, para assassinar a sua única filha, Brigitte; e toda e qualquer pessoa que cruzasse o seu caminho? O senhor não fez um juramento de que apanharia criminosos, em vez de conspirar junto com eles?

— Eu não devo explicações a sujeitos com você, Sr. Acade — disse rindo Lemieux.

Só que Marwan não aceitaria um "não" como resposta.

— Depois de tudo o que você me fez passar; acho que mereço saber a verdade antes de você me matar.

Lemieux torceu o nariz, em desprezo.

— Tudo o que lhe fiz passar? — provocou ele. — Você só pode estar brincando. Você é um idiota, Marwan Acade; jamais deveria ter atravessado no meu caminho. Eu tenho o plano perfeito e o disfarce perfeito. Quem suspeitaria do investigador do crime? Ninguém, até que você apareceu.

— Você será pego, Lemieux — insistiu Marwan.

— Assim veremos — respondeu Lemieux.

Mal Lemieux acabou de dizer estas palavras, dois dos seus últimos ainda de pé alcançaram o alto do paredão rochoso e assumiram posição ao redor de Marwan, apontando as suas armas para ele.

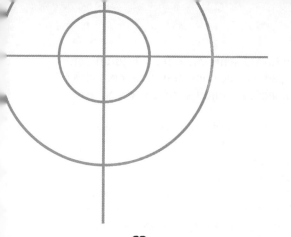

— O meu irmão sabe de tudo o que eu sei — disse Marwan. — Ele tem uma equipe no Brasil neste exato momento, que está à caça de Claudette Ramsés. E, quando eles a encontrarem, será o seu fim.

— O seu irmão está preso — disse Lemieux. — Claudette está escondida, na verdade, Sr. Acade, o senhor é o único que está acabado.

— Não acredito no que você diz...

— Quieto! Chega! Já estou cheio de você, Marwan Acade. Agora, vire-se de barriga para baixo e coloque as mãos por trás das costas.

— Não — disse Marwan.

— Agora — disse Lemieux.

— Para que você me dê um tiro na cabeça, ao estilo de "execução"?

Pode esquecer, inspetor.

Indignado, Lemieux mandou um dos seus homens chutar sem parar a lateral do corpo e da cabeça de Marwan, até que ele virou de barriga para baixo. Marwan gemia de dor. Ele mal conseguia respirar. Ele tentava fazer uma oração, pois sabia que era chegado o seu fim, porém já não conseguia mais organizar as palavras na sua mente.

Nesse momento, Lemieux chegou mais perto, posicionou-se bem atrás dele e mirou o silenciador da sua arma em direção à parte posterior da cabeça de Marwan.

— Adeus, Marwan Acade — disse ele. — A gente se encontra no inferno.

Marwan virou a cabeça e conseguiu ver Lemieux prestes a puxar o gatilho.

Só que, inesperadamente, ouviu-se um intenso barulho e um vento intenso que levantou uma grande nuvem de poeira no topo da montanha. Todos se viraram para olhar e logo acima do turbilhão estava um helicóptero movido a turbina dentro do qual estavam Jean-Claude Goddard e Ramy Acade.

— Larguem as armas agora! Já sabemos de tudo, Inspetor. Os meus homens já estão com Claudette Ramsés em custódia em São Paulo e ela já confessou todo o esquema. Sabemos da sua participação no sequestro, na extorsão e nos assassinatos, e sabemos que o senhor está tentando eliminar Marwan Acade. Temos, inclusive, evidências balísticas provando que o senhor assassinou Rania Fawaz e a sua companheira de quarto em Casablanca. Está tudo acabado, Inspetor. Agora, largue a sua arma e todos sairão daqui inteiros.

Os homens de Lemieux largaram as armas no chão e colocaram as mãos ao alto. Todavia, ele, se recusou. Inicialmente, o Inspetor tentou proteger os olhos de toda a poeira, mas ao ouvir que Goddard insistia em que entregasse a sua arma, Lemieux, imediatamente, começou a disparar seguidamente contra o helicóptero.

O piloto deu uma guinada à esquerda, depois à direita, depois circundou o topo da montanha na tentativa de sair da linha de fogo de Lemieux. Só que nem toda a sua perícia foi capaz de impedir que o Inspetor continuasse a disparar todas as balas que tinha contra o helicóptero. Uma das balas atingiu o para-brisa da aeronave, despedaçando-o e fazendo com que a perdessem, momentaneamente, um pouco de altitude. Entretanto, o piloto conseguiu recuperar a estabilidade a tempo de impedir que o helicóptero se espatifasse na montanha, depois, ergueu a aeronave muitos metros acima do local, enquanto Lemieux recarregava a sua arma.

Novamente, Marwan percebeu uma oportunidade de ataque. Em uma fração de segundos, ele se esqueceu de toda a dor. O seu pensamento estava concentrado em Dália e na sua família, bem como no seu irmão Ramy que tinha vindo resgatá-lo.

Marwan deu um salto e ficou de pé e pulou sobre Lemieux. A arma caiu da mão de Lemieux foi batendo entre as rochas e chegou finalmente ao fundo do despenhadeiro. Marwan lhe desferiu vários chutes repetidos no estômago, mas Lemieux se recuperou e pisou com força o joelho ensanguentado de Marwan. Ele foi ao chão, gritando de dor. Subitamente, Lemieux estava sobre ele, com as mãos em volta do seu pescoço sufocando lhe a respiração. A sua vida se esvaia segundo a segundo.

Um dos comparsas de Lemieux voltou a apanhar a sua arma, mas três tiros foram ouvidos e o homem desabou no chão. Surpreso com os tiros, Lemieux voltou a olhar para o helicóptero a fim de identificar quem teria atirado. Marwan fez o mesmo. Era Goddard e, agora, ele tinha o seu rifle de precisão apontado para a cabeça de Lemieux.

Os olhos de Lemieux saltaram de espanto e, naquele segundo, Marwan atingiu com o seu joelho são a virilha do francês, que, imediatamente, perdeu as suas forças e o soltou. Agora, a situação estava invertida. Marwan subiu nas costas de Lemieux, bateu violentamente o seu rosto contra o chão e puxou o seu joelho até as costas, tal como foi treinado pelos militares do Líbano. Lemieux estava efetivamente paralisado: ele não podia se mexer, nem para a direita, nem para a esquerda. Marwan o tinha da forma como desejava e, agora, as suas mãos apertavam com toda força a garganta de seu algoz.

Lentamente, ele foi apertando as mãos. Lemieux tentava respirar, mas não conseguia. Ele estava ficando vermelho, depois azul, mas Marwan não parava de sufocá-lo.

— Marwan, não... não faça isso... por favor!

Ele ficou perplexo. Era a voz de Dália.

Os seus olhos estavam vermelhos por causa das lágrimas e ela caminhava lentamente em sua direção.

— Marwan, por favor, isso não é certo — gritou ela.

O helicóptero agora havia aterrissado no topo da montanha. Ramy pulou primeiro e correu até o lado de Dália. Poucos instantes mais tarde, tanto o pastor, como a senhora Nour também chegavam ali.

Enquanto isso, Goddard algemava o outro homem e lhe lançava na parte traseira do helicóptero. Depois, caminhou em direção a Marwan.

— Eu lhe asseguro que este homem vai passar o resto dos seus dias na cadeia, Sr. Acade — disse Goddard — não somente por isso, mas por todos os crimes que ele cometeu. Farei disso a missão da minha própria vida. O senhor tem a minha palavra.

O coração de Marwan estava a mil. As suas mãos continuavam apertando a garganta de Lemieux, e ele já começava a perder a consciência. Ele olhou para o seu irmão, depois para a família Nour e, depois, olhou fundo nos olhos de Dália. Ela já tinha parado de falar, mas os seus olhos, silenciosamente, imploravam-lhe para fazer o que era certo.

E foi isso o que ele fez.

Marwan afrouxou as mãos, pôs-se de pé, e deixou que Goddard tomasse conta de Lemieux. No momento em que ele fez isso, Dália veio correndo para os seus braços.

Havia tanto para aprender, e tanto para desaprender. Havia tanta coisa para contar a Dália e para a sua família, para Ramy e tanto para ouvir deles. Mas, acima de tudo, Marwan percebeu que o pastor Nour estava correto. Ele, agora, era um novo homem, com uma nova vida, e teria que vivê-la um dia de cada vez. Ele havia testemunhado crimes terríveis, mas agora era testemunha de um grande amor — o amor do seu Senhor e Salvador, Jesus Cristo.

Marwan Acade não sabia o que o futuro lhe reservava, tampouco sabia como faria para seguir Jesus da forma como deveria, nem como faria para amar Dália da maneira como ela merecia. Só que uma coisa era certa — ele não esperaria mais nenhum segundo para começar tudo isso.